C

Chelsea Cain a 35 ans. Elle a commencé la rédaction de *Au cœur du mal* pour passer le temps alors qu'elle était enceinte de son premier enfant, « sous légère influence hormonale » explique-t-elle. Son dernier roman, *L'étreinte du mal*, vient de paraître au Fleuve Noir.

Elle vit actuellement à Portland, aux États-Unis, avec son mari et sa fille.

**Retrouvez toute l'actualité de l'auteur sur
www.chelseacain.com**

AU CŒUR DU MAL

CHELSEA CAIN

AU CŒUR DU MAL

Traduit de l'anglais (Etats-Unis)
par Jean-Pierre Roblain

FLEUVE NOIR

Titre original :
HEARTSICK

Le papier de cet ouvrage est composé de fibres naturelles, renouvelables, recyclables et fabriquées à partir de bois provenant de forêts plantées et cultivées durablement pour la fabrication du papier.

ISBN : 978-2-266-18541-7

*Pour Marc Mohan qui a continué
de m'aimer même après avoir lu
ce livre.*

REMERCIEMENTS

Tous mes remerciements à mon atelier d'écriture :
Chuck, Suzy, Mary, Diana et Barbara. Je sais que je l'ai
déjà dit, mais votre participation a été décisive. Merci
aussi à mon agent, Joy Harris, et à tous les membres de
son équipe. À mon éditrice Kelley Ragland ainsi qu'à
George White, Andy Martin et tous les collaborateurs
de St. Martin's Minotaur. J'ai beaucoup de chance de
connaître autant de personnes remarquables dans le
monde de l'édition. Merci aux docteurs Patricia Cain
et Frank McCullar dont les conseils médicaux furent
précieux, ainsi qu'à Mike Keefe et à ses chiens qui
m'ont accompagnée sur les bords de la Willamette pour
choisir les endroits où les corps pouvaient être retrouvés.
Merci à ma mère, bien sûr ; à mon père, à Susan, et à
tous les membres de ma formidable famille, tout particulièrement à mes tantes et à mes merveilleuses grands-
mères. Je n'oublie pas non plus de remercier Roddy Mc
Donnell qui m'a appris à faire de super créneaux – je
suis très fière de ce talent. Laura Ohm et Fred Lifton
m'ont nourrie et encouragée ; vous, mes amis de The
Oregonian, vous avez accepté que j'écrive à votre place
et que je traîne avec vous. Depuis quelque temps, je

pense très souvent à toi, chère Maryann Kelley. Merci aussi à Wendy Lane, consultante en relations publiques, qui est la seule personne pour qui j'écrive qui me répond par ces deux mots : « C'est parfait. »

Je réserve à mon mari, Marc Mohan, mes remerciements les plus chaleureux pour avoir su relire avec talent mon manuscrit et supporter stoïquement mon goût prononcé pour les opérations chirurgicales télévisées. Enfin, je dois remercier du fond du cœur notre fille Eliza pour ses siestes ultra-longues pendant l'écriture du roman. Je te préviens, Eliza, tu devras attendre ta majorité pour le lire ; et je ne plaisante pas.

1

À ce moment-là seulement, Archie a la certitude que c'est elle. Une chaleur sourde lui parcourt le dos, sa vue se brouille : il comprend alors que Gretchen Lowell est le tueur. Il se rend compte qu'il a été drogué, trop tard. Il cherche son arme d'une main incertaine, mais ses gestes sont gauches et il ne peut que la sortir de son étui, la lever maladroitement et la tendre, comme une offrande. Elle la prend et lui sourit en l'embrassant doucement sur le front. Puis elle fouille dans la veste d'Archie, prend son portable, l'éteint et le glisse dans son sac. À présent il est presque complètement paralysé, prisonnier chez elle, effondré dans le fauteuil en cuir du bureau parfaitement agencé. Pourtant, son esprit demeure d'une lucidité troublante. Elle s'agenouille auprès de lui, comme auprès d'un enfant, et approche ses lèvres des siennes au point qu'ils s'embrassent presque. Son pouls bat dans sa gorge. Il n'arrive pas à déglutir. Elle sent bon le lilas. Elle murmure :

— C'est l'heure, mon chéri.

Elle se redresse et on le soulève par-derrière, des bras se glissent sous ses aisselles. Devant lui un costaud au visage rougeaud lui prend les jambes. Il est porté jusqu'au garage et allongé à l'arrière du Voyager vert, ce même monospace que lui et son équipe ont cherché en vain pendant des mois. Elle rampe sur lui. Il comprend alors qu'il y a quelqu'un d'autre, ce n'est pas elle qui l'a porté, mais il n'a pas le temps de réfléchir car elle s'installe à califourchon sur sa poitrine et l'enserre de ses genoux. Il ne peut plus tourner les yeux, alors elle lui explique :

— Je remonte ta manche droite et je te fais un garrot.

Puis elle lui montre une seringue. Il pense : *formation médicale*. Quatre-vingts pour cent des tueuses en série sont des infirmières. Il fixe le plafond du véhicule. Métal gris. *Reste éveillé, retiens tout, le moindre détail. Ce sera important. Si tu survis.*

— Je vais te laisser pour que tu te reposes un peu.

Elle sourit et approche son joli visage lisse de celui d'Archie afin qu'il puisse la voir. Ses cheveux blonds lui caressent la joue, mais il ne les sent pas.

— Nous aurons tout le temps de nous amuser plus tard.

Il est incapable de répondre, ou même de cligner des yeux. Sa respiration n'est qu'une succession de longs râles creux. Il ne la voit pas lui enfoncer l'aiguille dans le bras, mais il le devine, car soudain tout devient noir.

Il se réveille allongé sur le dos. Il est toujours dans le cirage, et il lui faut un moment pour s'apercevoir que l'homme au visage rougeaud est penché au-dessus de lui. À cet instant, l'instant précis où il reprend conscience, la tête du type explose. Archie tressaute quand le sang et la cervelle giclent, lui éclaboussant le visage et la poitrine d'une bouillie chaude constellée de caillots. Il tente de bouger mais il a les mains et les pieds attachés à une table. Il sent un morceau de matière brûlante et répugnante lui glisser sur la joue avant de s'écraser sur le sol. Il tire sur ses liens de toutes ses forces, sa peau éclate mais les liens ne cèdent pas. Il a un haut-le-cœur, mais la bande adhésive lui maintient la bouche fermée et la bile reflue dans sa gorge, provoquant un nouveau haut-le-cœur. Ses yeux le brûlent. C'est alors qu'il aperçoit Gretchen derrière le corps de l'homme abattu ; elle brandit l'arme avec laquelle elle vient de l'exécuter.

— Je voulais que tu comprennes dès maintenant à quel point je tiens à toi. Tu es le seul qui m'intéresse.

Sur ces mots elle fait demi-tour et s'éloigne, le laissant réfléchir à ce qui vient de se passer. Il déglutit, s'efforçant de rester calme et de regarder autour de lui. Il est seul. Le type mort est allongé par terre. Gretchen est partie. Le chauffeur du monospace aussi. Les battements de son cœur sont si violents qu'ils occultent toute autre sensation. Le temps passe. Au début il pense être dans une salle d'opération : une vaste pièce éclairée par des néons et aux murs couverts de carreaux blancs comme dans le métro. Il tourne la tête d'un côté et de l'autre et découvre plusieurs plateaux contenant des instruments, un drain sur le sol en ciment, du matériel apparemment médical. Il tire de nouveau sur ses liens et se rend compte qu'il est sanglé sur un chariot d'hôpital. Des tuyaux rentrent et sortent de lui : un cathéter, une perfusion. Il n'aperçoit aucune fenêtre et une vague odeur de terre effleure les rives de sa conscience. Une odeur de moisi. Un sous-sol.

À présent il se remet à penser comme un flic. Les autres avaient été torturés pendant quelques jours avant qu'elle ne se débarrasse des corps. Il a donc du temps. Deux jours, peut-être trois. D'ici là son équipe pourra peut-être le retrouver. Il a dit à Henry qu'il allait voir une psy pour discuter du dernier meurtre. Il voulait la rencontrer, obtenir son avis. Il n'avait pas prévu ce qui arriverait, mais ses collègues allaient faire le rapprochement, Henry allait faire le rapprochement. C'est par ici qu'ils commenceraient les recherches. Il avait appelé sa femme en venant. Ils partiraient de là. Depuis combien de temps a-t-il été enlevé ?

Elle est revenue. De l'autre côté de la table au pied de laquelle est recroquevillé le mort. Un épais sang noir souille le sol gris. Il se souvient du jour où elle s'était présentée : la psychiatre qui avait renoncé à exercer pour écrire un livre. Elle avait entendu parler de la Brigade Spéciale, son équipe, et elle l'avait appelé pour lui offrir son aide. Ils avaient vécu l'enfer. Elle avait proposé de se joindre à eux. Pas pour donner des conseils, avait-elle précisé, juste pour parler. Ils travaillaient sur cette affaire depuis près de dix ans, vingt-trois meurtres dans trois États. Ils y avaient laissé des plumes. Elle avait invité ceux qui le souhaitaient à participer à un groupe de travail. Juste pour parler. Archie avait été surpris du nombre d'inspecteurs qui étaient venus. Peut-être parce qu'elle était canon. Curieusement, cela les avait aidés. Elle était très forte.

Elle replie le drap qui le recouvre afin de dégager sa poitrine et il se rend compte qu'il est nu. Il ne ressent aucune gêne, c'est simplement un fait. Elle pose une main sur son sternum. Il sait ce que cela signifie. Il se souvient des photos des meurtres, les plaies et les bleus sur les torses. Cela fait partie du *modus operandi*, l'une de ses signatures.

— Tu devines ce qui t'attend maintenant ? demande-t-elle.

Elle sait qu'il sait, bien sûr.

Il a besoin de lui parler, de gagner du temps. Il émet un son incompréhensible et lui fait comprendre de lui enlever la bande adhésive. Elle secoue la tête en effleurant ses lèvres du bout des doigts.

— Pas encore, murmure-t-elle doucement.

Elle répète d'un ton plus dur :

— Tu devines ce qui t'attend maintenant ?

Il hoche la tête. Elle sourit, l'air satisfait.

— C'est pour cela que je t'ai préparé un traitement spécial, mon chéri.

Elle prend quelque chose sur le plateau à côté d'elle. Un marteau et un clou. Il trouve l'idée intéressante, stupéfait de sa capacité à prendre du recul et à être spectateur de son propre supplice. Jusqu'alors les victimes semblaient avoir été choisies au hasard, hommes, femmes, jeunes ou vieilles ; mais les traces de torture sur le torse, bien qu'ayant évolué, étaient restées une constante. Cependant, elle n'avait jamais utilisé de clou. Elle semble satisfaite.

— J'ai pensé que tu apprécierais un peu de nouveauté.

Elle lui caresse le thorax du bout des doigts jusqu'à ce qu'elle trouve la côte qu'elle cherche. Elle pose alors la pointe du clou sur sa peau et abat violemment le marteau. Sa côte explose et il la sent se briser. Il a un nouveau haut-le-cœur. La douleur lui brûle la poitrine. Il lutte pour respirer. Ses yeux pleurent. Elle essuie une larme qui coule sur sa joue enfiévrée et lui caresse les cheveux. Puis elle trouve une autre côte et répète l'opération. Puis une autre, et encore une. Lorsqu'elle s'arrête, elle lui a brisé six côtes. Le clou est rouge de sang. Elle le laisse tomber sur un plateau et il rebondit avec un petit tintement inoffensif. Archie ne peut bouger, même d'un seul millimètre, sans qu'une douleur comme il n'en a jamais connue le déchire. Il a le nez et les sinus bouchés, il est incapable de respirer par la bouche, chaque inspiration profonde l'oblige à lutter de toutes ses forces pour supporter l'atroce douleur. Pourtant il ne parvient pas à calmer sa respiration, à ralentir les halètements de panique qui résonnent comme des sanglots. *Deux jours... j'ai peut-être été trop optimiste*, pense-t-il. *Peut-être allait-il mourir maintenant.*

2

La cicatrice était pâle et formait un mince bourrelet, pas plus large qu'un fil. Elle partait quelques centimètres sous son sein gauche, traçait son chemin à travers la toison noire de sa poitrine et revenait au point de départ en formant un cœur.

Archie ne pouvait pas oublier sa présence car la chair boursouflée frottait contre le tissu de sa chemise. Il avait beaucoup de cicatrices, mais c'était la seule qui continuait à le faire souffrir. Une douleur fantôme, il le savait bien. Une côte cassée qui n'avait jamais vraiment guéri, une douleur intérieure. Une cicatrice n'aurait pas dû le faire souffrir, pas après tout ce temps.

Le téléphone sonna. Il se tourna, lentement, il ne savait que trop ce que cela signifiait : une autre victime.

Seules deux personnes l'appelaient, son ex-femme et son ancien équipier. Il avait déjà parlé à Debbie dans la journée, il ne restait qu'Henry. Il jeta un coup d'œil au numéro entrant. Il ne s'était pas trompé, c'était l'usine. Il décrocha. Il était assis dans le noir, dans le salon. Il n'avait pas prévu cela. Il s'était installé quelques heures plus tôt, puis le soleil s'était couché sans qu'il prenne la peine d'allumer. À vrai dire, son appartement miteux, avec son tapis taché et son peu de meubles, paraissait un peu moins triste plongé dans l'obscurité. La voix bourrue d'Henry résonna dans l'écouteur :

— Il a tué une autre fille.

Voilà, on y était.

Le réveil digital posé sur la bibliothèque vide clignotait inlassablement. Il retardait d'une heure et trente-cinq minutes, mais Archie n'avait jamais pris la peine de le régler. Il se contentait de faire le calcul. Il répondit :

— Alors ils veulent reconstituer notre équipe ?

Il avait déjà prévenu Henry qu'il reviendrait si la hiérarchie acceptait ses conditions. Il posa la main sur les dossiers que son ancien partenaire lui avait donnés quelques semaines plus tôt. Les photos des filles tuées y étaient soigneusement rangées.

— Ça fait deux ans. Je leur ai dit que tu avais récupéré, que tu étais prêt à retravailler à plein temps.

Archie sourit dans le noir :

— Comme ça, tu as menti ?

— La force de la pensée positive. T'as eu Gretchen Lowell et elle avait flanqué une putain de trouille à tout le monde. Ce nouveau mec a déjà tué trois filles. Et il vient de s'en faire une autre.

— C'est Gretchen qui m'a eu.

Une boîte à pilules rectangulaire était posée sur la table basse, à côté d'un verre d'eau. Archie ne s'embarrassait pas de sous-verre. Il avait hérité de la table en chêne rayée quand il avait pris l'appartement. Chez lui tout était balafré.

— Mais tu as survécu. T'as pas oublié ?

D'une légère pichenette du pouce, Archie ouvrit la boîte et se fourra trois comprimés blancs dans la bouche. Il but une gorgée d'eau et se détendit en les sentant descendre dans sa gorge. Même le verre, il l'avait trouvé en emménageant.

— Oublié quoi ? Mon ancien job ?

— Patron de la Brigade Spéciale.

15

Il y avait encore une condition, la plus importante.

— Et pour la journaliste ?

— J'aime pas beaucoup ça, répondit Henry.

Archie attendit. Les choses étaient allées trop loin, Henry ne reculerait plus à présent. Et puis il savait que son équipier était prêt à tout ou presque pour lui.

— Elle est parfaite, lâcha Henry à contrecœur. J'ai vu sa photo. Elle va te plaire. Elle a des cheveux roses.

Il regarda les dossiers posés sur ses genoux. Il pourrait le faire. Il suffisait de tenir le cap assez longtemps pour que son plan fonctionne. Il ouvrit le premier dossier. Ses yeux s'étaient habitués à l'obscurité et il distinguait vaguement l'image sinistre d'un corps englué dans la boue. La première victime du tueur. La mémoire d'Archie ajouta les couleurs : les marques roses de strangulation sur le cou, la peau rougie et meurtrie.

— Quel âge avait la fille ?

— Quatorze ans. Disparue entre chez elle et le lycée. Son vélo aussi.

Henry se tut. Archie sentait la frustration derrière son silence.

— On n'a rien. Aucun indice.

— Alerte rouge ?

— Lancée il y a une demi-heure.

— Passe le quartier au peigne fin. Fais interroger les voisins. Il y a bien quelqu'un qui aura vu quelque chose.

— Officiellement, tu ne reprends que demain matin.

— Vas-y quand même, fonce.

— Tu marches, alors ? demanda Henry après une hésitation.

— Ça fait combien de temps qu'elle a disparu ?

— Depuis dix-huit heures.

Elle est morte, pensa Archie.

— Viens me chercher dans une demi-heure.

— Dans une heure. Bois du café. J'enverrai une voiture.

Archie resta quelques minutes assis dans le noir après avoir raccroché. Tout était calme. Aucune télé ne hurlait dans les étages, personne ne marchait au-dessus de sa tête. Juste le bruit assourdi des voitures roulant sous la pluie, le souffle régulier de l'air conditionné et le ronronnement du réfrigérateur. Il regarda le réveil et calcula. Il était un peu plus de 21 heures. Cela faisait trois heures que la fille avait disparu. À cause des cachets, il avait l'esprit embué, et il avait chaud. *On peut faire beaucoup de mal à quelqu'un en trois heures.* Il défit lentement les derniers boutons de sa chemise et glissa sa main droite sous le tissu. Ses doigts caressèrent les cicatrices incrustées dans sa chair jusqu'à ce qu'ils trouvent le cœur que Gretchen Lowell avait sculpté sur son corps.

Il avait passé dix ans à la Brigade Spéciale à essayer de débusquer l'Artiste, à traquer le plus prolifique tueur en série du Nord-Ouest. Un quart de sa vie à se pencher au-dessus des cadavres sur des scènes de crime, à éplucher des rapports d'autopsie, à analyser des indices. Tout ce travail pour foncer dans le piège tendu par Gretchen. Mais aujourd'hui Gretchen était en prison et lui, Archie, était libre.

Pourtant, curieusement, il avait parfois l'impression que c'était l'inverse.

3

Susan aurait voulu être ailleurs. La maison victorienne de son enfance était un foutoir sans nom et sa minuscule chambre empestait le tabac et le bois de santal. Assise sur le canapé bon marché du salon, elle ne cessait de regarder sa montre, de croiser et de décroiser les jambes et d'enrouler ses cheveux autour de ses doigts. Elle finit par demander :

— Tu as bientôt terminé ?

Felicity, sa mère, leva les yeux de l'ouvrage qu'elle avait étalé sur la grosse bobine en bois qui servait de table basse.

— Bientôt.

Chaque année, le même jour, elle brûlait une effigie du père de Susan. Ça n'avait pas de sens, mais avec Felicity mieux valait laisser faire. Elle fabriquait une poupée en paille haute de trente centimètres, tenue par de la ficelle d'emballage marron. La technique avait évolué. La première fois elle avait utilisé de l'herbe d'ours sèche arrachée dans la cour mais, trop humide, l'herbe n'avait pas pris et il avait fallu l'arroser d'essence pour l'enflammer. Des flammèches avaient mis le feu au compost et les voisins avaient appelé les pompiers. À présent elle achetait des paquets de paille sous plastique à l'animalerie.

Susan avait dit qu'elle ne viendrait pas cette année, pourtant elle était là et regardait sa mère enrouler et serrer la ficelle autour des jambes de la poupée de paille. Felicity fit un nœud autour des chevilles, coupa la ficelle avec ses dents et tira sur sa cigarette. C'était Felicity tout craché : elle buvait du thé vert tous les jours et fumait des menthols. Elle se vautrait dans les contradictions. Elle ne portait aucun maquillage, mais n'oubliait jamais de mettre son rouge à lèvres couleur sang. Elle refusait la fourrure, mais portait un vieux manteau en peau de léopard. Elle se voulait végétarienne mais mangeait du chocolat au lait. À côté d'elle Susan s'était toujours sentie moins belle, moins brillante, moins folle. Toutefois, elle devait reconnaître que sa mère et elle avaient deux choses en commun : la conviction que les cheveux possèdent un vrai potentiel artistique, et le don de mal choisir les hommes. Felicity gagnait sa vie en coupant les cheveux et portait des dreadlocks peroxydées qui lui descendaient à la taille. Susan teignait elle-même les siens, coupés au carré, en vert pomme, ultraviolet ou, plus récemment, rose barbe à papa.

Assise par terre en tailleur, Felicity salua son œuvre d'un hochement de tête approbateur. Soudain, elle se leva et se précipita dans la cuisine, ses locks battant dans son dos. Elle réapparut un instant plus tard en brandissant une photo.

— J'ai pensé que tu aimerais l'avoir.

Susan prit la photo et se vit, bébé marchant à peine, dans la cour avec son père. Il avait encore sa grosse barbe et se penchait pour la tenir par la main. Elle levait les yeux vers lui, l'air rayonnant avec ses bonnes joues et ses dents minuscules. Ses cheveux châtains ébouriffés étaient tenus par deux couettes et sa robe rouge était sale. Lui portait un T-shirt et un jean troué. Tous deux, pieds nus et bronzés, donnaient l'image du bonheur parfait. Elle n'avait jamais vu cette image auparavant. Elle sentit une vague de chagrin la submerger.

— Où as-tu trouvé ça ?

— Dans une boîte avec ses vieux papiers.

Son père était mort l'année de ses quatorze ans. Quand elle pensait à lui à présent, il était toujours gentil et plein de sagesse, l'amour paternel incarné. Susan savait que tout n'était pas aussi simple, mais, après sa mort, Felicity et elle s'étaient effondrées, preuve que sa présence leur était apaisante.

— Il t'aimait beaucoup, souffla Felicity.

Susan avait envie d'une cigarette, mais elle avait passé son enfance à sermonner sa mère sur les risques de cancer du poumon et elle n'aimait pas fumer en sa présence. Elle vivait ça comme un aveu de défaite.

Felicity s'approcha et caressa doucement une mèche rose des cheveux de sa fille.

— La couleur est un peu passée. Viens au salon, je vais te la raviver. Le rose te va bien, tu sais. Tu es tellement jolie.

— Je ne suis pas jolie, répondit Susan en se détournant. On me remarque, c'est différent.

Felicity retira sa main.

Il faisait noir et humide dans la cour. La lumière de la terrasse dessinait un demi-cercle sur l'herbe boueuse et les orpins morts plantés trop près de la maison. La poupée de paille attendait dans le chaudron en cuivre. Felicity se pencha, l'enflamma avec un briquet en plastique blanc et se recula. La paille se mit à crépiter, et les flammes enveloppèrent complètement le petit personnage. Il écartait les bras, comme pris de panique. Toute forme humaine disparut et il ne resta bientôt plus que le brasier orange. Chaque année, Felicity brûlait le père de Susan afin qu'il puisse prendre un nouveau départ. Du moins était-ce là l'idée. Peut-être arrêterait-elle si jamais cela marchait.

Les yeux de Susan se remplirent de larmes et elle se détourna. C'était ça son problème. Elle se croyait forte, mais quand arrivait le jour de l'anniversaire de son père disparu et que sa folle de mère brûlait une poupée de paille en sa mémoire, elle craquait…

— Il faut que j'y aille, dit Susan. J'ai un rendez-vous.

4

Le club était particulièrement enfumé à cause de la cigarette. Les yeux de Susan la brûlaient. Elle prit une autre cigarette dans un paquet qui traînait sur le bar, l'alluma et tira une longue bouffée. La musique résonnait dans le sol; les vibrations remontaient le long des murs, grimpaient sur les tabourets, se glissaient entre les jambes de Susan et faisaient vibrer le revêtement en cuivre du bar. Elle regardait le paquet de cigarettes jaune tressauter. Il faisait noir. Il faisait toujours noir dans cette boîte. Elle aimait l'idée que les personnes assises à côté d'elle ne puissent la voir. Elle tenait bien l'alcool mais ce soir elle avait bu un verre de trop. Sans doute le Martini-mûre, ou peut-être la Pabst, sa bière préférée. Elle se sentait l'esprit brouillé et posa une main à plat sur le bar jusqu'à ce que la sensation s'estompe.

— Je sors prendre l'air, dit-elle à l'homme à côté d'elle.

Elle hurla pour se faire entendre par-dessus la musique, mais le boum-boum des basses avalait tous les autres sons. La sortie se trouvait de l'autre côté de la piste de danse et, pour se frayer un chemin au milieu de la foule, elle dut adopter une démarche prudente et calculée : tête haute et droite, bras écartés, regard posé un mètre en avant, cigarette au bout des doigts. Personne ne dansait dans ce club. Les gens se tenaient épaule contre épaule et se contentaient de remuer la tête au rythme de la musique. Elle devait les toucher, un bras, une épaule, pour qu'ils s'écartent, se fondent dans le noir et la laissent passer. Elle sentait leurs regards qui la suivaient, elle savait qu'elle attirait l'attention. Elle n'était pas jolie, non : visage large, grand front et menton étroit, maigrichonne, la bouche en cœur et la poitrine plate. Son look Années folles, sa coupe au carré et ses mèches courtes lui donnaient encore plus l'air d'une garçonne délurée. Bref, on la remarquait. Sans ses cheveux roses, elle aurait même pu être belle. Mais ils durcissaient ses traits et occultaient leur douceur, ce qui était plus ou moins le but recherché.

Elle parvint à la porte, contourna le videur, et sentit l'air vif l'envelopper. La boîte se trouvait dans la vieille ville qui n'avait que tout récemment perdu son surnom de Skid Row, Clocheland. Autrefois, quand les gens appelaient encore Portland Stumptown, Bûcherons City, un juteux trafic s'était développé ici, et des milliers de bûcherons et de marins avaient franchi la porte d'un bar ou d'un bordel pour se réveiller au fond d'une cale après avoir été traînés dans un de ces souterrains qui reliaient la vieille ville au port. À présent la ville vivait du tourisme et des industries de pointe. Plus d'un vieil immeuble début de siècle en briques patiné par le temps s'était vu transformé en loft, et l'on pouvait, pour douze dollars, faire le tour des fameux tunnels. Tout finissait par changer.

Susan jeta ce qui restait de sa cigarette sur le trottoir mouillé, l'écrasa sous son talon, s'adossa contre le mur du club et ferma les yeux.

— Tu veux un joint ?

— Putain, Ethan, dit-elle en ouvrant les yeux. Tu

m'as foutu une de ces trouilles. Je croyais que tu m'avais pas entendue.

— J'étais juste derrière toi.

— J'écoutais tomber la pluie, fit-elle en levant la tête et en regardant la rue qui luisait dans le noir.

Elle sourit langoureusement à Ethan. Elle ne le connaissait que depuis deux heures environ et elle commençait à le soupçonner d'en pincer pour elle. Petite trentaine, allure punk-rock, ce n'était pas son type. Du genre à porter un fute en velours côtelé et un survêt à capuche. Il partageait une baraque crasseuse avec cinq autres types dans un quartier miteux. Il avait travaillé huit ans dans un magasin de disques, jouant dans trois groupes, et écoutant Iggy Pop et Velvet Underground. Il fumait de l'herbe et buvait de la bière, mais pas de la bon marché.

— T'as un bang ?

Il hocha la tête, l'air joyeux.

— Allons de l'autre côté, dit-elle en lui prenant la main et en l'entraînant sous le crachin obstiné de Portland.

Tandis qu'ils marchaient, il garnit le bang et le lui passa pour qu'elle tire la première bouffée. Elle prit un shoot et lui mit le tuyau dans la bouche, puis elle tourna le coin de l'immeuble qu'ils longeaient. Il n'y avait pas beaucoup de circulation dans ce quartier, la nuit. Elle le regarda droit dans les yeux. Comme il était plus grand, elle devait lever la tête.

— Je te taille une pipe ? demanda-t-elle d'un ton grave.

Il sourit, de ce sourire niais qu'arborent les mecs quand ils n'arrivent pas à croire leur chance.

— Ouais, sûr.

Elle lui rendit son sourire. Elle avait taillé sa première pipe à l'âge de quatorze ans. Elle avait été à bonne école. Elle inclina la tête sur le côté, feignant la surprise.

— Ah bon ! c'est drôle, alors pourquoi tu réponds pas quand j'appelle ?

— Quoi ?

— Je t'ai laissé onze messages. À propos de Molly Palmer.

Leurs nez se touchaient presque. Le sourire d'Ethan disparut et une ride se creusa entre ses sourcils.

— Pardon ?

— Vous sortiez ensemble à la fac, non ? Elle t'a jamais parlé de ses relations avec le sénateur ?

Il voulut reculer mais s'aperçut qu'il était dos au mur. Il se contorsionna maladroitement avant de se décider à croiser les bras.

— Qui es-tu ?

— Depuis des années il y a des rumeurs. On raconte que le sénateur sautait la baby-sitter de ses gosses.

Elle restait devant lui, sans céder de terrain, si proche qu'elle le voyait saliver, la bouche entrouverte.

— Est-ce que c'est vrai, Ethan ? Elle t'a jamais rien dit ?

— J'te jure, je suis au courant de rien, assura-t-il en martelant chaque syllabe et en évitant soigneusement de la regarder.

Un téléphone sonna. Susan ne bougea pas d'un pouce.

— C'est le tien ou le mien ?

— J'ai pas de portable, bredouilla Ethan.

Elle fronça les sourcils et fouilla dans son sac pour prendre le sien.

— Oui ?

— J'ai un boulot pour toi.

Elle se détourna d'Ethan et s'éloigna de quelques pas.

— Ian ? C'est toi ? Il est plus de minuit.

— C'est important. T'as entendu parler de ces filles disparues ?

— Ouais.

— Il y en a une autre. Le maire a tenu une réunion de crise ce soir. Ils reconstituent la Brigade Spéciale, il y a un nouvel Artiste. Clay et moi sommes là-bas. Je crois que c'est énorme. On veut que tu suives ça.

Susan jeta un coup d'œil à Ethan. Le regard fixe, le bang à la main, il paraissait pétrifié.

— Une histoire de flics et de tueur en série ?

— Le maire va autoriser un journaliste à accompagner la Brigade Spéciale sur le terrain. Il ne veut pas que l'affaire de l'Artiste se répète. Tu peux venir de bonne heure demain ? Disons 6 heures ? Juste pour discuter ?

— 6 heures du matin ?

— Ouais.

Elle regarda de nouveau Ethan.

— Je suis sur autre chose, murmura-t-elle à Ian.

— Quoi que ce soit, ce truc est plus important. On en parle demain matin.

Susan avait l'esprit embrumé à cause de l'alcool. Ils en parleraient le lendemain matin.

— Bon d'accord.

Elle referma le portable et se mordit la lèvre. Puis elle se tourna vers Ethan. Elle avait mis des mois à le trouver. Elle ne savait même pas s'il continuait de voir Molly, mais elle n'avait rien d'autre.

— Je t'explique : il y a trop longtemps que la presse ignore les rumeurs. Moi je veux savoir ce qui s'est passé, et ensuite je publie un article.

Elle le regarda dans les yeux, elle voulait qu'il voie son visage, qu'il oublie ses cheveux roses, qu'il comprenne à quel point elle était sérieuse.

— Dis ça à Molly. Dis-lui que je la protégerai, que je veux connaître la vérité. Dis-lui que quand elle sera prête à parler, je l'écouterai. (Elle lui mit une carte de visite dans la main.) Je m'appelle Susan Ward. Je bosse au *Herald*.

5

Le hall d'accueil de l'*Oregon Herald* n'ouvrait pas avant 7 h 30, Susan dut donc passer par l'entrée des fournisseurs, du côté sud de l'immeuble. Elle tournait avec quatre heures de sommeil et avait passé une heure sur le Net avant de venir pour se renseigner sur la dernière fille portée disparue. Elle avait renoncé à la douche, si bien que ses cheveux étaient encore imprégnés de l'odeur de cigarettes et de bière. Elle les attacha en arrière et enfila un pantalon et un haut noir. Mais elle choisit des tennis jaune canari. Aucune raison d'être sinistre.

Elle montra sa carte de presse au veilleur de nuit, un jeune Black corpulent qui avait enfin terminé *Les Deux Tours* et venait de se lancer dans *Le Retour du Roi*.

— C'est bien ? lui demanda-t-elle.

Il haussa les épaules et lui ouvrit la porte du sous-sol sans lui accorder un regard. Il y avait trois ascenseurs dans l'immeuble du journal, mais en général un seul fonctionnait. Elle le prit jusqu'au quatrième.

Les bureaux du *Herald* se trouvaient dans le centre. Un très beau centre-ville, plein d'immeubles splendides datant de l'époque où Portland était le plus grand port de commerce du Nord-Ouest. Les rues étaient bordées d'arbres et doublées de pistes cyclables, on trouvait des

27

parcs partout et des œuvres d'art à chaque coin de rue. Les employés de bureau côtoyaient pendant leur pause les SDF jouant aux échecs dans Pionner Square, les musiciens ambulants jouant la sérénade aux gens qui faisaient leurs courses et, Portland étant Portland, on rencontrait toujours quelqu'un en train de manifester contre quelque chose. Au beau milieu de cette élégance et de cette agitation se dressait l'immeuble du *Herald*, construction en briques et grès de huit étages que les gens comme il faut avaient jugée disgracieuse lors de sa construction en 1920. Depuis ils n'avaient pas changé d'avis.

Tout ce qui faisait le charme de la décoration intérieure avait été détruit lors d'une rénovation ratée dans les années soixante-dix, sans doute la pire décennie pour rénover quoi que ce soit. Moquettes grises, murs blancs, faux plafonds trop bas, éclairage au néon. Sans les unes encadrées du *Herald* qui tapissaient les murs et les bureaux encombrés des employés, on se serait cru dans une compagnie d'assurances. À l'époque où elle avait envisagé de travailler dans un journal, elle avait imaginé une joyeuse pagaille haute en couleur et des collègues parlant à toute vitesse. Le *Herald* était silencieux et guindé. Si quelqu'un avait le malheur d'éternuer, tout le monde se retournait.

Le journal était indépendant, l'un des rares quotidiens importants du pays à ne pas faire partie d'un groupe de presse. Il appartenait depuis les années soixante à une famille de magnats du bois qui l'avait acheté à une autre famille de magnats du bois. Les propriétaires avaient fait venir depuis peu un nouveau directeur de publication, Howard Jenkins, ancien spécialiste en relations publiques à New York et, grâce à lui, le journal avait obtenu trois fois le prix Pulitzer. Une bonne chose, se disait Susan, car, hormis le papier journal, il n'y avait plus beaucoup d'argent à gagner dans la filière bois.

Tout était si calme au quatrième qu'elle entendait le ronron du distributeur d'eau. Elle parcourut du regard la pièce principale bordée de box aux cloisons basses destinés aux journalistes et chroniqueurs du *Herald*. Quelques secrétaires de rédaction, penchés sur leur bureau, contemplaient d'un œil morne l'écran de leur ordinateur. Susan repéra Nedda Carson, l'assistante du rédacteur en chef, qui traversait le hall, son habituel mug de thé chai à la main.

— Ils sont là, dit-elle en indiquant de la tête une salle de réunion.

— Merci, répondit Susan en se dirigeant vers la petite pièce.

Elle aperçut Ian Harper derrière le panneau de verre à côté de la porte. Il avait été l'une des premières personnes recrutées par Jenkins, qui l'avait débauché du *New York Times*, et il était devenu l'un des rédacteurs vedettes du journal. Elle frappa à la vitre. Il leva les yeux et lui fit signe d'entrer. La pièce était petite et austère : les murs peints en blanc, une table de conférence, quatre chaises et une affiche encourageant les employés du *Herald* à recycler. Ian était perché sur le dossier d'une chaise. Il se perchait toujours comme cela. Susan pensait que la hauteur lui donnait l'illusion du pouvoir, mais peut-être se sentait-il simplement plus à l'aise. Clay, le rédacteur, se tenait de l'autre côté de la table, son visage flasque appuyé sur sa main, les lunettes de travers. L'espace d'un instant, Susan crut qu'il dormait.

— Bon sang, dites-moi que vous n'avez pas passé la nuit ici, lâcha-t-elle.

— On a tenu une conférence de rédaction à 5 heures. Assieds-toi, répondit Ian en lui désignant une chaise.

Il portait un jean noir, des Converse noires et un blazer noir. Sur son T-shirt fané, un portrait de John Lennon devant la statue de la Liberté. Il veillait à ce que ses T-shirts montrent qu'il venait de New York.

Clay leva la tête, le regard vitreux, et adressa un vague signe à Susan. Un gobelet à café venant de la cafet du rez-de-chaussée était posé devant lui. Il avait avalé les dernières gouttes. Elle aperçut les traces de marc sur les bords du gobelet. Elle s'assit, sortit son carnet et un stylo de son sac et demanda :

— Qu'est-ce qui se passe ?

Ian soupira et se caressa la tête. Le geste était censé suggérer qu'il réfléchissait, mais Susan savait qu'il était en fait destiné à vérifier le parfait ordonnancement de ses cheveux soigneusement retenus en arrière par un court catogan.

— Kristy Mathers, dit-il en continuant de se masser les tempes. Quatorze ans. Habite avec son père, chauffeur de taxi. Il ne s'est aperçu de sa disparition qu'hier soir en rentrant du boulot. La dernière fois qu'on l'a vue, elle quittait le lycée pour rentrer chez elle.

Susan avait appris tout cela aux infos du matin.

— Jefferson High School, dit-elle.

Ian s'empara d'un mug *Herald*, le tint en l'air un moment, et le reposa sans même boire une gorgée.

— Ouais. Trois gamines, trois lycées. La police met en place une surveillance devant chaque établissement.

— On est sûr qu'elle n'avait pas rendez-vous avec son copain, qu'elle n'est pas partie faire des courses, un truc dans le genre ?

Ian secoua la tête.

— Elle devait garder les enfants d'une voisine. Elle n'y est pas allée, n'a pas téléphoné. Les autorités prennent les choses très au sérieux. Qu'est-ce que tu sais de la Brigade Spéciale ? De l'Artiste ?

L'allusion à la tristement célèbre tueuse en série lui donna la chair de poule. Elle regarda tour à tour Ian et Clay.

— Qu'est-ce que l'Artiste a à voir là-dedans ?

— Qu'est-ce que tu connais de cette affaire ?

— Gretchen Lowell a tué un maximum de personnes. La Brigade Spéciale a passé dix ans à essayer de l'arrêter. Puis, un jour, elle a kidnappé le patron de la Brigade, c'était il y a plus de deux ans. Tout le monde pensait qu'il était mort. J'étais revenue de la fac pour Thanksgiving quand c'est arrivé. Elle s'est rendue, comme ça. Il avait failli mourir. Elle, elle est allée en tôle, et moi je suis retournée à la fac. On continue à lui coller des meurtres sur le dos, non ? Je crois qu'on lui a fait avouer vingt-cinq autres victimes la première année après son arrestation. Tous les mois elle en avoue un nouveau. C'est l'une de nos plus exceptionnelles psychopathes. Et quand je dis exceptionnelle, je veux évidemment dire, brutale, rusée et pas autre chose.

Clay croisa les mains et adressa à Susan un regard lourd de sous-entendus.

— On n'a pas ménagé les flics à l'époque.

— Je m'en souviens. On a publié beaucoup d'articles critiques, pleins de peur et de frustration. Plus quelques éditos saignants. Mais, à la fin, les héros, c'étaient eux. Il y a eu un livre, non ? Et des centaines d'histoires sur Archie Sheridan, le flic vedette.

— Il est de retour.

— Arrête, il est en arrêt thérapeutique.

— Était. On l'a convaincu de reprendre la tête de la nouvelle Brigade Spéciale. Le maire pense qu'il peut arrêter le tueur.

— Comme il a arrêté Gretchen Lowell ?

— Sans passer par la case où il a failli mourir.

— Ni par celle des éditos saignants, ajouta Susan.

— C'est là que tu interviens. La dernière fois on n'a eu accès à rien. Ils pensent que s'ils nous associent à l'enquête on sera moins tenté de critiquer et de se moquer. Ils nous autorisent à faire le portrait de Sheridan.

— Pourquoi moi ?

Ian haussa les épaules.

— Ils t'ont demandée expressément. Tu n'étais pas dans le circuit la dernière fois, et tu as une plume. En plus un diplôme des Beaux-Arts les inquiète moins qu'un diplôme de l'École de journalisme.

Il se caressa de nouveau la tête et trouva une mèche égarée qu'il remit soigneusement en place.

— Ils ne veulent pas d'un reporter. Ils ne veulent pas d'enquête parallèle. Ils veulent mettre en avant l'aspect humain. Et puis tu es allée à Cleveland High School.

— Il y a dix ans.

— C'est là que la première fille a disparu. Tu mettras de la couleur locale. T'es une super chroniqueuse, t'as un don pour ça. Jenkins est persuadé qu'on va tout droit au Pulitzer.

— J'écris des articles racoleurs sur les grands brûlés et les chiens écrasés.

— T'as toujours voulu faire des trucs plus ambitieux.

Elle hésitait à leur dire. Elle tapota un moment son stylo sur son carnet avant de le poser délicatement sur la table.

— J'ai commencé à enquêter sur l'affaire du sénateur Lodge.

Une chape de plomb s'abattit sur la pièce, comme si elle s'était mise à faire des gestes obscènes. Puis Clay se redressa lentement. Il jeta un coup d'œil à Ian perché sur le dossier de sa chaise, le dos droit, les mains sur les genoux.

— Ce ne sont que des rumeurs, rien d'autre, dit Ian. Molly Palmer avait un tas de problèmes psy. Le dossier est vide, c'est de la calomnie. Tu perds ton temps. Crois-moi. Et puis c'est pas notre créneau.

— Elle avait quatorze ans.

Ian reprit son mug, mais sans boire.

— Tu lui as parlé ?

Susan se tassa un peu sur sa chaise.

— J'arrive pas à la trouver.

Ian émit un petit ricanement perfide et reposa son mug.

— C'est parce qu'elle ne veut pas qu'on la trouve. Elle a fait je ne sais combien de stages de réinsertion et de désintoxication. Tu crois que je ne m'y suis pas intéressé quand je suis arrivé ? Elle est perturbée. Quand elle était au lycée, elle a raconté des bobards à des copines et les bobards ont fait des petits. Point barre. Alors, tu prends l'histoire de la Brigade Spéciale, ou je la donne à Derek ?

Susan tiqua. Derek Rogers avait été recruté en même temps qu'elle et se formait aux affaires criminelles. Elle croisa les bras et réfléchit à la proposition, plutôt allé-chante, de ne plus avoir à écrire d'histoires de chiens écrasés. Elle hésitait pourtant. C'était important, il s'agissait de vies et de morts. Même si elle ne l'aurait avoué pour rien au monde, elle prenait les choses très au sérieux. Cette affaire, elle la voulait. Ce qu'elle ne voulait pas, c'est être celle qui foutrait tout en l'air.

— On envisage quatre parties, poursuivit Ian. Avec chaque fois un appel de une. Tu suis Archie Sheridan, tu ne fais rien d'autre, et tu racontes ce que tu vois. Si tu es d'accord.

La une !

— C'est parce que je suis une nana, c'est ça ?

— Une fleur fragile.

Ian avait gagné le Pulitzer quand il travaillait au *New York Times*. Il lui avait laissé tenir sa médaille. Elle pou-vait encore en sentir le poids. Son pouls s'accéléra :

— D'accord, je marche.

Ian sourit. Il avait le sourire charmeur, et il le savait.

Elle ferma son calepin d'un geste sec et s'apprêta à se lever.

— Alors, où suis-je censée le trouver ?

— Il y a une conférence de presse à 15 heures. Je t'emmène.

Susan s'immobilisa. Maintenant qu'elle s'était engagée, elle brûlait d'envie de commencer.

— Mais… il faut que je le voie travailler.

— Il a besoin d'un peu de temps pour s'organiser, dit Ian d'un ton qui ne prêtait guère à discussion.

Une demi-journée, une éternité dans une affaire de disparition.

— Et qu'est-ce que je fais en attendant ?

— Termine tout ce que tu as en route et renseigne-toi au maximum.

Il décrocha le téléphone taché d'encre posé sur la table et pianota quelques touches.

— Derek, tu peux venir ?

Il fallut une nanoseconde à Derek Rogers pour faire son apparition à la porte. Il avait l'âge de Susan ce qui, elle l'admettait dans ses moments de lucidité, stimulait son instinct de compétition. Il était allé à la fac dans le Dakota du Sud grâce à une bourse obtenue pour ses talents de footballeur, puis, écarté des terrains après une blessure, il s'était reconverti dans le journalisme sportif. À présent il partageait son temps au *Herald* entre la rubrique criminelle et les affaires locales. Avec son menton volontaire, ses traits bien dessinés, et sa façon de marcher les jambes arquées comme un cow-boy, il avait toujours l'air d'un sportif. Elle le soupçonnait de se faire des mises en plis. Mais, aujourd'hui, il ne portait pas sa veste de costume et il avait les yeux chassieux. Elle se dit que peut-être il menait une vie plus intéressante que ce qu'elle imaginait. Il lui sourit et essaya de capter son regard. Il faisait toujours cela. Elle l'ignora.

Derek apportait un projecteur, un ordinateur portable, et une boîte de donuts qu'il fit glisser sur la table avant de l'ouvrir. Une odeur douçâtre envahit la pièce.

— Des Krispy-Kreme, dit-il. Je suis allé les chercher à Beaverton.

Une jeune fille avait disparu et Derek achetait des donuts. Grandiose ! Susan jeta un coup d'œil à Clay, mais celui-ci ne se lança pas dans une tirade sur la gravité de la situation. Il attrapa deux beignets et en attaqua un.

— Ils sont meilleurs quand ils sont frais, déclara-t-il.

Ian en prit un aux pommes.

— Tu n'en veux pas ? demanda-t-il à Susan.

Elle en avait très envie, mais elle ne voulait pas faire plaisir à Derek.

— Ça va, merci.

Derek installait son matériel. Il lança le portable et alluma le projecteur. Un carré coloré apparut sur le mur blanc. Susan regarda apparaître un titre de première page. Sur un fond rouge sang, en lettres gothiques, elle lut : Le Tueur d'Écolières.

— Le Tueur d'Écolières ? demanda Clay, sceptique, la voix pâteuse, des miettes de donut au coin de la bouche.

— J'essaie de lui trouver un nom, répondit Derek en baissant timidement les yeux.

— Trop banal. Il nous faut quelque chose de percutant.

— Pourquoi pas l'Étrangleur de la Willamette[1] ?

— Pas assez original, rétorqua Ian en haussant les épaules.

— Dommage qu'il ne les mange pas, lança Clay sèchement. Là on trouverait quelque chose de vraiment fort.

— Il y a combien de temps que la troisième fille a disparu ? demanda Susan.

1. Rivière qui arrose Portland.

35

Derek se racla la gorge, fit face au groupe et posa ses poings sur la table.

— Oui, excusez-moi. Commençons par Lee Robinson de Cleveland High School. Elle a disparu en octobre. Elle avait chorale, jazz gospel, après les cours. La répétition finie elle a dit à ses copines qu'elle rentrait à pied. Elle habitait à quelques rues de là.

Susan rouvrit son carnet.

— Il faisait nuit ?

— Presque. Lee n'est jamais rentrée chez elle. Ne la voyant pas arriver pour dîner, sa mère, au bout d'une heure, a téléphoné à ses amies. Pour finir elle a appelé la police à 21 h 30. Personne ne pensait encore au pire.

Derek tapa sur une touche et le gros titre fit place à un article du *Herald*.

— C'est le premier truc qu'on a publié, en une dans les pages locales, le 29 octobre, quarante-huit heures après la disparition de Lee.

Susan ressentit une bouffée de tristesse en voyant l'image de la jeune fille souriant sur la photo de classe : métisse, cheveux défrisés, appareil dentaire, T-shirt de la chorale, boutons d'acné, fard à paupières bleu, gloss sur les lèvres. Derek continua :

— Les flics ont ouvert une hotline. Ils ont reçu des centaines d'appels. Mais ça n'a débouché sur rien.

— Tu es sûre que tu ne veux pas un beignet aux pommes ? demanda Ian.

— Oui.

Derek enfonça une autre touche. La photo disparut, remplacée par la première page du 1ᵉʳ novembre. Gros titre : « DISPARITION D'UNE JEUNE FILLE ». La photo de classe était là aussi, avec une photo de la famille lors d'une veillée.

— On a sorti deux autres articles après ça, avec très peu d'infos.

Une autre image, datée du 7 novembre, un autre gros titre : « LA JEUNE DISPARUE RETROUVÉE MORTE ».

— Un groupe de volontaires l'a découverte dans la boue sur la plage de Ross Island. Elle avait été violée et étranglée. D'après le légiste, elle y était depuis une semaine.

Chaque jour qui suivit vit paraître un nouvel article : rumeurs, pistes, témoignages de voisins racontant à quel point Lee était jolie, veillées au lycée, services religieux, promesses de récompense pour tout renseignement menant au tueur.

— Le 2 février, Dana Stamp termina son cours de danse à Lincoln High School, prit une douche, dit au revoir à ses amies et se dirigea vers sa voiture garée sur le parking étudiants. Elle n'est jamais rentrée chez elle. Sa mère, agent immobilier, faisait visiter une maison à l'autre bout de la ville et n'est rentrée qu'à 21 heures. Elle a appelé la police peu avant minuit.

Image suivante, la première page du *Herald* en date du 3 février. Gros titre : « NOUVELLE DISPARITION ». Nouvelle photo de classe. Susan se pencha en avant et examina la jeune fille sur le mur. Les ressemblances étaient frappantes. Dana ne portait pas d'appareil dentaire et n'avait pas d'acné, si bien qu'à première vue elle paraissait plus jolie que Lee, mais, en y regardant mieux, on aurait pu les croire parentes. Dana était le portrait de Lee une fois les dents redressées et l'acné disparue. Toutes deux avaient le même visage ovale, les yeux écartés, un petit nez banal et les cheveux châtains. Toutes deux étaient maigrichonnes avec des seins bourgeonnants. Dana souriait sur la photo. Lee ne souriait pas.

Susan avait suivi l'histoire. Impossible d'habiter Portland et de l'ignorer. Au fil du temps, et en l'absence d'indices, les deux affaires s'étaient mélangées, on parlait de Dana-et-Lee, sinistre mantra repris en boucle par les journaux locaux qui en faisaient leurs gros titres, indifférents aux événements du monde. Officiellement la police se contentait d'affirmer qu'elle n'écartait pas la possibilité que les deux crimes soient liés, mais dans l'esprit du public, cela ne faisait aucun doute. Les photos de classe apparaissaient toujours ensemble et les gens parlaient des « filles ».

Derek regarda tour à tour ses interlocuteurs, faisant monter la tension.

— Un kayakiste a découvert le corps de Dana en partie caché par les broussailles sur les bords de l'Esplanade le 14 février. Elle avait été violée et étranglée.

L'image disparut, remplacée par la une du jour, 8 mars : « TROISIÈME DISPARITION, LA VILLE RECONSTITUE LA BRIGADE SPÉCIALE ». Derek reprit :

— Kristy Mathers a quitté le lycée hier à 16 h 15, après une répétition avec la troupe de théâtre. Elle devait rentrer à vélo. Son père est chauffeur de taxi, il finit tard. Comme il n'arrivait pas à la joindre au téléphone, il est passé chez lui vers 20 heures. Il a appelé la police à 20 h 30. On n'a toujours pas retrouvé la gamine.

Le regard de Susan s'attarda sur la photo. Kristy était plus joufflue que Lee et Dana, mais elle avait les mêmes yeux écartés et les mêmes cheveux châtains. Susan jeta un coup d'œil à la pendule ronde et blanche qui ronronnait sur le mur d'en face. L'aiguille des minutes fit un bond en avant. Il était 8 h 30. Cela faisait plus de douze heures que la jeune fille avait disparu. Un frisson glacé lui parcourut le dos en pensant qu'il n'y aurait sans doute pas de réjouissances à la fin de l'affaire. Ian se tourna vers elle :

— Ton sujet, c'est Archie Sheridan, pas les filles. Les filles, c'est… c'est le décor, précisa Ian en caressant son catogan. Tu réussis ce coup-là, et c'est la gloire.

Derek semblait perplexe.

— Qu'est-ce que ça veut dire ? Tu as dit que c'était à

moi de m'en occuper. J'ai passé la moitié de la nuit sur cette présentation.

— Changement de programme, lâcha Ian en lui adressant un de ses sourires charmeurs. Belle présentation Power Point en tout cas.

La mâchoire de Derek se crispa.

— Détends-toi. Tu peux toujours mettre le site web à jour. Et puis on lance un blog.

Susan vit son collègue blêmir et deux taches rouges, parfaitement rondes, apparurent sur ses joues. Il se tourna tour à tour vers Ian puis vers Clay. Celui-ci semblait absorbé par son donut. Derek lança un regard vengeur en direction de Susan. Elle haussa les épaules et lui adressa un demi-sourire. Elle pouvait se le permettre.

— Bon, fit-il, l'air résigné.

Il referma sèchement son ordinateur et enroula le cordon autour de sa main. Puis il s'arrêta ; le cordon semblait étrangler son poignet.

— L'étrangleur… L'Étrangleur de Cinq Heures.

Tous les regards se tournèrent vers lui. Il sourit, content de lui.

— Pour le nom. Je viens d'y penser.

Ian regarda Clay, la tête penchée, l'air interrogateur. Non, pensa Susan, il ne faut pas laisser ce zozo, ce ringard de Derek choisir le nom. Clay hocha plusieurs fois la tête et se força à rire.

— C'est bébête, mais ça me plaît.

Son rire s'évanouit et il resta un moment parfaitement immobile avant de se racler la gorge.

— Il faudrait préparer une nécro…, au cas où…

Puis il prit son gobelet de café froid et le contempla d'un œil morne. Derek regardait ses mains, Susan la pendule, et Ian s'occupait de son catogan. L'aiguille sauta une nouvelle minute. Le bruit s'entendit dans la petite pièce soudain silencieuse.

6

Archie compta les Vicodine. Treize. Il plaça deux des cachets blancs sur les toilettes et disposa les onze autres dans la boîte en cuivre, les calant soigneusement dans du coton pour éviter qu'ils ne bougent. Puis il mit la boîte dans la poche de son blazer. Treize Vicodine… Cela devrait suffire. Il soupira et ressortit la boîte de sa poche. Il prit cinq autres comprimés dans le flacon en plastique marron, les rangea dans la boîte et remit celle-ci dans sa poche. Dix-huit Vicodine. Dix milligrammes de codéine et sept cent cinquante milligrammes d'acitaminophène par prise. La dose maximum d'acitaminophène que les reins pouvaient encaisser était de 4 000 mg par vingt-quatre heures. Il avait fait le calcul, cela faisait 5,33 comprimés par jour. Pas vraiment assez. Alors il s'amusait à contrôler son addiction. Il s'en autorisait un de plus tous les deux ou trois jours. Jusqu'à vingt-cinq. Puis il diminuait, coupait les comprimés en deux, et redescendait jusqu'aux quatre ou cinq recommandés. Et alors il recommençait à augmenter. C'était un jeu. Le Roi de la montagne et les cachets. Chacun avait son rôle : Vicodine pour la douleur, Xanax pour les crises d'angoisse, Zantac pour l'estomac, Ambien pour dormir. Et tous allaient dans la boîte.

Il se caressa la joue. Il n'avait jamais très bien su se raser, mais les derniers temps c'était devenu presque dangereux. Il arracha le petit bout de papier toilette collé à la coupure. Le sang se remit aussitôt à couler. Il s'aspergea le visage d'eau froide, déchira un autre morceau de papier, le pressa contre sa blessure et se regarda dans la glace. Incapable d'apprécier sa propre apparence, il possédait en revanche le don de juger celle des autres, celui de compatir, de se souvenir, de s'acharner à poursuivre la moindre piste, à gratter la moindre croûte, jusqu'à ce que la vérité enfin apparaisse. Il lui était rarement venu à l'esprit, au cours de son étrange carrière de détective, de se soucier de la façon dont les autres le percevaient. À présent il s'attardait sur sa propre image. Il avait des yeux noirs et tristes. Mais ce regard, il l'avait eu bien avant d'avoir entendu parler de Gretchen Lowell, bien avant de devenir flic, c'était le regard de son grand-père, prêtre défroqué qui avait fui l'Irlande du Nord et souffrait du mal du pays, même entouré des siens. Archie avait toujours eu les yeux tristes, mais les dernières années, ses autres traits s'étaient estompés, si bien qu'on remarquait davantage ses yeux. Il avait le menton fort de sa mère, le nez cassé à cause d'un accident de voiture, et des joues qui se creusaient lorsqu'il s'autorisait un sourire. Il n'était pas beau, mais il n'était pas laid, à condition d'aimer les gens ordinaires à l'air déprimé. Il sourit à son image, mais le résultat lui arracha une grimace. Qui essayait-il de leurrer ? Il allait faire un effort. Il tenta d'aplatir une mèche rebelle sur le devant de sa tignasse châtain bouclée et se lissa les sourcils. Il portait un ridicule blazer en velours marron qui lui donnait un look de vieux prof, et une cravate argent et ocre achetée par son ex-femme dont il savait qu'elle avait bon goût parce qu'il avait entendu des gens le dire. Il paraissait flotter dans la veste qu'il avait pourtant achetée à sa taille, mais il avait

41

des chaussettes propres. Il lui sembla qu'il avait l'air presque normal. Cela faisait deux ans qu'il ne s'était pas senti aussi reposé. À quarante ans il en paraissait dix de plus. Il livrait un combat perdu d'avance contre les médicaments et ne supportait pas de toucher ses propres enfants. Pourtant il avait l'air presque normal. Eh oui ! il s'en tirait plutôt bien. Il se répéta qu'il était flic. *Je suis capable d'embobiner n'importe qui.* Il arracha le bout de papier collé à sa joue et le jeta dans la poubelle. Puis il empoigna les deux bords du lavabo et se regarda dans le miroir. La coupure se voyait à peine. Il sourit et tira ses sourcils touffus vers le haut. *Salut ! Content de te revoir ! Ouais ! Ça boume ! Tout baigne !* Il poussa un soupir et laissa son visage reprendre son aspect flasque habituel. Puis il prit machinalement les deux comprimés posés sur les toilettes et les avala sans eau. Il était 6 h 30 du matin. Plus de douze heures s'étaient écoulées depuis la disparition de Kristy Mathers.

Les locaux de la nouvelle Brigade Spéciale avaient été installés dans une ancienne banque louée par la ville pour pallier la pénurie d'espaces de bureaux. Le bâtiment était un bloc rectangulaire en béton percé de quelques rares fenêtres et entouré de parkings. Seul le distributeur de billets avait survécu.

Archie jeta un coup d'œil à sa montre : presque 7 heures.

Le porte-à-porte la veille au soir chez les voisins morts de peur n'avait rien donné. Henry l'avait déposé vers 3 heures du matin en lui donnant l'adresse des nouveaux bureaux et en lui souhaitant bonne nuit. Tous deux avaient ri. À présent, les mains dans les poches, il observait le spectacle depuis l'autre côté de la rue. Il avait pris un taxi, un compromis passé avec les médicaments. Il était drogué, mais responsable. Un sourire fleurit sur ses lèvres. *Putain, une banque.* Il y avait déjà trois véhicules de la presse locale devant l'immeuble.

Sur l'un d'eux il lut un slogan : *Tout ce que vous devez savoir*. Pas de presse nationale encore. Mais s'il avait raison, ce n'était qu'une question de temps. Il regarda les journalistes, vêtus de manteaux ridiculement chauds et imperméables, discuter avec leurs cameramen barbus. Ils se penchaient, pleins d'espoir, chaque fois qu'une voiture s'arrêtait, et retournaient à leur cigarette et à leur Thermos dès qu'ils avaient identifié les occupants. C'était lui qu'ils attendaient. Pas les filles. Pas la Brigade Spéciale. Putain, même pas un scoop. C'était lui qu'ils voulaient. La dernière victime de l'Artiste. Il sentit le froid mordre ses doigts. Il se passa une main dans les cheveux et constata qu'ils étaient mouillés. Dix minutes qu'il attendait sous la pluie. *Tu vas attraper la mort*, se dit-il. Ce n'était pas sa voix, mais celle de Gretchen. Elle chantonnait, plaisantait. *Tu vas attraper la mort, mon chéri*. Il prit une profonde inspiration, la chassa de son esprit, et se dirigea vers son nouveau bureau.

La meute des reporters l'entoura dès qu'il posa le pied sur le parking. Il ignora questions et caméras et fendit la foule en marchant aussi vite que possible. *Comment allez-vous ? Quelle impression ça vous fait d'être de retour ? Vous avez eu des contacts avec Gretchen Lowell ?*

Ne te laisse pas distraire, se dit-il. Il tâta la boîte à pilules dans sa poche, juste pour se rassurer. *Ne t'arrête pas.*

Il montra son badge au policier en faction à la porte et entra, indifférent aux journalistes fermement tenus à distance à l'extérieur. La banque grouillait de monde : on nettoyait, on démontait l'ancien comptoir, on déplaçait des meubles. L'air était saturé de la poussière des cloisons abattues et du bourdonnement des outils électriques. Archie laissa son regard parcourir l'espace, les particules en suspension lui brûlèrent les yeux. Henry l'attendait. Il lui avait appris les ficelles du métier quand il était devenu détective, et depuis il le protégeait. Grand, costaud, le crâne rasé luisant, la moustache poivre et sel, Henry pouvait en imposer quand il le voulait. Mais son large sourire et ses yeux bleus trahissaient une nature plus chaleureuse. Il connaissait les deux faces de son personnage et en jouait à son avantage. Aujourd'hui il était entièrement vêtu de noir : un pull à col cheminée, un blouson de cuir et un jean. Une ceinture de cuir, noire elle aussi, faite à la main et ornée d'une boucle argent et turquoise, complétait l'ensemble dont il ne se séparait que rarement. Il brossait soigneusement la poussière blanche de son pantalon quand il aperçut Archie.

— T'as réussi à éviter les journaleux locaux ? demanda-t-il, l'air amusé.

La presse faisait montre d'une curiosité beaucoup plus insistante vis-à-vis d'Archie que d'Henry, et celui-ci le savait.

— Sans problème.

— Il fallait t'y attendre. T'es prêt à affronter ça ?

— Comme jamais. C'est une banque ici ?

— J'espère que tu n'es pas allergique à l'amiante.

— Tu trouves ça bizarre ?

— J'ai toujours aimé les banques. Banque égale pognon.

— Tout le monde est là ?

— Ils t'attendent dans la salle des coffres.

— La salle des coffres ?

— Je blague. Il y a une salle de repos. Avec un micro-ondes et un petit frigo.

— Forcément, dans une banque. Comment est l'ambiance ?

— Comme s'ils s'apprêtaient à voir un fantôme.

Archie agita un index en direction de son ami.

Un évier, un réfrigérateur, une paillasse et des placards occupaient l'un des murs de la salle de repos. On avait réuni plusieurs petits bureaux pour former une table de conférence digne de ce nom. Les neuf détectives, assis ou debout, se tenaient autour, la plupart avaient un mug de café à la main. Les conversations s'arrêtèrent net quand Archie entra.

— Bonjour, lança-t-il.

Il regarda les membres du groupe. Six d'entre eux, dont Henry, avaient travaillé avec lui au sein de la Brigade Spéciale. Il y avait deux nouveaux.

— Je m'appelle Archie Sheridan, dit-il d'une voix forte.

Tout le monde, y compris les deux nouveaux, savaient qui il était, mais cela lui fournissait un point de départ.

Les bleus, Mike Flannigan et Jeff Heil, étaient de taille et de corpulence moyennes, l'un blond, l'autre châtain foncé. Ils lui firent penser aux Hardy Boys, les célèbres ados détectives, et il les surnomma immédiatement ainsi dans sa tête. Il y avait également Claire Masland, Martin Ngyun, Greg Fremont, Anne Boyd et Josh Levy. Il avait travaillé avec certains d'entre eux jour et nuit, pendant des années, mais il ne les avait pas revus depuis sa sortie de l'hôpital. Il n'avait pas voulu les voir. À présent, ils le regardaient avec un mélange d'affection et d'inquiétude. Il se sentait mal à l'aise pour eux. Il se sentait toujours mal à l'aise pour les gens qui savaient ce qu'il avait enduré. Cela les rendait maladroits. Il savait que c'était à lui de détendre l'atmosphère afin qu'ils puissent travailler efficacement pour lui, sans éprouver de pitié. La meilleure méthode, il le savait, était de faire comme si rien ne s'était passé, comme s'ils s'étaient vus la veille. Au travail, comme d'habitude. Sans discours, sans émotion. Pour leur montrer qu'il avait récupéré, qu'il contrôlait la situation.

— Claire, dit-il en se tournant vers l'inspectrice toute menue. Quelles sont les mesures de sécurité autour des autres établissements scolaires ?

Le reste de l'équipe avait été réuni le matin même,

mais Henry et Claire travaillaient sur l'affaire depuis le début.

La jeune femme se redressa, un peu surprise, mais contente d'être mise sur le gril comme il s'y attendait :

— Les activités extrascolaires du soir ont été suspendues *sine die*. Nous avons quatre policiers en tenue devant chaque école et six unités volantes qui patrouillent entre 17 et 19 heures, moment où les enlèvements semblent avoir lieu. On va tenir des réunions de sécurité aujourd'hui. On va envoyer des lettres aux parents pour leur conseiller de ne pas laisser leurs filles rentrer seules à pied ou à vélo.

— Bien, merci. Les recherches ?

Martin Ngyun se pencha en avant. Il portait une casquette de base-ball des Portland Trail Blazers. Archie n'était pas certain de l'avoir jamais vu sans.

— On n'a rien trouvé hier soir. Aujourd'hui on a cinquante personnes et dix chiens qui passent tout au peigne fin dans un rayon de deux kilomètres autour de la maison de Kristy. Plus cent volontaires. Rien pour l'instant.

— Je veux un barrage routier ce soir près de Jefferson entre 17 et 19 heures. Arrêtez tous ceux qui passent. Demandez-leur s'ils ont vu quelque chose. S'ils passent ce soir, il y a des chances qu'ils aient pris le même chemin hier. Lee Robinson avait un portable, non ? Je veux le relevé de tous ses coups de fil et de ses e-mails sur mon bureau.

Il se tourna vers Anne Boyd. C'était le troisième profiler que le FBI avait envoyé sur l'affaire de l'Artiste, et le seul qui ne se soit pas avéré un insupportable connard. Archie l'avait toujours appréciée, mais il n'avait pas répondu aux quelques lettres qu'elle lui avait envoyées ces deux dernières années.

— Quand aurons-nous un profil ?

Anne termina son Coca light et fit légèrement

tinter la canette en la posant sur la table. La dernière fois qu'Archie l'avait vue, elle avait une coupe afro. Aujourd'hui elle arborait une centaine de minuscules tresses qui se balançaient lorsqu'elle bougeait la tête.

— Vingt-quatre heures, maximum.

— Une idée?

— Homme. Entre trente et cinquante ans. Plus les trucs évidents.

— Comme?

— Il fait un effort pour rendre le corps de ses victimes. Il a mauvaise conscience, dit-elle en haussant ses épaules charnues.

— En résumé, nous cherchons un homme entre trente et cinquante ans qui a mauvaise conscience. Et s'il a mauvaise conscience, il est vulnérable, non? demanda-t-il à l'adresse d'Anne.

— Il sait que ce qu'il a fait est mal. Vous pourriez peut-être l'intimider.

Archie se pencha au-dessus de la table, appuyé sur les bras, et fit face au groupe. Tous le regardèrent et attendirent. Il voyait que beaucoup d'entre eux avaient travaillé toute la nuit, sans dormir. Chaque minute qui passait entamait un peu plus leur moral. Ils allaient moins dormir, moins manger, s'inquiéter davantage. Son équipe. Sa responsabilité. Pour sa hiérarchie, Archie n'était pas le chef de service idéal. Il faisait passer les gens qui travaillaient pour lui avant ceux pour qui il travaillait. Cela en faisait un bon meneur. Tant qu'il obtenait des résultats, les huiles acceptaient de fermer les yeux sur le reste. Il avait travaillé dix ans avec l'équipe qui traquait l'Artiste, et il l'avait dirigée pendant quatre, jusqu'à ce qu'ils capturent Gretchen Lowell. Pendant tout ce temps il avait senti le fer de la hache de sa hiérarchie sur son cou. Il avait fait ses preuves et failli mourir. Pour cette raison, il bénéficiait de la confiance de tous ceux qui étaient dans la pièce. Il n'en détestait que davantage l'annonce qu'il devait faire.

— Avant d'aller plus loin il faut que je vous dise qu'un écrivain du *Herald* va me suivre partout. Elle s'appelle Susan Ward.

Les corps se raidirent.

— Je sais. Ce n'est pas réglementaire. Mais je n'ai pas le choix, et vous devez me croire quand je vous dis que j'ai une bonne raison. Je vous invite à coopérer dans la mesure de ce que vous jugerez raisonnable.

Il les regarda en se demandant ce qu'ils pensaient. Un salopard en quête de gloire ? Une hyène cherchant de l'avancement ? Qu'il échangeait une exclu contre une info gênante enterrée ? *Vous n'y êtes pas*, pensa-t-il.

— Des questions ? Des problèmes ?

Six mains se levèrent.

7

— Parle-moi d'Archie Sheridan, dit Susan.

Vers 4 heures de l'après-midi, elle avait fini de lire la pile de documents que Derek avait sortis de la banque de données du *Herald* et lui avait remis avec un beignet aux pommes enveloppé dans du papier alu. Il essayait d'être drôle? À présent elle était assise sur le coin du bureau de Quentin Parker, son carnet à la main.

Parker était le spécialiste des affaires locales. Chauve et obèse, il pensait pis que pendre des diplômes de journalisme, quant aux Beaux-Arts… Il appartenait à la vieille école et se montrait volontiers agressif et condescendant. En plus il était sans doute alcoolique. Mais il était intelligent, et Susan l'aimait bien.

Il se cala contre le dossier de son fauteuil, empoignant les accoudoirs de ses grosses pattes boudinées et sourit :

— Qu'est-ce qui t'a pris si longtemps ?

— Ils t'ont parlé de la série d'articles qui va me valoir le Pulitzer ?

Il ricana.

— Ils t'ont dit que c'était ton cul qui t'avait valu de suivre Sheridan ?

Elle sourit doucement.

— Mon cul est mon meilleur avocat, et puis il est infatigable.

Parker pouffa et la regarda avec tendresse.

— T'es sûre que tu n'es pas ma fille ?

— Tu vois ta fille avec des cheveux roses ?

Il secoua la tête, faisant tressauter ses bajoues.

— Faudrait qu'elle me passe sur le corps.

Son regard parcourut la salle de rédaction. Des rangées de journalistes avaient le nez collé à leur ordinateur ou l'oreille au téléphone.

— Regarde-moi ça, grommela-t-il en montrant tristement son environnement, ambiance silencieuse et laborieuse, moquette feutrée et box tous identiques. On se croirait dans un putain de bureau. Allez, viens, je t'offre un sandwich pourri à la cafet et on joue aux grands reporters.

Il soupira et réussit avec peine à se redresser et à s'extraire de son fauteuil. La cafétéria se trouvait au sous-sol. Nourriture de cantine classique : ragoût sous des lampes chauffantes, salades de laitue sauce au bleu, patates au four toutes ratatinées. Des distributeurs, probablement en service depuis trente ans, offraient des pommes de la taille de mandarines, des sandwiches triangulaires, des tranches de pâté en croûte et des bananes légèrement talées. Parker acheta deux sandwiches jambon-fromage et en tendit un à Susan.

Comme la nourriture était infecte, rares étaient les employés du journal qui fréquentaient l'endroit, plus rares encore ceux qui venaient profiter de l'ambiance mortelle, si bien qu'ils n'eurent aucun mal à trouver une table libre en Formica beige.

Une odeur de tabac froid collait à Parker comme une seconde peau. Il donnait toujours l'impression de revenir d'une pause cigarette, pourtant Susan ne l'avait jamais vu quitter son bureau. Il attaqua goulûment son sandwich et essuya la mayonnaise qui coulait sur son menton d'un revers de main.

— Vas-y, je t'écoute.

Elle ouvrit son carnet et lui lança un sourire éclatant.

— Susan Ward de l'*Oregon Herald*. Puis-je vous poser quelques questions, monsieur ?

— Le *Herald*, excellent journal. Je vous en prie, mademoiselle.

— Archie Sheridan. Il a fait partie de la Brigade Spéciale chargée de traquer l'Artiste depuis le début, n'est-ce pas ? Lui et son équipier ont enquêté sur le premier meurtre, non ?

Parker hocha la tête, multipliant par dix les plis de son menton.

— Oui. Il était à la brigade criminelle depuis deux semaines. Son équipier s'appelait Henry Sobol. C'était la première affaire de Sheridan. Vous imaginez ça. Première enquête et il tire un tueur en série. Putain, quelle veine ! Bien sûr, à ce moment-là ils ne le savaient pas encore. C'était rien qu'une pute trouvée morte par un jogger dans Forest Park. Nue et torturée. Un truc dégueulasse. De la broutille à côté de ce qui allait suivre, mais assez dégueulasse pour qu'on s'y intéresse. Ça remonte à 1994, en mai.

— Ensuite on a trouvé les autres corps, pendant l'été, dans l'Idaho et dans l'État de Washington ?

— C'est ça. Un gamin de Boise. Dix ans. Porté disparu jusqu'à ce qu'on le retrouve mort dans un fossé. Un vieux d'Olympia, retrouvé assassiné dans son jardin. Puis une serveuse de Salem. Quelqu'un a balancé son corps d'une voiture sur l'autoroute. Résultat, quatre bagnoles les unes dans les autres, la circulation bloquée pendant des heures. Les gens étaient furieux.

— Et Sheridan a découvert la signature, des marques sur le torse, c'est ça ?

— Ouais. C'est ce qu'on a dit dans le journal. Des marques sur le torse.

Il se pencha en avant, coinçant son ventre protubérant contre la table.

— Tu sais ce qu'est un cutter ? Un manche avec un genre de lame de rasoir au bout ?

Susan hocha la tête.

— Ils avaient tous été travaillés avec un de ces trucs. Tous sans exception. Des blessures très particulières infligées à ces pauvres bougres alors qu'ils étaient encore vivants.

— Très particulières dans quel sens ?

— Elle signait son œuvre. Elle sculptait un cœur sur chacun d'eux. Mais comme il y avait beaucoup de dégâts sur les poitrines, les cœurs n'étaient pas faciles à repérer, la forêt qui cache l'arbre en quelque sorte. Quelqu'un aurait fini par les voir, mais Sheridan a trouvé avant les autres. C'était sa première affaire, tu sais, sa prostituée assassinée. Pas vraiment une priorité pour la hiérarchie, je peux te le dire. Impossible même de trouver quelqu'un qui vienne réclamer le corps. La gamine s'était échappée d'un foyer d'accueil. Mais pas question pour Archie de laisser tomber. Et quand les huiles ont compris qu'elles avaient un tueur en série sur les bras, un fou qui torturait et massacrait des contribuables pris au hasard, elles ont constitué cette Brigade Spéciale plus vite qu'il ne faut de temps pour le dire.

Il mordit de nouveau dans son sandwich, mastiqua deux fois, et se remit à parler.

— Comprends bien, les enquêteurs étaient paumés. Les tueurs en série agissent en fonction de schémas connus. Pas cette Gretchen Lowell. Elle s'en prenait à n'importe qui. Seules les blessures sur la poitrine étaient récurrentes. Elle mutilait, tailladait, gravait, brûlait même à l'occasion. Et puis elle avait tout un tas d'autres cordes de tarée à son arc. Parfois elle faisait boire de la soude caustique, du déboucheur d'évier, à ses victimes. Parfois elle les disséquait, leur enlevait la rate, l'appendice, la langue. Certains ont été carrément découpés en filets. Elle avait des complices et, pour couronner le tout, c'était une femme.

Il avala sa bouchée et posa son sandwich sur la table.

— Tu ne manges pas ?

Susan cessa d'écrire et jeta un regard sceptique au sandwich dans son emballage plastique. Elle se sentait un peu écœurée, et le pain racorni lui faisait penser à un animal mort. Elle regarda Parker. Il fronça les sourcils pour l'encourager. Elle déballa le sandwich et mordit un petit coin. Le jambon avait un goût de poisson. Quentin paraissait satisfait. Elle reposa le tout et reprit ses questions.

— Parle-moi de ses complices, c'étaient tous des hommes ?

— Des pauvres mecs. On pense qu'elle les trouvait dans les petites annonces des journaux, et plus tard sur des sites de rencontre. Elle utilisait des pseudos pour s'inscrire et repérer ses victimes. Apparemment, elle avait un don pour choisir des hommes faciles à manipuler. Elle les coupait de leur entourage, trouvait leurs points faibles, et les poussait jusqu'à ce qu'ils craquent.

Il sourit d'un air désabusé et une goutte de mayonnaise apparut au coin de sa bouche.

— En fait elle avait beaucoup de points communs avec ma femme.

— J'ai eu un copain qui avait rencontré sa femme grâce à une petite annonce. Elle lui a vidé son compte en banque et a filé au Canada un jour qu'il était au boulot.

— Ouais, dit Parker en s'essuyant avec une serviette en papier. C'est beau l'amour, hein ?

— Qu'est-ce que tu pensais de la Brigade Spéciale ?

De la façon dont elle était dirigée ? T'as écrit plein d'articles là-dessus.

— Il y a eu beaucoup de magouilles politiques. Beaucoup de pressions de la part des familles, de la presse et des autorités. Je n'avais pas vu autant de coups de poignard dans le dos depuis des lustres. Le FBI a envoyé trois profilers, et ils ont usé trois patrons avant de finir par donner le job à Sheridan. Les détectives craquaient au bout de quelques années. Ils bossaient tous les jours, suivaient toutes les pistes, du matin au soir, et à l'arrivée, *nada*. Leur base de données ne contenait pas moins de dix mille tuyaux. Les profils que leur donnait le FBI étaient tous faux. Une année ils étaient cinquante, puis un an passait sans cadavre, le public en avait marre, tout cet argent dépensé pour rien, et l'année suivante, la Brigade se trouvait réduite à trois types. On découvrait un autre corps et tout repartait. Sheridan a été le seul à tenir les dix ans, à ne jamais demander sa mutation.

— Tu le connais ?

— Bien sûr.

— Tu le connais de quelle manière : laisse-moi te poser quelques questions en vitesse ? Ou bien : allons discuter autour d'un verre ?

— La première. Il avait une femme et deux mouflets. Il en était fou. Il avait connu sa femme à la fac. Je l'ai rencontrée une fois. Une femme bien. Autant que je sache, dans sa vie, Archie avait l'Artiste et sa famille. Pas grand-chose d'autre.

— Qu'est-ce que tu pensais de lui ?

— Un bon flic. Intelligent. Ça aurait pu lui valoir des tas d'emmerdes. Il a un doctorat en criminologie ou je ne sais quoi. Une grosse tête. Mais ses collègues l'aimaient bien. Honnête. Motivé. Et…, ajouta Parker en agitant la main, un peu à l'ouest.

— Comment ça, à l'ouest ?

— Disons qu'il était très motivé. Il a bossé dix ans sur cette affaire.

— Où est-ce qu'il était ces deux dernières années ? Tu le sais ?

— Ici, autant que je sache. En longue maladie. Elle a joué le grand jeu avec lui. Il a passé deux mois à l'hôpital. Plus la rééducation. Mais j'ai entendu dire qu'il avait collaboré avec le proc sur le compromis qu'il a passé avec elle. Il n'a pas complètement disparu de la surface de la Terre.

— Elle a plaidé coupable pour les cinq meurtres de l'Oregon et les six de Washington et de l'Idaho. Et aussi pour kidnapping et tentative de meurtre. Sans parler des vingt cadavres dont elle a craché l'emplacement.

— En échange de sa vie. Beaucoup de gens pensaient qu'elle méritait la chaise.

— Et toi, qu'en penses-tu ?

— J'aurais aimé qu'il y ait un procès. J'adore la tension émotionnelle des tribunaux, et j'aurais payé un max pour assister au témoignage de Sheridan.

— Pourquoi l'a-t-elle kidnappé ? Ça n'a aucun sens, demanda Susan en se mordant la lèvre.

— C'était lui le patron de la Brigade Spéciale. Il avait sa photo dans les journaux tous les jours à l'époque. Elle ressentait le besoin qu'il la reconnaisse. Elle est entrée direct dans son bureau et lui a proposé son aide de pseudo-psy. Peut-être que c'était un défi pour elle. Et n'oublie pas qu'elle est givrée.

Il enfourna le reste de son sandwich.

— Pourquoi ce surnom, l'Artiste ?

— C'est ma trouvaille, dit-il fièrement. J'ai demandé au légiste qui avait autopsié la pute de Sheridan quel était l'état du corps. Elle avait été salement mutilée. Il a sifflé et déclaré : *C'est un travail d'artiste.* Sa plus intéressante autopsie de l'année. Avant il travaillait à Newport. Rien que des noyades et des suicides. Il était tout émoustillé. Coïncidence, Gretchen Lowell aussi était une pépée.

Quelque chose ne collait pas pour Susan. Cette femme possédait un formidable instinct de survie. Cela faisait dix ans qu'elle menait sa croisade meurtrière. Dix ans au moins. Enlever le flic lancé à ses trousses, quel intérêt ?

— Qu'est-ce que tu penses de la théorie qui dit qu'elle voulait qu'on l'arrête ? Suicide par flic interposé ?

— Des conneries. Gretchen Lowell est une psychopathe. Elle n'est pas comme nous. Elle ne fait pas les choses parce qu'elle a une bonne raison. Elle adore tuer les gens. Elle a kidnappé Archie Sheridan, elle l'a drogué, torturé pendant dix jours, et elle l'aurait tué s'il n'avait pas réussi à la dissuader de le faire.

— La dissuader de le tuer ? Comment ça ?

— C'est elle qui a appelé le 911. Sans sa formation médicale il serait mort. L'un des toubibs m'a appris qu'elle l'avait maintenu en vie en lui faisant des massages cardiaques pendant près d'une demi-heure.

— Elle lui a sauvé la vie ?

— On dirait.

— Bon Dieu, c'est hallucinant !

— Tu parles, dit Parker, les lèvres luisantes de graisse.

8

Le maire de Portland, le sympathique Bob « Amigo »
Anderson, avait prévu d'annoncer la création de la nouvelle Brigade Spéciale dans les bureaux de celle-ci. C'est
là que Susan devait rencontrer Sheridan. Elle détestait
les conférences de presse. Artificielles et convenues,
on n'y apprenait jamais rien de vrai ou susceptible de
fournir matière pour un bon article. Bien sûr les infos
données étaient exactes, mais jamais sincères.

Ian insista pour conduire, ce qui convenait parfaitement à Susan dont la vieille Saab était toujours encom-
brée du fatras de sa vie : vieux magazines, bouteilles
vides, vestes qu'elle ne mettait plus, et stylos, des dizaines de stylos. Pourquoi ses passagers avaient-ils parfois
tant de mal à comprendre à quel point elle détestait
ramasser les vieilles frites qui traînaient sur le plancher
ou, encore plus, épousseter le tableau de bord ? Parker,
qui devait couvrir la conférence, mais qui n'aimait pas
Ian, pour la seule raison qu'il avait fait une école de
journalisme, prit une autre voiture.

Il continuait de pleuvoir. Le ciel était tout blanc et les
collines entourant la ville ressemblaient à des ombres
laiteuses et déchiquetées. Alors qu'ils passaient le pont,
Susan posa la main à plat sur la vitre et regarda les

gouttes d'eau glisser en traçant leur chemin imprévisible sur la glace. Beaucoup de gens venaient s'installer à Portland pour sa qualité de vie et sa réputation de ville progressiste. Ils s'achetaient un vélo, une grande maison en bois, une machine à expressos puis, après le premier hiver froid et pluvieux, retournaient à Los Angeles. Susan, elle, aimait la pluie, la façon dont elle déformait les images au travers des pare-brise et des fenêtres. La façon dont elle brouillait les feux arrière des voitures et brillait sur le sol. Le grattement des essuie-glaces.

Il fallait qu'elle pose la question.

— Dis-moi, Ian, mon job, ça n'a rien à voir avec ta queue par hasard ? demanda-t-elle en pianotant sur la vitre.

Il parut sincèrement estomaqué.

— Susan, mon Dieu, non, non ! Howard voulait que ce soit toi. J'ai juste donné mon accord. Jamais je…

— Tant mieux. Parce que je ne veux pas que la baise interfère dans nos relations professionnelles. Tu m'entends ? dit-elle en lui lançant un regard dur.

Il se racla la gorge et devint tout rouge.

— Euh, oui.

Elle laissa son regard dériver vers la Willamette.

— Tu n'aimes pas la pluie ? Moi j'adore.

Anne Boyd et Claire Masland étaient assises l'une en face de l'autre dans la salle de repos de l'ancienne banque. Claire était le plus petit bout de femme qu'Anne eût jamais rencontrée. Ce n'était pas tant qu'elle fût petite, elle devait mesurer un mètre soixante-deux, mais elle était si frêle et fragile qu'elle en paraissait moins. Anne adorait Claire. Elle ressemblait à un adolescent, mais c'était l'un des flics les plus tenaces qu'elle eût connus. Comme ces gentils toutous qui, lorsqu'ils ont planté leurs crocs dans le mollet de quelqu'un, ne lâchent plus prise sans être endormis. Elles étaient devenues amies durant l'enquête sur l'Artiste. Les autres pensaient que c'était parce qu'elles étaient toutes les deux des femmes. En un sens, c'était vrai, elles avaient quelque chose en commun. En dépit des différences : blanche-noire, grosse-maigre, en dépit de tout, elles savaient ce qui, en tant que femmes, les rendait assez dissemblables pour les faire avancer dans un monde de violence dominé par les hommes. Elles comprenaient ce qu'être attiré par la mort voulait dire.

— Tu veux qu'on recommence ? demanda Claire.

Claire avait déjà passé deux fois en revue avec Anne tout ce qu'elle savait de l'affaire, et à présent elle gigotait sur sa chaise en surveillant le micro-ondes où son déjeuner chauffait. Elle était allée à Jefferson interroger les élèves qui connaissaient Kristy, et Anne savait qu'elle voulait y retourner. Les histoires de disparition étaient dures en général, mais les disparitions d'enfants forçaient tout le monde à travailler deux fois plus et à se sentir deux fois plus coupables.

— Je crois que tu m'as tout dit pour l'instant, répondit Anne.

Elle posa les copies des notes que Claire lui avait données à côté de celles d'Henry et de Martin. Les notes que les flics prennent sur une scène de crime sont souvent plus étoffées que la version qu'ils consignent dans leur rapport, et Anne savait depuis longtemps que le moindre détail pouvait faire la différence entre un dossier solide et une hypothèse foireuse.

— Comment tu as trouvé Archie ce matin ?

Claire haussa les épaules sans cesser de surveiller le micro-ondes. Ces filles maigres, pensa Anne, on dirait qu'elles n'arrêtent jamais de manger.

— Bien, dit Claire en arrachant avec ses dents un bout de cuticule sanguinolent.

— Bien ?

Le regard gris acier de Claire se figea et elle reposa sa main sur ses genoux.

— Oui, bien. On t'a demandé de le surveiller ?

— Non, je m'inquiète pour un ami, c'est tout.

Anne scruta Claire : cernes bleuâtres sous les yeux, ongles rongés, le stress avait commencé ses ravages.

— Le travail, c'est le meilleur traitement pour Archie. En plus Henry dit qu'il est en forme, ajouta Claire qui se leva d'un bond quand le four sonna.

— Henry adore Archie.

— Exact. Alors il le protégera, non ? Et puis ils ne l'auraient pas rappelé s'il n'était pas en forme.

— Tu sais que c'est faux.

— T'es venue par l'avion de nuit ?

Anne se pencha en avant.

— Comment tu l'as trouvé ?

Claire réfléchit un moment, plissant son joli front lisse.

— Sa voix a changé.

— C'est la soude qu'elle l'a forcé à boire. Ça a dû lui abîmer les cordes vocales.

Claire ferma les yeux et détourna la tête.

— Mon Dieu !

Anne hésita, mais elle sentit qu'il lui fallait le dire :

— Le nouveau tueur. Ça va empirer. Il accélère le rythme. On n'a pas beaucoup de temps.

— J'ai passé la soirée avec la famille de Kristy hier soir. Son père, sa mère et ses tantes, dit Claire.

Elle ouvrit le micro-ondes et en sortit un burrito tout racorni sur une assiette en carton.

— Pendant tout ce temps, je n'ai pas pensé à Kristy. J'étais obsédée par la prochaine gamine. Celle qui dort tranquillement dans son lit et qui va disparaître. Celle qui va être violée et assassinée.

Elle attaqua son burrito avec une fourchette en plastique. Une dent se cassa et se planta dans l'omelette. Claire hocha la tête d'un air dégoûté.

— Ce micro-ondes, quelle merde !

Comme il bruinait, on avait installé le podium et les micros sous l'auvent du distributeur. Le temps que Susan et Ian arrivent, les autres journalistes étaient déjà en place, sagement installés sur des chaises en fer pliantes. La presse à Portland, Oregon, c'était le *Herald*, trois hebdos, une demi-douzaine de feuilles de chou de quartier, un représentant de la radio nationale, une radio communautaire, quatre stations commerciales, le correspondant de l'Associated Press et quatre équipes de télé locales. À cause de l'ampleur et du retentissement de l'affaire, plusieurs télés et des journalistes de la presse écrite étaient descendus de Seattle. Leurs cars de reportage étaient juste un peu plus clinquants que ceux de Portland.

Le maire, l'air sombre et important, promettait vigoureusement une résolution rapide de l'affaire. Il faisait force gestes de la main pour souligner la sincérité de ses propos.

— Nous nous engageons à mettre tous les moyens en œuvre pour arrêter le monstre qui attaque les jeunes filles de notre ville. Je conjure nos concitoyens de se montrer prudents, mais sans céder à la panique. En reconstituant la Brigade Spéciale je suis convaincu que nous mettrons un terme à cette folie meurtrière.

Susan ouvrit son carnet et écrivit un seul mot : propagande. Elle referma le carnet et leva les yeux. C'est alors qu'elle vit Archie Sheridan. Il se tenait derrière le maire, appuyé contre le mur en béton, les mains dans les poches de sa veste. Il ne regardait pas l'édile. Il les regardait eux, les journalistes. Ses yeux passaient d'une personne à l'autre, jaugeant chacune d'entre elles. Sans la moindre émotion, se contentant d'observer. Elle le

61

trouva plus mince que sur les photos. Il avait aussi les cheveux plus longs. Mais il n'avait l'air ni cabossé, ni fou, ni dérangé. Il avait simplement l'air d'attendre quelque chose. Un voyageur sur un quai de métro guettant la lumière au fond du tunnel. Elle ressentit comme une décharge électrique et se rendit compte qu'il la regardait. Leurs regards se croisèrent un moment et quelque chose passa entre eux. Il lui adressa un bref sourire en coin. Elle lui rendit son sourire et il se remit à étudier l'auditoire, le corps parfaitement immobile.

— Et maintenant, annonça le maire, j'aimerais vous présenter mon ami, le détective Archie Sheridan.

Archie leva les yeux, un peu surpris, se reprit et s'avança jusqu'au podium. Il sortit les mains de ses poches et les posa sur le pupitre avant d'ajuster le micro et de se passer la main dans les cheveux.

— J'attends vos questions.

Ça faisait maintenant vingt et une heures que Kristy Mathers avait disparu. Archie avait passé la journée à interroger les dernières personnes qui l'avaient vue à Jefferson, ses amies, ses professeurs, ses parents. Il avait parcouru à pied le chemin qu'elle aurait dû prendre pour rentrer chez elle. Il avait rencontré l'équipe qui avait passé la scène de crime au peigne fin la veille sans rien trouver. Il avait approuvé la distribution de tracts aux abords des écoles. Il avait rencontré le maire et le chef de la police. Il avait pris contact avec la police des autoroutes des États de Washington, Idaho et Californie. Il avait tenu une téléconférence avec les polices des frontières américaine et canadienne. Il s'était entretenu avec les responsables de l'entreprise privée chargée d'assurer la sécurité autour des lycées et avait lu personnellement les plus de quatre cents tuyaux déjà parvenus sur la hotline. Et il lui restait encore des tas de choses à faire bien plus importantes que d'apparaître à une conférence de presse.

Pourtant il avait la ferme intention d'en tirer le maximum.

En tant que patron de la Brigade Spéciale il avait tenu des centaines de conférences de presse, mais celle-ci était la première depuis Gretchen. Il regarda son auditoire impatient. Beaucoup de nouvelles têtes, mais des visages familiers aussi. Il chercha dans la foule la personne qui lui poserait la question qu'il attendait, celle qui ferait la une du journal du soir à la télé. Les mains se levaient, chacune essayant d'être la plus haute, les visages se crispaient. Il chassa la boule qui lui nouait l'estomac et désigna une jeune femme asiatique assise au premier rang, le carnet levé.

— Détective, pensez-vous être mentalement et physiquement prêt à diriger la nouvelle Brigade Spéciale et à traquer l'Étrangleur de Cinq Heures ?

— L'Étrangleur de Cinq Heures ?

— C'est comme ça que le *Herald* appelle le tueur sur son site web.

Archie tiqua. Il n'avait pas fallu longtemps. Il mentit :

— Je ne me suis jamais senti aussi bien.

— Votre captivité vous a-t-elle laissé des séquelles physiques ?

— Des brûlures d'estomac, mais rien comparé à l'ulcère de monsieur le maire.

Quelques sourires approbateurs apparurent dans l'assistance. Il désigna une autre main.

— Pensez-vous que le procureur aurait dû demander la peine de mort pour Gretchen Lowell ?

Archie soupira et passa en pilotage automatique.

— Les termes du compromis stipulaient qu'elle accepterait la responsabilité de tous les meurtres qu'elle avait commis, pas seulement des onze pour lesquels

63

nous avions des preuves. Les familles des victimes doivent pouvoir faire leur deuil.

Il s'efforça de paraître calme, de contrôler la situation.

— Si nous parlions de l'affaire en cours ? Un seul tueur en série à la fois, je vous en prie, mesdames et messieurs.

Il donna la parole à Quentin Parker.

— Pensez-vous que Kristy Mathers soit toujours vivante ?

— Nous gardons espoir, oui.

— De combien d'hommes disposerez-vous ?

— À plein temps, neuf enquêteurs, plus la logistique. Sept d'entre eux ont travaillé sur l'affaire de l'Artiste. De plus, nous serons en liaison étroite avec les autres agences et pourrons disposer de toute l'aide nécessaire.

Le maire fit un mouvement presque imperceptible en direction du podium. Archie se crispa. Il n'avait toujours pas eu sa question. Il scruta l'assistance. *Allons. Posez-la. Vous ne pensez qu'à ça. Qui va se décider ?* Ses yeux se posèrent sur Susan. Elle n'avait pas perdu de temps pour se lancer dans son enquête. Ambitieuse. C'était bon signe. Il l'avait repérée tout de suite dans la foule. Il avait perçu quelque chose dans la façon dont elle le regardait. Sans parler des cheveux roses. Henry en avait parlé, mais il avait cru qu'il blaguait. Susan aussi regardait les autres journalistes. Puis elle le regarda, lui, et leva la main. Il la désigna.

— Comment allez-vous vous y prendre pour arrêter le tueur ?

Il se racla la gorge et se tourna droit vers les caméras de télé.

— Nous allons passer tout le quartier au peigne fin, interroger tous les témoins, étudier chaque lien possible entre le tueur et ces jeunes filles. Nous utiliserons tous les moyens scientifiques disponibles pour découvrir l'identité de ce monstre.

Il se pencha en avant, s'efforçant de dégager confiance et autorité, et sembla s'adresser directement au tueur.

— Nous allons t'arrêter.

Il descendit du podium et attendit une seconde.

— Merci.

La conférence terminée, Ian entraîna Susan dans les locaux de la Brigade Spéciale. Les autres journalistes avaient filé écrire leur article ou préparer leur sujet télé. Elle comprit tout de suite pourquoi la conférence de presse s'était tenue à l'extérieur. Le désordre le plus absolu régnait partout. Des cartons à demi ouverts traînaient dans tous les coins. On avait enlevé le comptoir d'accueil, laissant un vaste espace ouvert avec quelques bureaux dans le fond et ce que Susan supposa être l'ancienne salle des coffres. Le mobilier était celui de la banque : canapés mauves défoncés aux accoudoirs en chêne, bureaux en cerisier plaqué ornés de poignées en laiton étincelant, paillassons en plastique et fauteuils recouverts de tissu. Des néons ronronnaient au plafond. La moquette était grise et une bande usée suivait l'emplacement du comptoir d'accueil à présent disparu. Les murs étaient d'un rose pâle sinistre. Des policiers et des renforts déballaient des cartons, clouaient de grands tableaux blancs sur les murs, branchaient des ordinateurs et transformaient les lieux en poste de police. Susan se demanda combien de temps ils perdaient à s'installer au lieu d'essayer de retrouver Kristy avant qu'on l'assassine. Les visages étaient crispés, personne ne parlait.

Le maire terminait le numéro qu'il faisait à l'intention d'un groupe de collaborateurs et Ian s'avança pour présenter Susan.

— Monsieur le maire, voici Susan Ward, l'écrivain chargé des articles sur la Brigade Spéciale.

Elle remarqua qu'il avait dit « écrivain », et non « journaliste ».

Bob Anderson écarquilla les yeux en la voyant, mais il sourit et lui tendit une main ferme tout en posant l'autre sur son bras. Il était grand, les cheveux argentés laborieusement mis en plis, et ses mains semblaient toujours chaudes. Il avait les ongles lustrés, recouverts d'un vernis brillant assorti à son impeccable costume gris. Elle trouva qu'il ressemblait à Robert Young dans la série *Papa a toujours raison*, série qu'elle détestait car sa propre vie lui avait toujours paru minable en comparaison. Elle paria avec elle-même qu'il serait sénateur dans les cinq ans. À condition d'être assez riche.

— C'est un plaisir, dit-il, les yeux dégoulinant de paternalisme aimable. On m'a dit beaucoup de bien de vous. Je suis impatient de lire vos articles.

Elle fut envahie par une timidité inattendue et cela lui déplut.

— Merci, monsieur.

— Je veux vous présenter Archie Sheridan. Vous savez, j'ai travaillé avec lui il y a des années. Avant même d'être chef de la police. En fait j'ai été le premier patron de la Brigade Spéciale. Archie débutait, c'était sa première affaire. Je passais pour un crack dans le milieu, alors on m'a donné le poste. J'ai tenu trois ans. Affreux. Je ne connais pas de meilleur flic qu'Archie. Je lui confierais la vie de ma fille sans hésiter.

Il attendit un moment puis, comme Susan n'ouvrait pas son carnet, il ajouta :

— Vous pouvez noter cela.

— Vous n'avez pas de fille.

— Façon de parler. Vous avez eu le temps de visiter ?

Il l'entraîna dans les entrailles de l'ex-banque, une main fermement calée sur son dos.

— Vous pouvez le constater, on n'a pas fini d'installer le matériel. Quand tout sera fini, nous serons opérationnels : salle d'interrogatoire, salle de conférences, système informatique dernier cri, et j'en passe…

Ils arrivèrent dans un bureau équipé d'un immense panneau de verre qui donnait sur l'espace principal. Les stores vénitiens étaient baissés.

— Le bureau de l'ancien directeur, mais il semblerait que l'actuel directeur ne soit pas là.

Il se tourna vers une petite femme aux cheveux noirs qui passait par là, un badge accroché à la ceinture. Elle mangeait un reste de burrito enveloppé dans une serviette en papier et ses lèvres étaient rouges de sauce piquante.

— Agent Masland, où est Sheridan ?

Elle avait la bouche pleine et ils durent attendre qu'elle ait fini de mastiquer et d'avaler.

— Au lycée, il vient de partir. Il est allé interroger des gens et installer le barrage routier. J'y vais aussi.

Une ombre de contrariété traversa le visage du maire.

— Je suis désolé, je lui avais dit que je voulais qu'il vous rencontre.

— Je comprends qu'il soit très occupé. Mais il faudra bien que je finisse par le rencontrer. Je ne peux pas faire son portrait sans lui avoir parlé.

— Venez demain vers 9 heures. Je ferai en sorte qu'il soit là.

Sans blague, pensa-t-elle.

Ian et Susan rentrèrent au journal sans dire un mot. En se garant au parking, Ian déglutit et demanda :

— Je peux passer ce soir ?

Elle tira sur une de ses mèches rose pâle.

— Où est ta femme ?

Il regarda ses mains et serra le volant.

67

— À Seattle.

Elle hésita, ressentant une pointe de culpabilité, et se mordit la lèvre en ouvrant la portière.

— Pas trop tôt. Tu verras, l'adultère est moins dur à digérer si on ne passe pas trop de temps ensemble.

9

Susan avait une autre raison de demander à Ian de ne pas venir trop tôt. Dès qu'ils furent arrivés au quatrième, elle s'éclipsa sous prétexte d'aller aux toilettes, redescendit précipitamment, sauta dans sa voiture et fila vers Jefferson High School. Pas question qu'elle laisse passer la soirée sans avoir rencontré Archie Sheridan.

Portland était divisé en quatre secteurs : nord-ouest, sud-est, sud-ouest et nord-est. Selon le secteur où vous habitiez, on savait qui vous étiez. Si vous veniez du sud-ouest, vous habitiez dans les collines et aviez de l'argent ; du sud-est, vous étiez plutôt de gauche et sans doute végétarien ; du nord-ouest, vous étiez jeune et dépensiez beaucoup d'argent pour vous habiller ; du nord-est enfin, vous aviez des sous, un chien et un break Subaru. Et puis il y avait le cinquième secteur : Portland Nord, coincé entre le nord-est et la Willamette. Seulement deux pour cent de la population de l'Oregon étaient noirs, mais jamais on ne l'aurait cru en arpentant les rues de Portland Nord.

Jefferson High se trouvait dans ce secteur, PoNo, comme on l'avait récemment rebaptisé. Le quartier n'avait pas fini de se remettre des bagarres entre bandes des années quatre-vingt-dix. Il arrivait encore que des jeunes se fassent tuer dans la rue, mais les terrains vagues couverts d'herbe folle qu'on trouvait partout se voyaient progressivement clôturés et transformés en zones d'activités variées. Rénovation due aux jeunes bobos blancs qui achetaient ou louaient des maisons dans le quartier parce qu'elles étaient bon marché et près du centre. En général elles ployaient sous la crasse, mais on pouvait jouer de la batterie au sous-sol sans craindre que les voisins appellent les flics. La renaissance de PoNo avait vu se développer une pléiade de restaurants et de boutiques branchés, mais n'avait eu aucune retombée sur le système éducatif local qui affichait certains des plus mauvais résultats de tout l'État. La plupart des gamins qui fréquentaient Jefferson étaient pauvres, noirs, et beaucoup n'étaient pas étrangers à la violence.

Susan repéra les voitures de police garées devant le grand bâtiment en briques. Elle trouva facilement un endroit pour laisser sa voiture dans une rue adjacente et fit le tour du pâté de maisons pour rejoindre l'entrée du campus, carnet à la main. La presse locale était à l'œuvre. Charlene Wood, de Canal 8, interviewait un groupe de lycéennes en jean moulant et doudoune. Un peu plus loin, un homme vêtu d'un coupe-vent orange s'égosillait dans un micro. Quelques adolescentes, tout juste sorties d'une activité extra-scolaire, traînaient sur les marches du lycée, l'inquiétude transparaissant derrière leur insouciance affichée. Un policier en uniforme et deux contractuelles attendaient avec elles l'arrivée de parents, amis, autobus ou voitures chargés de les mettre en sécurité. De l'autre côté de la rivière, à l'ouest, au-dessus des Collines, des roses profonds et des oranges violents embrasaient le ciel, mais à l'est tout était gris.

Susan remonta une file de voitures jusqu'à un barrage de police installé au premier carrefour après le lycée. Elle aperçut un policier en uniforme en conversation avec le chauffeur de la première voiture. Il lui fit signe de passer et le véhicule suivant s'avança. Une grande affiche était posée sur un support métallique près du barrage. On y voyait la photo de Kristy Mathers et cette question : AVEZ-VOUS VU CETTE JEUNE FILLE ?

— Merci pour la question.

Susan se retourna. Archie Sheridan se tenait quelques pas derrière elle. Son badge était accroché à la poche poitrine de sa veste en velours et il tenait à la main un gros carnet rouge à spirale et un gobelet de café. Il se dirigeait vers le barrage.

— Je vous ai trouvé très convaincant. Votre discours. Impressionnant.

Archie s'arrêta et avala une gorgée de café.

— Un peu de cinéma ne peut pas faire de mal.

— Vous pensez qu'il va voir les images ?

— Probablement. C'est un truc chez les tueurs en série. Ils adorent attirer l'attention des médias.

Trois grands ados arrivèrent et ils s'écartèrent pour les laisser passer. Les jeunes empestaient la marijuana. Susan guetta la réaction d'Archie. Rien.

— Je n'ai pas le souvenir que l'herbe que je fumais au lycée était aussi bonne, dit-elle.

— Sans doute pas.

— Vous allez les arrêter ?

— Parce qu'ils puent le shit ? Non.

Elle le regarda d'un air amusé.

— Quel est votre film préféré ?

— *Bande à part*. Godard, répondit-il sans hésiter.

— Merde ! Un film français !

— Vous trouvez ça snob ?

— Un peu, oui.

— J'essaierai de trouver quelque chose de mieux pour demain.

— Elle est morte, non ?

Si elle pensait le piéger pour l'obliger à réagir, c'était

71

raté. Mais elle perçut la faille. Il regarda ses chaussures si vite qu'elle n'aurait rien vu si elle n'avait pas eu les yeux plongés dans les siens. Il se reprit et lui adressa un pâle sourire.

— Nous espérons que non, dit-il sans grande conviction.

Elle tourna la tête en direction de l'embouteillage du carrefour.

— Et le barrage ?

— Il est 18 h 15. Ses amies disent que Kristy a quitté la répétition à 18 heures. Nous arrêtons toutes les voitures entre 17 heures et 19 heures. Si les gens passent par ici aujourd'hui à cette heure-ci, il y a des chances pour qu'ils soient passés hier à la même heure. Ils ont peut-être vu quelque chose. À propos, j'ai reçu un coup de fil d'Amigo. Navré de ne pas vous avoir été présenté dans les règles.

— Amigo ? Le maire et vous… vous êtes copains ?

— On a bossé ensemble, vous le savez bien.

— C'est pour ça que vous avez accepté que j'écrive cette chronique ? Je veux dire, je sais pourquoi le maire a accepté. Il veut être vice-président. Mais vous, tous les écrivains du pays ont dû vous contacter pour écrire votre histoire. Le Héros arraché aux griffes de la Mort.

— Vous cherchez déjà un titre, celui-là me plaît bien.

— Pourquoi accepter aujourd'hui qu'on fasse votre portrait ?

— Vous allez m'aider à faire mon job.

— Vous croyez ?

— Ouais. Mais on en parlera demain à la réunion de 9 heures que j'ai ordre de ne pas rater. Il faut que je retourne au boulot. Vous vous appelez Susan, c'est ça ?

Elle hocha la tête.

— Vous pouvez m'appeler Archie, sauf lorsque

inspecteur vous semblera plus approprié. Vous êtes du matin ?

— Non.

— Bien. À demain, lança-t-il par-dessus son épaule en s'éloignant en direction du barrage.

Au passage il lança son gobelet vide dans une poubelle.

10

Il était presque 19 heures, il faisait nuit, et les côtes d'Archie le faisaient souffrir. La faute à tout ce temps passé debout. Ou à l'humidité. Ou peut-être à l'ennui qui lui engourdissait l'esprit. Cela faisait plus de vingt-quatre heures que Kristy Mathers avait disparu et, après une journée d'interrogatoires, de recherches et d'impasses, la meilleure stratégie était de rester là à attendre que quelque chose se produise. Cet écrasant sentiment d'impuissance était dur à avaler.

Il ouvrit sa boîte à pilules et, au toucher, trouva une Vicodine qu'il glissa dans sa bouche. Si on le voyait, on penserait qu'il s'agissait d'une menthe, ou d'une aspirine. À vrai dire, il s'en fichait. Le goût amer du café brûlé s'accrochait à sa langue. Il avait envie d'un café frais. C'est alors que Chuck Whatley, un jeune flic au visage criblé de taches de rousseur surmonté d'une curieuse tignasse orange, lui fit signe avec sa lampe torche de s'approcher. La nuit était tombée et, malgré la couche de nuages, l'air était frais. Archie s'avança rapidement. Il sentait l'humidité l'envahir, pourtant il n'y avait qu'un léger brouillard. C'était ainsi dans le Nord-Ouest. Il pleuvait juste assez pour qu'on soit mouillé, mais curieusement jamais assez pour qu'on prenne la peine d'enfiler un vêtement imperméable ou de prendre un parapluie. Whatley se tenait à côté d'une Honda marron piquée de taches de rouille, dans l'attitude habituelle des flics, penché à la portière pour parler au chauffeur, un pouce dans le ceinturon. Il ne cessait de lever des yeux brillant d'impatience en direction d'Archie. Sous la lumière des lampadaires, la voiture paraissait constellée de gouttes de pluie.

— Elle pense avoir vu quelque chose, monsieur.

Archie garda un ton neutre.

— Dites-lui de se garer, que les autres véhicules puissent passer.

Whatley acquiesça de la tête et se pencha vers la conductrice qui alla se placer à côté d'une voiture de police. La portière s'ouvrit et une jeune Noire descendit timidement. Sa silhouette menue flottait dans une tunique d'hôpital, et ses impeccables petites nattes étaient nouées sur sa nuque en une courte queue-de-jcheval.

— Que se passe-t-il ? demanda-t-elle lentement.

— Une lycéenne a disparu hier soir. Vous n'en avez pas entendu parler ?

La peau de la jeune femme semblait trop tendue sur son visage et ses os saillaient. Elle tira sur ses doigts jusqu'à les faire craquer.

— Je suis aide-soignante à l'hôpital Emmanuel. Je travaille de nuit. Dans la journée, je dors. Je ne me tiens pas trop au courant des nouvelles. C'est lié aux autres filles ?

— Elle a vu Kristy Mathers hier soir, l'interrompit Whatley, incapable de se contenir plus longtemps.

— Merci, dit sèchement Archie.

— Vous partez travailler maintenant ? demanda-t-il en ouvrant son carnet.

— Oui.

Elle continuait de regarder les deux hommes, visiblement mal à l'aise.

— Vous aviez le même service hier ?

Elle dansait d'un pied sur l'autre. Ses sabots blancs éraflés claquaient sur le sol mouillé.

— Oui.

Quelques policiers en uniforme s'étaient approchés, curieux et tendus à l'idée d'avoir enfin un témoin. Sur la pointe des pieds, serrés les uns contre les autres, ils attendaient. Archie sentit la jeune femme se contracter devant tant d'attention. Il posa une main légère sur son épaule et l'entraîna à l'écart du groupe. Il pencha la tête vers elle et lui parla d'une voix douce :

— Vous êtes passée ici à la même heure ? Vous n'étiez ni en retard, ni en avance ?

— Non, je suis toujours à l'heure.

— Nous ne vous garderons pas longtemps. Vous pensez avoir vu Kristy Mathers ?

— La fille sur la photo ? Oui. Je l'ai vue. Au carrefour entre Killingsworth et Albina. J'ai attendu qu'elle traverse. Elle poussait son vélo.

Archie ne s'autorisa aucune réaction. Il ne voulait pas bousculer la jeune femme, faire pression sur elle. Il avait interrogé des centaines de témoins. Il savait que si une personne se sentait bousculée, elle faisait tout pour se souvenir, et alors l'imagination suppléait la mémoire. Il laissait sa main posée sur l'épaule de l'aide-soignante, calme, imperturbable, le gentil flic.

— Elle poussait son vélo, elle n'était pas dessus ?

— Non, c'est pour ça que je l'ai remarquée. Ma mère nous obligeait, mes sœurs et moi, à descendre de vélo pour traverser les grandes rues. C'est moins dangereux. Surtout par ici, les gens roulent comme des dingues.

— Le vélo n'avait rien, pas de pneu crevé ou je ne sais quoi ?

— Je ne sais pas. J'ai pas remarqué. Elle a été enlevée ? Cette fille a été enlevée ?

Archie éluda la question.

— Avez-vous remarqué autre chose ? Quelqu'un derrière elle ? Quelqu'un de suspect ? Une voiture ?

Elle secoua tristement la tête et laissa tomber ses mains.

— Je partais travailler.

Archie nota ses coordonnées et la laissa repartir. Un instant plus tard Henry Sobol et Claire Masland arrivèrent derrière lui. Tous deux portaient des impers. Claire tenait deux gobelets de café fermés par des couvercles noirs.

— Qu'est-ce qui se passe ? demanda Henry.

— Un témoin a vu Kristy poussant son vélo à trois rues d'ici vers 18 h 55. Ses amies disent qu'elle a quitté la répétition à 18 h 15. Question : où était-elle pendant ces quarante minutes ?

— Il ne faut pas tant de temps pour aller jusque-là. Même en marchant très, très lentement, observa Henry.

Claire tendit à Archie un des deux gobelets.

— Elle est retournée voir les copines, dit-elle.

— Qu'est-ce que c'est que ça ? fit Archie.

— Le café que tu m'as demandé d'aller te chercher.

Il jeta un regard indifférent au gobelet. Il n'avait plus envie de café, en fait, il se sentait plutôt bien.

— J'ai fait un kilomètre pour aller chercher ce café, et tu vas le boire, dit Claire.

— Je suis à peu près sûr que j'avais demandé un café au lait, rétorqua Archie.

— Va te faire foutre !

11

Les copines s'appelaient Maria Viello et Jennifer Washington. Les trois gamines étaient inséparables depuis le collège, et au lycée leur amitié était restée intacte. Comme Maria habitait à deux rues de Jefferson, les enquêteurs commencèrent par là. Ses parents louaient un bungalow en bois des années vingt sur un terrain fermé par une chaîne métallique. La maison avait besoin d'un bon coup de peinture, mais le jardin était bien entretenu et aucune des ordures qui souillaient le quartier n'encombrait l'allée. Le père, Armando, vint ouvrir. Trapu, plus petit qu'Archie, il avait les mains rugueuses du travailleur manuel et le visage ravagé par des cicatrices d'acné. Il parlait couramment l'anglais malgré un accent à couper au couteau. Sa femme, en revanche, n'en connaissait pas un mot. C'étaient sans doute des illégaux, situation qui n'avait pas échappé aux flics qui les avaient interrogés, mais dont aucun n'avait fait mention dans son rapport.

Armando Viello regarda Archie et ses collègues d'un air grave. La lumière au-dessus de la porte vacilla et s'éteint.

— Vous êtes déjà venus ce matin.

— Nous avons d'autres questions.

Armando ouvrit la porte, en chaussettes, et les fit entrer. C'était courageux, pensa Archie, de savoir qu'on risquait l'expulsion et de recevoir les flics chez soi du matin au soir dans le vague espoir que cela permettrait peut-être de retrouver la gamine disparue d'une autre famille.

— Maria est dans sa chambre, dit Armando en les emmenant dans l'entrée étroite.

Une odeur épicée provenait de la cuisine.

— Vous voulez aussi parler à Jennifer ?

— Elle est ici ? demanda Claire.

— Elles travaillent. Elles ne sont pas allées au lycée aujourd'hui.

Il frappa à la porte et dit quelques mots en espagnol. Un instant plus tard la porte s'ouvrit. Les longs cheveux noirs de Maria étaient noués en queue-de-cheval, et elle portait le même pantalon de survêtement en velours violet et le même T-shirt jaune que lorsque Archie l'avait interrogée le matin.

— Vous l'avez retrouvée ? demanda-t-elle aussitôt.

— Pas encore.

Trop souvent lors des enquêtes, on mésestimait le témoignage des jeunes, les jugeant peu fiables, mais Archie s'était rendu compte qu'ils remarquaient des détails qui échappaient aux adultes. Dès l'instant où on les interrogeait convenablement, en leur donnant l'assurance qu'ils n'étaient pas obligés de connaître les réponses et donc n'inventaient pas ce qu'ils s'imaginaient que les enquêteurs voulaient entendre, des enfants de six ans pouvaient fournir des informations très utiles. Mais Maria avait quinze ans, et les adolescentes étaient imprévisibles. Archie n'avait jamais bien communiqué avec elles. Il avait passé l'essentiel de son adolescence à essayer d'entrer en conversation avec des filles, et il s'était toujours lamentablement planté. Il n'avait guère fait de progrès depuis.

— Pouvons-nous vous parler encore un peu? demanda-t-il.

Elle le regarda et ses yeux s'emplirent de larmes. *Eh bien, mon vieux, t'es toujours aussi doué.*

Maria renifla, hocha la tête et rentra dans sa chambre. Archie, Claire et Henry la suivirent. La pièce était carrée, peinte en jaune, et l'unique fenêtre donnait sur celle du bungalow voisin. Un morceau de tissu en cachemire servait de rideau.

Jennifer Washington, assise sur le lit sous la fenêtre, tenait sur ses genoux un vieil alligator en peluche, relique de l'enfance. Elle portait une coiffure afro courte, une chemise indienne, et un jean déchiré. C'était une fille superbe, mais son regard morne ternissait sa beauté.

Les trois amies s'étaient retrouvées dans l'auditorium du lycée. Jennifer peignait les décors et Maria s'occupait des accessoires. Elles avaient été auditionnées, mais seule Kristy avait été retenue, c'est pourquoi elle était partie plus tôt. C'est pourquoi elle était très probablement morte. Mais Archie ne voulait pas y penser, il ne voulait pas qu'elles lisent cela sur son visage.

Maria alla jusqu'à son lit et se jeta sur la couverture mexicaine à côté de Jennifer qui posa un bras protecteur sur sa jambe. Archie s'assit dans le fauteuil du bureau, près du lit. Henry s'adossa à la porte, bras croisés sur la poitrine, et Claire s'installa sur un coin du lit.

— Kristy avait-elle un copain? demanda-t-il doucement.

— Vous nous l'avez déjà demandé, répondit Jennifer en tordant la queue de l'alligator.

Elle le considérait d'un air méprisant. Archie ne pouvait lui en vouloir. Quinze ans, c'était trop jeune pour découvrir à quel point le monde est pourri.

— Dites-le-moi encore une fois.

Jennifer lui lança un regard noir. L'alligator semblait

s'ennuyer à mourir. Maria s'assit en tailleur, fit passer sa longue queue-de-cheval par-dessus son épaule, et se mit à l'enrouler autour de ses doigts, l'air absent.

— Non, finit-elle par dire. Elle n'avait personne.

Contrairement à son père, elle parlait sans la moindre trace d'accent mexicain.

Claire leur adressa un sourire complice.

— Personne ? Pas même quelqu'un que ses parents n'aimaient pas ? Un copain secret ?

— Personne, c'est personne.

— Et vous êtes sûres que Kristy a quitté la répétition à 18 h 15 ?

Maria cessa de jouer avec ses cheveux et regarda Archie. Un éclair de certitude brilla dans ses yeux noirs.

— Oui. Pourquoi ?

— Quelqu'un l'a vue quelques rues plus loin vers 19 heures. Vous avez une idée de ce qu'elle a pu faire ?

Jennifer ôta son bras de la jambe de Maria, se redressa et secoua la tête.

— Ça n'a aucun sens.

— Mais vous ne l'avez pas vue partir à vélo ? Vous l'avez juste vue quitter l'auditorium ?

— Exact, on finissait de mettre toutes les scènes au point. Mme Sanders l'a laissée partir.

— Et personne n'est parti avec elle ?

— On vous l'a dit. Tous les acteurs devaient partir une fois leur scène au point. Kristy est partie la première. Les autres sont restés jusqu'à 19 h 30. Mais vous les avez interrogés, non ?

— Personne ne l'a vue, dit Archie.

— Qu'est-ce qu'elle a fait pendant tout ce temps ? demanda Jennifer en regardant fixement le mur jaune. Ça n'a aucun sens.

— Elle fume ? demanda Claire.

81

— Non, répondit Maria, elle a horreur de ça.

Jennifer se concentra sur les yeux de l'alligator, grattant un défaut invisible à la surface de l'œil en plastique noir.

— Elle a peut-être eu des soucis avec son vélo, avança-t-elle en haussant les épaules sans lever les yeux.

— Pourquoi tu dis ça, Jennifer ? demanda Archie.

Jennifer lissa la fourrure verte feutrée de l'alligator.

— Sa chaîne sautait tout le temps. C'était un vélo pourri. Deux ou trois fois elle a dû le pousser pour rentrer chez elle.

Une larme coula le long de sa joue, et elle l'essuya dans sa manche avant de secouer la tête.

— Je sais pas. C'est peut-être une idée idiote.

Archie tendit le bras et posa doucement la main sur celle de Jennifer. Elle leva les yeux et, dans son regard dur, il aperçut une faille, avec, tout au fond, une minuscule lueur d'espoir. Il lui étreignit la main.

— Je pense que c'est une excellente remarque. Merci.

— Donc, dit Claire une fois qu'ils eurent regagné la voiture, son vélo est cassé. Elle essaie de le réparer, puis laisse tomber et décide de rentrer à pied. Un type s'arrête, lui propose de la raccompagner, ou de l'aider à réparer le vélo, et il l'enlève.

— Mais ça, ce serait un crime opportuniste, dit Henry.

Il était au volant d'une Crown Vic banalisée. Il détestait ce type de bagnole et, bizarrement, il se retrouvait toujours avec ce modèle.

— Elle correspond au profil. Tu crois qu'il rôde dans le secteur à la recherche de lycéennes qui lui conviennent ? Qu'il a juste eu de la chance ?

— Il a saboté le vélo, affirma tranquillement Archie, installé à l'arrière.

Il sortit la boîte à pilules de sa poche et se mit à la faire tourner entre ses doigts, l'air absent.

— C'est ça, il a saboté le vélo, approuva Henry. Ce qui veut dire qu'il l'avait repérée. Il savait qu'elle avait un vélo. Il connaissait le vélo. Peut-être même qu'il savait que l'engin était pourri, qu'elle allait devoir le pousser. Il la surveillait.

— Ça n'explique pas le trou dans l'emploi du temps, estima Claire. La première élève à quitter la répétition après Kristy est sortie à 18 h 30. Elle ne l'a pas vue. Le garage à vélos est juste à côté de la porte.

Archie sentait le sang lui battre les tempes.

— On remettra le barrage en place demain. Peut-être que quelqu'un d'autre l'a vue.

Il prit trois comprimés dans sa boîte et les avala un à un.

— Ça va, patron ? demanda Henry en jetant un coup d'œil dans le rétro.

— Zantac, pour l'estomac, mentit Archie.

Il appuya la tête contre le siège et ferma les yeux. Si le tueur avait suivi Kristy, il n'allait pas tarder à en chercher une autre.

— Tu es sûre que les autres lycées sont sécurisés ?

— Fort Knox, répondit Claire.

— Mettez la surveillance en place à 16 heures demain. Relevez l'immatriculation et trouvez le propriétaire de toutes les voitures qui passent devant Jefferson entre 17 et 19 heures.

Il ouvrit les yeux, se frotta le visage et se pencha entre les sièges avant.

— Je veux relire les rapports d'autopsie. Et refaire le tour des voisins ce soir. Peut-être que quelqu'un se souviendra d'un détail.

— Nous devrions tous aller dormir, dit Henry. Nous avons des gens au boulot ce soir. Des gens intelligents, pas fatigués. Ils nous appelleront s'il se passe quelque chose.

Archie était trop crevé pour discuter. Il pouvait faire ce boulot chez lui.

— Bon, je rentre, mais on passe au bureau, je veux récupérer les rapports.

— Elle est toujours en vie, n'est-ce pas ? demanda Claire. On ne fait pas ça pour rien ? Il reste une chance, d'accord ?

Un long silence s'installa, puis Henry lâcha :

— D'accord.

Le téléphone sonnait quand Archie entra dans son appartement. Il transportait un paquet de rapports de police et de témoignages qu'il avait l'intention d'étudier. Il posa le tout en équilibre instable sur la console de l'entrée, décrocha le sans-fil, et posa ses clés près du socle.

— Allô ?

— C'est moi.

— Ah ! bonsoir, Debbie, dit-il à son ex-femme, heureux de cette distraction momentanée.

Il alla chercher une bière dans le frigo de la cuisine et l'ouvrit.

— Comment s'est passée ta première journée ?

— Sans résultat.

Il sortit son arme de son holster, la posa sur la table basse et s'assit sur le canapé.

— Je t'ai vu à la télé. Tu étais impressionnant.

— J'avais la cravate que tu m'as achetée.

— J'ai remarqué. Tu viens à la fête de Ben, dimanche ?

— Tu sais bien que je ne peux pas.

Il l'entendit soupirer.

— Tu seras avec elle ?

Ils avaient déjà eu cette discussion auparavant. Il n'y

avait plus rien à en dire. Il laissa le téléphone glisser le long de sa joue, puis de son cou, jusqu'à ce qu'il vienne se coincer contre sa clavicule. Il l'appuya contre l'os si fort qu'il se fit mal. Il entendait toujours Debbie, sa voix étouffée et distante comme si elle avait parlé sous l'eau.

— Tu sais à quel point c'est tordu, non ?

La vibration de sa voix au fond de sa poitrine lui faisait du bien, comme s'il y avait eu encore quelque chose de vivant en lui.

— Vous parlez de quoi, tous les deux ?

Elle lui avait posé cent fois la question. Jamais il n'avait répondu. Il replaça le téléphone contre son oreille. Il l'entendait respirer. Elle continua :

— Je ne vois pas comment tu pourras un jour aller mieux si tu ne la sors pas de ta vie.

Je n'irai jamais mieux, pensa-t-il.

— Pour l'instant je ne peux pas.

— Je t'aime. Ben t'aime. Sara aussi.

Il essaya de dire quelque chose. *Je sais.* Il voulait dire plus. Comme il en était incapable, il ne dit rien.

— Tu vas venir nous voir ?

— Dès que je pourrai.

Tous deux savaient ce que cela voulait dire. Il sentit les aiguilles d'une nouvelle migraine s'installer.

— Il y a cette journaliste, Susan Ward. Elle fait une série d'articles sur moi dans le *Herald*. Elle va sans doute te contacter.

— Que veux-tu que je lui dise ?

— Dis-lui que tu ne veux pas lui parler. Et plus tard, quand elle rappellera, dis-lui tout ce qu'elle voudra savoir.

— Tu veux que je lui dise la vérité ?

Il fit courir ses doigts sur le tissu rugueux de son triste canapé et imagina Debbie assise sur leur canapé, dans leur maison, son ancienne vie.

— Oui.

— Tu veux que ce soit publié dans le *Herald* ?

— Oui.

— Qu'est-ce que tu cherches, Archie ?

Il but une gorgée de bière.

— À en finir, dit-il avec un rire forcé.

12

La première nuit, Gretchen l'empêche de dormir, si bien qu'il commence à perdre la notion du temps. Elle lui injecte une sorte d'amphétamine et l'abandonne pendant des heures. Le cœur d'Archie bat la chamade mais il ne peut rien faire d'autre que fixer le plafond, sentir son pouls palpiter dans son cou et ses mains trembler. Sur son torse le sang a séché, et ça le démange. Chaque fois qu'il inspire, la douleur lui arrache la poitrine, mais ce sont les démangeaisons qui le rendent fou. Il essaie un moment de compter pour évaluer le temps qui passe, mais son esprit dérive et il perd le fil des nombres. À en juger par la puanteur du cadavre allongé par terre, il y a au moins vingt-quatre heures qu'il est là. Il est incapable d'être plus précis, alors il fixe le plafond, cligne des yeux, respire, et attend, attend.

Il ne l'entend pas entrer mais soudain elle est là, à côté de lui, tout sourire. Elle caresse ses cheveux trempés de sueur.

— C'est l'heure de ton médicament, mon chéri, roucoule-t-elle en arrachant d'un geste vif la bande adhésive de sa bouche.

Elle a beau lui enfoncer l'entonnoir doucement dans la gorge, il a un haut-le-cœur. Il se débat, agitant la tête de gauche à droite, essayant de se lever sur les coudes, mais elle lui empoigne les cheveux et maintient fermement sa tête en place. Elle le gronde :

— Allons, allons !

Une à une elle fait tomber dans sa gorge une poignée de pilules. Il tente de les recracher, mais elle enlève l'entonnoir, lui ferme les mâchoires, et lui masse la gorge pour le forcer à avaler, comme un chien.

— Qu'est-ce que c'est ? demande-t-il d'une voix rauque.

— Tu n'as pas encore le droit de parler.

Elle lui colle un autre morceau de ruban adhésif sur la bouche. Il lui en est presque reconnaissant. Que pourrait-il dire ?

— Qu'est-ce qui te plairait aujourd'hui ? demande-t-elle.

Archie fixe le plafond, il voudrait dormir, ses yeux le brûlent.

— Regarde-moi, ordonne-t-elle, mâchoires serrées.

Il la regarde.

— Qu'est-ce qui te plairait aujourd'hui ?

Il hausse les sourcils d'un air équivoque.

— Quelques clous ?

Il ne peut contrôler un mouvement de recul. Gretchen est rayonnante. Il comprend qu'elle aime le voir souffrir.

— Ils te cherchent, dit-elle en chantonnant. Mais ils ne te trouveront pas.

Où qu'ils soient, il se dit qu'elle lit le journal, regarde la télé. Elle approche son visage du sien, et il voit sa peau d'ivoire, ses yeux immenses.

— Je veux que tu penses à ce qu'on va leur envoyer, dit-elle, l'air de rien.

Elle fait courir ses doigts le long de son bras, de son poignet.

— Une main, un pied, ce genre de choses pour leur montrer qu'on pense à eux. Je te laisserai choisir.

Archie ferme les yeux. Il n'est plus là. Tout cela n'est pas vrai. Il essaie désespérément de faire apparaître Debbie sur l'écran noir de ses paupières fermées. Il la voit comme elle était le matin même. Il se souvient des vêtements qu'elle portait. Le pull vert en grosse laine. La jupe grise. Le manteau long qui la fait ressembler à un soldat russe. Les taches de rousseur sur son visage. Ses petits diamants aux oreilles. Le grain de beauté dans son cou, juste au-dessus de sa clavicule.

— Regarde-moi, ordonne Gretchen.

Il ferme les yeux encore plus fort. Son alliance. Ses genoux ronds. Les taches de rousseur sur sa cuisse.

— Regarde-moi, répète-t-elle d'une voix blanche.

Il pense : *Va te faire foutre.*

Elle plante le scalpel dans son ventre, sous les côtes. Il hurle et se tord de douleur. Ses yeux s'ouvrent machinalement.

Elle le saisit par les cheveux et se penche sur lui si près que ses seins frôlent sa poitrine, puis elle tourne le scalpel et l'enfonce encore plus dans sa chair. Il perçoit une bouffée de son odeur : lilas, sueur et talc, plus agréable que la puanteur du cadavre.

— Je déteste que l'on ne fasse pas attention à moi, dit-elle dans un murmure. C'est compris ?

Il hoche la tête, luttant contre la main qui le tient.

— Bien.

Elle retire le scalpel et le laisse tomber sur le plateau à instruments.

13

Susan se gara sur l'un des parkings visiteurs devant les bureaux de la Brigade. Elle avait une demi-heure d'avance. Ça ne lui arrivait jamais. Elle détestait les gens qui se pointaient tôt, mais elle s'était réveillée au lever du soleil, avec au ventre la sensation excitante qu'elle allait écrire un article très, très bon. Ian était déjà parti. S'il l'avait réveillée pour lui dire au revoir, elle ne s'en souvenait pas.

Pendant la nuit le brouillard était descendu sur la ville et l'air lourd était chargé d'humidité glaciale qui s'infiltrait partout et lui donnait l'impression que même l'intérieur de sa voiture risquait de moisir.

Pour tuer le temps elle ouvrit son téléphone, composa un numéro, et laissa un message sur la boîte vocale qu'elle connaissait par cœur :

— Salut Ethan, ici Susan Ward, de l'impasse. *De l'impasse, putain !* Je veux dire du *Herald*. Je me demandais si tu avais parlé de moi à Molly. Je crois vraiment que son histoire mérite d'être publiée. En tout cas, tu me rappelles, d'accord ?

Ian lui avait dit de ne pas insister, qu'elle perdait son temps. Mais elle avait du temps à perdre, alors pourquoi ne pas enquêter un petit peu ? Enquêter, ce n'était pas insister, pas vraiment.

Elle attendit encore quelques minutes en fumant et en observant les gens entrer et sortir. En général, elle ne fumait que lorsqu'elle sortait, ou quand elle buvait, parfois quand elle était nerveuse. Elle jeta sa cigarette par la fenêtre et regarda les minuscules étincelles jaillir sur le macadam. Puis elle vérifia son look dans le rétroviseur. Elle s'était habillée tout en noir, ses cheveux roses retenus en arrière en une queue de cheval descendant sur la nuque. *Mon Dieu, je ressemble à un ninja punk rock*, se dit-elle. Trop tard pour se changer.

Elle serra les dents et entra dans la banque transformée en poste de police. Les cartons à demi déballés la veille avaient été vidés, pliés et empilés près de la porte en attendant d'être emportés. On avait installé deux par deux et face à face des bureaux équipés d'un ordinateur et d'un moniteur à écran plat noir. Pas étonnant que le budget des écoles publiques soit insuffisant. Des photos agrandies de chacune des gamines, ainsi qu'une dizaine d'autres plus petites, étaient fixées au mur à côté de plusieurs cartes de la ville parsemées de punaises de couleur. Un copieur crachait bruyamment du papier. Des gobelets et des bouteilles d'eau attendaient sur les bureaux, et Susan sentit l'odeur du café frais. Elle compta sept détectives, tous au téléphone. Une femme policier, assise à un long comptoir à l'entrée, leva les yeux vers elle.

— Je viens voir Archie Sheridan. Susan Ward. J'ai rendez-vous.

La femme jeta un coup d'œil à sa carte de presse et décrocha son téléphone pour l'annoncer.

— Allez-y, dit-elle en retournant à son écran.

Susan traversa la banque jusqu'au bureau d'Archie. Cette fois les stores vénitiens étaient levés et elle le découvrit assis, en train de consulter des papiers. La porte était entrouverte, elle frappa doucement, la gorge un peu serrée.

— Bonjour, dit-il en se levant.

Elle entra et serra la main qu'il lui tendait.

— Bonjour. Je suis en avance, excusez-moi.

— Ah bon ?

— Une demi-heure, environ.

Il haussa les épaules et attendit. Elle compta quatre gobelets vides sur son bureau.

Mon Dieu, il attend que je m'asseye. Elle s'installa dans l'un des fauteuils en skaï lie-de-vin en face du bureau. Il s'assit. La pièce était exiguë, tout juste assez grande pour accueillir un bureau en cerisier verni, une bibliothèque et deux fauteuils. Une fenêtre étroite donnait sur la rue et l'on entendait le ronron régulier des voitures. Archie portait la même veste en velours que la veille mais, cette fois, avec une chemise bleue. Elle eut l'impression qu'elle venait solliciter un prêt.

— Alors, comment on fait ?

Il posa les mains à plat sur le bureau et lui sourit.

— Comme vous voudrez.

— Eh bien ! J'ai besoin d'être près… près de vous.

— Pas de problème, tant que vous ne me gênez pas dans mon travail.

— Ça ne vous dérange pas ? Que je vous suive partout ?

— Non.

— Et si je veux parler à vos proches ?

Elle le regarda, il resta détendu, impassible.

— À votre ex-femme, par exemple.

Il ne broncha pas.

— Pas de problème. Je ne sais pas si elle acceptera de vous parler, mais vous pouvez lui demander.

— Et Gretchen Lowell ?

Le visage d'Archie se crispa légèrement. Il ouvrit la bouche, la ferma, l'ouvrit de nouveau.

— Gretchen ne parle pas aux journalistes.

— Je sais me montrer très persuasive.

Il dessina avec la main un cercle imaginaire sur le bureau.

— Elle est au pénitencier. Quartier de haute sécurité. Elle n'est autorisée à voir que ses avocats, les flics, et sa famille. Elle n'a pas de famille, et vous n'êtes pas flic.

— On pourrait correspondre, comme au bon vieux temps.

Il s'appuya contre le dossier de son fauteuil et la jaugea.

— Non. Vous pouvez me suivre. Vous pouvez parler à Debbie et aux membres de mon équipe. Je vous parlerai de l'Étrangleur de Cinq Heures. Je vous parlerai de l'Artiste. Vous pouvez aller voir mon toubib si vous le souhaitez, mais pas Gretchen Lowell. L'enquête n'est pas terminée, pas d'interférence. Il y aurait rupture de contrat.

— Pardonnez-moi, inspecteur, mais si jamais je lui écrivais, qu'est-ce qui vous fait croire que vous le sauriez ?

— Croyez-moi, je le saurais, dit-il en souriant.

Elle le dévisagea. Ce n'était pas le fait qu'il l'empêche de parler à Gretchen qui la troublait. Elle lui avait fait vivre l'enfer et il ne souhaitait pas que son bourreau soit interviewé pour un vulgaire article de journal. Ce qui troublait Susan, c'était la certitude de plus en plus nette que ce portrait n'était pas une bonne idée pour Archie : il avait des choses à cacher et elle allait les découvrir. Il n'aurait pas dû accepter. Et si elle se rendait compte de cela, aucun doute qu'il était assez malin pour s'en rendre compte lui-même. Alors pourquoi avait-il accepté ?

— Une autre clause au contrat ?

— Une.

Ça y est.

— Allez-y.

— Jamais le dimanche.

— C'est le jour où vous voyez vos enfants ?

Il détourna les yeux et regarda par la fenêtre.

93

— Non.

— Vous allez à l'église ?

Pas de réponse.

— Vous jouez au golf ? Vous fréquentez un club de taxidermistes ?

Il la regarda droit dans les yeux, les mains serrées sur ses genoux.

— Un jour pour ma vie privée. Vous avez les six autres.

Elle hocha plusieurs fois la tête. Elle était capable d'écrire cette série d'articles, et de les écrire bien. Brillamment, même. On lui avait donné l'histoire. Les raisons apparaîtraient plus tard toutes seules.

— D'accord. On commence par où ?

— Par le début. Cleveland High School. Lee Robinson.

Il décrocha le téléphone et composa le numéro d'un poste intérieur.

— Tu es prêt ?

Il raccrocha et regarda Susan.

— L'inspecteur Sobol nous accompagne.

Elle tenta de cacher sa déception. Elle avait espéré avoir Archie pour elle seule, pour pouvoir mieux entrer dans sa tête.

— C'était votre équipier, non ? Sur l'affaire de l'Artiste ?

Avant qu'il ait le temps de répondre, Henry apparut à la porte, ajustant son manteau en cuir mal taillé sur ses larges épaules. Il tendit sa grosse main à Susan, comme un ours pataud.

— Henry Sobol.

Elle lui serra la main, essayant de résister à sa poigne.

— Susan Ward, du *Herald*. Je fais un…

— Vous êtes en avance.

14

Fred Doud fumait une pipe de shit sur la plage, accroupi derrière un gros tronc échoué l'hiver précédent et dépouillé de son écorce. Non que sa discrétion eût une quelconque importance, il n'avait jamais vu personne sur la longue partie de plage qu'il venait de parcourir. En général il sortait l'après-midi, mais ce jour-là il devait passer au tribunal dans la soirée. Il tira une dernière bouffée de sa petite pipe en verre et la rangea dans son sac en cuir. Puis il le ferma de ses longs doigts osseux engourdis par le froid et le mit autour de son cou. Il examina la peau de ses bras, de ses cuisses, de son ventre et de ses genoux. Elle était rose vif, mais il ne sentait plus le froid. Il aimait l'hiver sur la plage. Le reste de l'année elle grouillait de monde, mais en cette saison, il se retrouvait souvent seul. Il habitait avec quelques copains de fac à sept ou huit kilomètres de l'île, tout à côté en voiture. Le règlement de la plage l'obligeait à porter un peignoir sur le parking et sur le sentier qui courait au milieu des buissons de mûres. Mais, une fois sur la plage, il s'en débarrassait et partait entièrement nu. Jamais il ne se sentait plus libre.

À vrai dire il faisait en général demi-tour à ce tronc, sauf, de temps en temps, lorsqu'il décidait d'aller plus loin, jusqu'à l'endroit où la plage s'incurvait, lui permettant de voir le phare au loin. Aujourd'hui, en se relevant, le corps nu ivre de soleil, Fred sut qu'il allait vivre un de ces jours bénis.

Il marchait habituellement au milieu de la plage, là où le sable est plus fin et plus doux aux pieds, mais quand il partait pour la longue promenade, il longeait le bord de l'eau, sur les bancs d'argile où il avait un jour trouvé une pointe de flèche, et où il espérait en trouver une autre. Il faisait assez clair. Le brouillard dense s'était levé, ne laissant qu'une épaisse traînée blanche flottant au-dessus du fleuve. L'argile était froide et glissante, et la plage, comme parfois, dégageait une odeur putride. Des poissons morts, rejetés par la mer, y pourrissaient ; des algues s'y accumulaient et séchaient au soleil, grouillantes d'insectes ; des mouettes éventraient des crabes et laissaient les carcasses pourrir sur place.

Fred suivait l'argile, le visage crispé par la concentration, les yeux rougis scrutant le sol, indifférent à la puanteur. C'est alors qu'il trouva Kristy Mathers. Il vit d'abord le bout de son pied à demi enfoui dans l'argile, puis la jambe et le buste. Il aurait compris plus vite s'il n'avait si souvent imaginé qu'il trouvait un cadavre sur la plage. D'une certaine façon, cela lui semblait plausible. À présent, devant le corps blême à peine reconnaissable qui gisait à ses pieds, un sentiment d'horreur le submergea et le dégrisa. Jamais il ne s'était senti aussi nu.

Le cœur battant à tout rompre, soudain transi de froid, il fit demi-tour et contempla l'immensité de la plage qu'il venait de parcourir avant de regarder en direction du phare. La solitude qui lui procurait tant de plaisir l'instant d'avant l'emplissait à présent de terreur. Il lui fallait trouver de l'aide. Il se mit à courir.

15

Henry, Archie et Susan se rendirent à Cleveland High School dans une voiture banalisée, Henry au volant, Archie à ses côtés. Assise à l'arrière, Susan prenait frénétiquement des notes. Ils se garèrent en face du bâtiment en briques patinées et descendirent.

Le temps avait changé. Le brouillard collant du matin avait cédé la place à un ciel bleu limpide et à un soleil timide mais ardent. Il faisait dans les douze à treize degrés et, dans la lumière vive de ce milieu de matinée, le lycée paraissait majestueux et tout droit sorti d'une gravure. Alors que Jefferson avait l'air fonctionnel, Cleveland possédait une sorte d'élégance architecturale, avec ses colonnes, ses porches et son étroite pelouse. Pourtant, quand elle le voyait, Susan pensait toujours à une prison.

— Par là.

Elle leva les yeux. Tandis qu'elle se perdait dans ses souvenirs en contemplant la façade, les deux hommes s'étaient avancés dans l'allée et Archie la regardait par-dessus son épaule.

— Excusez-moi, j'ai été élève ici.

— À Cleveland High ?

— Il y a dix ans, je m'en remets à peine, dit-elle en les rattrapant.

— Vous avez été reine du bal ?

— Pas vraiment.

Elle avait été une adolescente tourmentée, souvent hystérique. Elle se demandait comment les parents s'y prenaient.

— Vous avez des gosses ? demanda-t-elle à Henry.

— Un. Il a grandi avec sa mère en Alaska.

— Vous êtes de là-bas ?

— Non, je m'y suis juste retrouvé un jour.

— Dans les années soixante-dix. À l'époque où il avait un camping-car, et des cheveux, ajouta Archie avec un grand sourire.

Elle rit et gribouilla une phrase dans son carnet.

Le visage jovial d'Henry devint sérieux.

— Non, ma vie, c'est top secret. Point barre.

Susan referma son carnet.

— Henry ne veut pas être interviewé, dit Archie.

— J'ai compris.

Ils continuèrent en longeant le côté du bâtiment. Par les grandes fenêtres dont les vitres avaient été remplacées depuis son époque, elle aperçut les élèves, le regard fixe, plus ou moins somnolents dans une salle de classe. Mon Dieu, qu'est-ce qu'elle avait détesté le lycée !

— Lee Robinson ne se plaisait pas ici, n'est-ce pas ?

— Pourquoi dites-vous ça ?

— J'ai vu sa photo de classe. J'étais comme elle.

— Voilà, c'est là, dit Henry en montrant les portes métalliques coupe-feu. La répétition de l'orchestre se tenait au rez-de-chaussée. Elle est sortie par ici.

Archie, les mains sur les hanches, regardait la porte. Susan distingua un revolver dans un holster en cuir accroché à sa hanche. Il leva les yeux, scrutant le bâtiment, puis pivota lentement pour s'imprégner du moindre détail.

— OK, c'est bon.

Henry les entraîna dans l'allée.

— Elle a pris ce chemin.

Susan suivit Archie qui suivait Henry. Ils marchaient en silence. Elle contourna une flaque d'eau qui miroitait dans la lumière. C'était la première fois depuis des semaines que le soleil se montrait. Sous l'habituelle couverture nuageuse, le monde semblait tassé, chichement éclairé. Sans elle les couleurs flamboyaient, le vert des conifères devenait plus dense, plus riche, les feuilles bourgeonnantes des pruniers plus chatoyantes, tout annonçait le printemps, les roses et les festivités au bord de la rivière.

Susan contourna une autre flaque et leva un œil soupçonneux vers le ciel. On n'avait presque jamais entendu parler de soleil en mars à Portland. Le temps aurait dû être sinistre et couvert. Il aurait dû pleuvoir.

Arrivé à un endroit précis, au-delà de la quatrième rue, Henry s'arrêta.

— C'est là. C'est là que les chiens ont perdu sa trace.

— Elle est montée en voiture ? demanda Susan.

— Probablement. Ou à vélo. Ou à moto. À moins qu'elle n'ait arrêté un bus. Ou que la pluie n'ait effacé son odeur. Ou que les chiens n'aient pas été en forme ce jour-là.

Archie pivota de nouveau sur lui-même. Au bout de quelques minutes il se tourna vers Henry.

— Ton avis ?

— Je pense qu'il était à pied. Je pense qu'il l'attendait là, derrière ça.

Il pointa du doigt une épaisse haie de lauriers qui clôturait le jardin d'une maison, juste à l'endroit où les chiens avaient perdu la trace de Lee.

Archie fit le tour de la haie.

— Ça paraît risqué, fit-il d'un ton dubitatif. Le feuillage était aussi épais ?

— Ce sont des persistants.

— Donc il l'aurait attendue derrière la haie. Il se serait montré, et l'aurait convaincue de monter dans une voiture garée un peu plus loin ?

— Un type surgit de derrière un buisson et la fille monte dans sa voiture ? Impossible quand j'avais son âge, dit Susan.

— Non, corrigea Henry, il ne surgit pas.

Henry hocha la tête, pensif.

— Il la voit. Il sort par l'autre bout de la haie, là-bas. Il la longe jusqu'au coin de la rue, puis il fait comme s'il débouchait de cette rue et tombait sur elle par hasard.

— Il la connaît, dit Henry.

— Oui, il la connaît. Ou alors il surgit, lui colle un couteau sous la gorge et l'oblige à monter à l'arrière d'une voiture.

— Peut-être.

— Vous avez cherché des fibres sur les feuilles ?

— Trop tard, après quatre jours de pluie.

Archie se tourna vers Susan.

— Vous rentriez à pied du lycée ?

— Les deux premières années, jusqu'à ce que j'aie une voiture.

Archie réfléchit sans quitter la haie des yeux, puis inclina la tête.

— C'est à ce moment-là que les jeunes marchent, les deux premières années. Vous vous plaisiez à Cleveland ?

— Je vous l'ai déjà dit. Je détestais ce bahut.

— Non, vous avez dit que vous détestiez le lycée. Est-ce que ça aurait été pareil ailleurs, ou était-ce propre à Cleveland ?

Susan grommela.

— J'en sais rien. Il y avait des choses qui me

plaisaient. Je faisais du théâtre. Et même, si vous voulez le savoir, j'étais dans l'équipe des grosses têtes, mais seulement la première année. Jusqu'à ce que je cesse d'être une blaireaute.

— Le prof de théâtre, Reston, il est ici depuis un bout de temps, non ?

— Ouais, je l'ai eu.

— Vous passez dire bonjour de temps en temps ?

— Si je passe voir mes anciens profs ? J'ai mieux à faire, merci bien.

Soudain une pensée terrible sembla la frapper.

— Il n'est pas suspect, dites ?

— Non, ou alors il a neuf ados qui le couvrent. Il était en répétition chaque soir où une fille a été enlevée. Ne vous en faites pas pour lui. Et le prof de physique, Dan McCallum ? Vous l'avez eu ?

Susan ouvrit la bouche pour répondre mais fut interrompue par le portable d'Archie. Il le sortit de sa poche, l'ouvrit et s'éloigna de quelques pas. Il écouta un moment. Henry et Susan l'observaient, tendus. Elle sentit un changement quasi imperceptible, sans savoir s'il s'agissait de l'attitude d'Archie, de quelque chose dans l'air, ou d'une projection de ses propres craintes, mais elle était certaine qu'un événement s'était produit. Il hocha plusieurs fois la tête.

— Bon, bon. On arrive.

Il referma le téléphone d'un geste brusque, le remit soigneusement dans sa poche et se tourna lentement vers eux.

— Ils l'ont trouvée ? demanda Henry, le visage impassible.

Archie acquiesça.

— Où ?

— Sauvie Island.

Henry désigna Susan du regard.

— Tu veux la ramener à la banque ?

Elle planta ses yeux dans ceux d'Archie pour le convaincre de la laisser venir. *Elle peut venir, elle peut venir, elle peut venir.* Elle brûlait d'envie de voir ces mots se former sur ses lèvres. Sa première scène de crime. Un récit à la première personne. Cela ferait un super point de départ pour le premier article. Quel effet ça faisait de regarder la victime d'un meurtre ? La puanteur du cadavre ? La cohorte d'enquêteurs passant la scène au peigne fin ? Elle sourit en sentant le frémissement familier monter de nouveau dans son ventre. Elle se reprit et se força à chasser le plaisir de son visage. Trop tard, Archie l'avait vu.

Elle lui lança un regard implorant, mais il resta impassible.

Il se dirigea vers la voiture. Merde, c'était raté. Son premier jour avec lui et il devait déjà penser qu'il avait affaire à une petite conne assoiffée de sang.

— Elle peut venir, dit-il sans s'arrêter. Mais ne vous attendez pas à ce qu'elle ressemble à sa photo, lança-t-il en la regardant par-dessus son épaule.

16

— Vous savez, il y a des quantités de morts sur Sauvie Island. Tout un tas de gays qui fréquentaient la plage naturiste sont morts du sida et ont fait disperser leurs cendres là-bas. En haut de la plage, au-dessus de la ligne des marées, c'est plein de bouts d'os calcinés.

Elle fit une grimace de dégoût.

— Les gens s'enduisent d'huile pour faire bronzette et se retrouvent avec de minuscules morceaux de macchabées collés à la peau. J'ai fait un article sur le sujet, vous l'avez peut-être lu ?

Personne ne répondit. Henry avait débranché depuis une quinzaine de kilomètres et Archie téléphonait. Elle croisa les bras et s'efforça de la boucler. Les détails inutiles, c'était la plaie des faits divers. Elle avait écrit beaucoup d'articles sur Sauvie Island : les fermiers bio, le labyrinthe, la plage naturiste, les clubs de cyclistes, les nids d'aigles, les champs de fraises à cueillir soi-même. Les lecteurs adoraient ce genre de conneries. À l'arrivée, elle en savait plus sur l'île que la plupart des habitants eux-mêmes. Elle faisait douze mille hectares, une prétendue oasis agricole à vingt-cinq minutes en voiture de Portland, bordée par la Columbia et le canal pollué de Multnomah. Afin de préserver la faune sauvage, l'État avait créé une réserve de six mille hectares. C'était là, loin des fermes qui faisaient ressembler l'île à un morceau de l'Iowa, que Kristy avait été retrouvée. Susan n'avait jamais aimé ce coin. Trop d'espaces ouverts. La route se transforma en piste gravillonnée.

— Oui, dit Archie… Quand ?… Où ?… Oui. Non… On ne sait pas encore…

Rien de sensationnel à noter.

Les gravillons les obligeaient à rouler à une vitesse affreusement lente, et les projections contre la carrosserie étaient ponctuées de temps à autre du choc d'un petit caillou rebondissant sur le pare-brise. Archie était toujours au téléphone.

— Vous êtes sur place ?… Dans cinq minutes environ…

Chaque fois qu'il raccrochait, ça sonnait de nouveau. Susan laissa son regard s'attarder par la fenêtre : d'épais buissons de ronces formaient un mur doublé d'une haie de chênes qui frémissaient au vent comme un kaléidoscope argenté. Elle finit par apercevoir un groupe de véhicules de police, un vieux pick-up et une ambulance garés un peu plus loin au bord de la route. La voiture d'un shérif bloquait le passage et un jeune flic les arrêta. Susan tendit le cou pour mieux voir, son carnet ouvert sur ses genoux. Henry montra son badge et le flic hocha la tête et leur fit signe de passer.

Ils se garèrent à côté d'une voiture de police et, d'un seul mouvement, Henry et Archie descendirent, laissant Susan courir derrière eux en regrettant de ne pas avoir mis des chaussures plus adaptées. Elle fouilla dans son sac et y pêcha un tube de rouge à lèvres. Rien de spectaculaire, juste un peu de couleur. Elle s'en mit tout en marchant et sentit soudain monter la pression. Derrière une voiture elle aperçut un jeune homme barbu, portant un peignoir en éponge. Il était pieds nus. Elle lui sourit et il lui adressa le V, signe de paix.

Le chemin menant à la plage avait, au fil du temps, été tracé au milieu des ronces et descendait en diagonale jusqu'au sable en traversant de hautes herbes mortes. Le sable était instable et Archie devait assurer chacun de ses pas. *C'est plein de bouts d'os calcinés.* Devant lui coulait la Columbia, brune et paisible, et de l'autre côté s'étendait l'État de Washington. Il aperçut un groupe de flics en uniforme, environ cinq cents mètres plus bas, sur les bancs d'argile.

Claire Masland les attendait sur la plage. Elle portait un jean, un T-shirt rouge uni, et avait noué son anorak North Face autour de sa taille. Archie ne lui avait jamais posé la question, mais il pensait qu'elle pratiquait la rando et le camping. Peut-être même le ski, voire la marche en raquettes. Elle avait accroché son badge à sa ceinture et des taches de sueur s'étaient formées sous ses aisselles. Elle les accompagna jusqu'au corps.

— Un nudiste l'a trouvée vers 10 heures. Il a dû regagner sa voiture et rentrer chez lui pour téléphoner, si bien qu'on n'a pas reçu l'appel avant 10 h 28.

— Elle ressemble aux autres ?

— Identique.

Archie réfléchissait à toute vitesse. Cela n'avait pas de sens. Tout allait beaucoup trop vite. Le tueur aimait garder ses victimes. Pourquoi n'avait-il pas gardé celle-ci plus longtemps ? Pourquoi ce besoin de se débarrasser de Kristy ?

— Il a peur, conclut Archie. On lui a fait peur.

— Ça veut dire qu'il regarde les infos du soir, dit Henry.

Ils lui avaient flanqué la trouille. Ils lui avaient flanqué la trouille au point qu'il avait abandonné le corps. Et maintenant quoi ? Il allait en enlever une autre. Archie sentit une aigreur lui monter dans la gorge. Il fouilla dans sa poche, trouva un comprimé de Zantac et l'enfourna nerveusement. Ils l'avaient bousculé et maintenant il allait devoir tuer une autre gamine.

— Qui est sur place?

— Greg, Josh, Martin. Anne arrive dans dix minutes.

— Bon. Je veux lui parler.

Il s'arrêta brusquement et tout le groupe en fit autant. Ils se trouvaient à une quinzaine de mètres de la scène du crime. Il tendit l'oreille.

— Qu'est-ce que c'est que ça? demanda Claire.

— Les hélicos de la presse, répondit Archie en levant les yeux, l'air contrarié, au moment où deux hélicoptères dépassaient la ligne des arbres. Vaut mieux installer une tente.

Claire hocha la tête et retourna en hâte vers la route. Archie se tourna vers Susan. Elle prenait des notes, emplissant les pages de son carnet d'une grande écriture cursive. Il sentit son excitation et se souvint de celle qui l'avait étreint quand Henry et lui avaient trouvé la première victime de l'Artiste. Ce n'était plus comme cela à présent.

— Susan.

Elle écrivait furieusement pour transcrire une idée dans son carnet et elle lui fit un signe de la main pour lui dire qu'elle arrivait.

— Regardez-moi.

Elle leva vers lui ses grands yeux verts. Il eut soudain envie de protéger cette curieuse fille aux cheveux roses qu'il croyait beaucoup plus fragile qu'elle ne prétendait être, et en même temps il se sentit ridicule. Il la fixa jusqu'à ce qu'elle le regarde.

— Quoi que vous pensiez voir là-bas, dit-il en désignant l'endroit où Kristy Mathers reposait nue dans la boue, ça va être pire.

— Je sais.

— Vous avez déjà vu un cadavre?

— Mon père. Il est mort quand j'étais gamine. Un cancer.

— Ça va être très différent, dit doucement Archie.

— Je tiendrai le coup.

Elle leva la tête et renifla.

— Vous sentez cette odeur ? On dirait du chlore.

Archie et Henry échangèrent un regard, puis Henry sortit deux paires de gants en latex de sa poche et en tendit une à Archie. Celui-ci regarda encore une fois le fleuve tranquille qui scintillait sous le soleil matinal, prit une profonde inspiration par la bouche et expira.

— Ne respirez pas par le nez, et ne vous mettez pas dans mes pattes.

Sur quoi il enfila les gants et se dirigea vers le corps, Henry et Susan sur ses talons.

Accroupi près du corps de Kristy, Archie se sentait parfaitement lucide, détendu, concentré. Il se rendit compte qu'il venait de passer quelques minutes sans penser à Gretchen, et sans s'en apercevoir.

Comme les autres, Kristy avait été étranglée et plongée dans l'eau de Javel. Elle reposait sur le dos, à deux mètres du bord de l'eau, la tête tournée d'un côté, un bras grassouillet coincé sous la poitrine, la peau et les cheveux couverts de sable, comme si on l'avait fait rouler sur elle-même. L'autre bras était plié, la main recroquevillée sous le menton. Les traces de vernis de ses ongles rongés continuaient de briller. La position de ce bras la rendait presque vivante. Archie absorbait tous les détails, de la tête aux orteils. Une jambe était légèrement repliée, l'autre droite, prise dans un enchevêtrement d'algues. Il remarqua le sang sur le nez et la bouche, la langue gonflée, et la même trace horizontale sur le cou, signe d'une strangulation, sans doute effectuée à l'aide d'une ceinture. Le haut du torse et les épaules montraient des taches violacées, là où le sang s'était coagulé après la mort. Son ventre avait commencé à prendre une coloration rouge verdâtre. Sa bouche, son nez, son sexe et ses oreilles étaient noirs. L'eau de Javel avait ralenti le processus de décomposition en tuant les bactéries causes de distension et de rupture des tissus, si bien que le cadavre ressemblait encore un peu à Kristy au niveau des joues et du profil du visage. Hélas la Javel ne repoussait pas les parasites : de minuscules insectes se régalaient autour de sa bouche et de ses yeux, et grouillaient sur ses organes génitaux ; des crabes se promenaient dans ses cheveux ; d'un œil il ne restait qu'une bouillie noirâtre ; les griffes d'un oiseau avaient arraché la peau de son front et de l'une de ses joues… Archie leva les yeux et aperçut une mouette qui guettait à quelques mètres à peine du corps. Elle croisa le regard d'Archie et consentit à s'éloigner dans un battement d'ailes.

— Il l'a larguée sur la plage, pas dans l'eau, dit Henry en se raclant la gorge.

— Comment le savez-vous ? demanda Susan.

Archie la regarda. Elle était livide, et sur son visage pâle ne ressortait que le rouge à lèvres et les taches de rousseur, mais elle tenait le coup, mieux que lui la première fois.

— Dans l'eau, elle y serait toujours. Les cadavres coulent. Ils ne remontent qu'entre trois jours et une semaine plus tard, quand les gaz du corps sont relâchés. Il n'y a que deux jours qu'elle a disparu.

Il parcourut la plage du regard. Les hélicos tournaient en rond au-dessus d'eux. Il crut voir le reflet d'un téléobjectif.

— Il a dû la larguer ici hier soir pendant qu'il pleuvait. Assez tôt pour que la pluie et la marée effacent toutes les traces qu'il avait laissées en chemin.

— Il voulait qu'on la trouve, dit Henry.

— Pourquoi est-elle comme ça ? demanda Susan dont la voix trembla pour la première fois.

Archie contempla le corps, les cheveux châtains avaient pris une coloration orange pâle, la peau était brûlée. Comme sur les photos de Lee Robinson et de Dana Stamp.

— Il les plonge dans l'eau de Javel, expliqua-t-il calmement. Il les tue, il les viole, et il les immerge dans un baquet de Javel jusqu'à ce qu'il décide de s'en débarrasser.

Il sentait dans sa bouche l'horrible mélange : la Javel qui lui brûlait les yeux et la puanteur des chairs et des muscles en décomposition. Il vit Susan hésiter, un léger changement d'attitude, un flottement.

— Vous n'avez pas diffusé cette info.

— Je viens de le faire, dit-il en lui adressant un sourire las.

— Donc il les tue tout de suite. Quand on apprend qu'elles ont disparu, elles sont déjà mortes.

— Ouais.

— Vous avez laissé les gens continuer à espérer, même en sachant qu'elle était morte.

Elle se mordit la lèvre et écrivit quelque chose dans son carnet.

— Putain de taré, lâcha-t-elle comme pour elle-même.

Archie n'était pas sûr de savoir si elle parlait de lui ou du tueur. Quelle importance !

— Je suis assez d'accord avec vous.

— S'il l'a vraiment larguée ici, intervint Henry, alors il a dû se garer là où on est garé, et prendre le même chemin. Il n'aurait pas pu la porter depuis un autre endroit. À moins de venir en bateau.

— Faites du porte-à-porte. Voyez si quelqu'un est passé par ici et a remarqué un véhicule, ou un bateau. Demandez aux Hardy Boys de passer le coin au peigne fin. Qu'ils ramassent les préservatifs. Qui sait, peut-être qu'il n'a pas pu résister.

— Tu veux qu'ils ramassent les capotes sur une plage naturiste ? demanda Henry, plutôt sceptique. Pendant qu'ils y seront, ils pourraient fouiller quelques dortoirs de fac, histoire de trouver des pétards !

Archie sourit.

— Envoie tout ce que vous trouverez au labo et vérifie les ADN avec le fichier des empreintes génétiques. On aura peut-être un coup de chance, dit-il en se fourrant une autre Vicodine dans la bouche.

— Encore un Zantac ? demanda Henry.

— De l'aspirine, répondit Archie en détournant les yeux.

17

Le matin de ce qu'il pense être le troisième jour, Gretchen lui enfourne l'entonnoir dans la gorge et y laisse tomber les pilules qu'il avale sans résister. Elle retire l'instrument et le bâillonne de nouveau avec un morceau de bande adhésive qu'elle a préparé. Aujourd'hui elle ne dit pas un mot. Elle utilise un gant de toilette blanc pour essuyer la salive qui lui coule sur le menton et s'en va. Il attend que les médicaments fassent effet, toutes les cellules de son corps attentives au changement. C'est une autre façon de mesurer le temps. Il ignore ce qu'il y a dans les pilules, à son avis des amphétamines, un analgésique, une sorte d'hallucinogène. Le fourmillement commence par le nez, puis s'insinue jusqu'au sommet de son crâne. Il se force à y céder.

Son esprit s'évade. Il croit voir un homme aux cheveux noirs dans le sous-sol, ce n'est qu'une ombre fugace. Archie se demande si le cadavre a ressuscité, un homme aux chairs boursouflées et putrides. Mais il se dit que ce n'est qu'une hallucination. Rien n'est réel.

Il imagine la scène de crime. Henry et Claire. Ils auraient retrouvé sa trace dans la grande maison jaune que Gretchen a louée sur Vista. Les barrières. Les médias. Le légiste. Les indices. Il se déplace sur les lieux, dirigeant son équipe comme s'il n'était qu'une autre victime de l'Artiste. Il s'adresse à Claire :

— Ça fait trop longtemps, je suis déjà mort.

Ils ont tous l'air sinistre et désespéré.

— Réjouissez-vous ! C'est tout bon ! Au moins maintenant on sait qui est ce putain de tueur ! D'accord ?

Ils le regardent sans comprendre. Claire pleure. Il les interpelle d'une voix nasillarde :

— Rendez-vous compte, c'est lié à notre affaire. Ce n'est pas une coïncidence. Rassemblez tous les éléments.

Ils passent la maison au peigne fin à la recherche d'indices. Ils vont avoir le nom de Gretchen, sa photo. Il revoit sa visite chez elle, il se creuse la mémoire pour se souvenir du moindre endroit qu'il a touché, des fibres qu'il a laissées, des traces de son passage. Le café. Il a fait tomber du café sur le tapis. Il montre la tache noirâtre.

— Tu la vois ? Là ?

Henry s'arrête, s'accroupit, appelle un technicien. Le labo va trouver trace de ce qu'elle lui a fait boire. Ça va confirmer leurs soupçons. Est-ce qu'on l'a vu entrer ? Où est passée sa voiture ? Il s'agenouille à côté d'Henry.

— Quand tu auras les résultats, fais tout ce que tu pourras pour la relier aux autres meurtres. Diffuse sa photo partout. Quand je serai mort, elle quittera la maison. Et quand elle quittera la maison, tu pourras l'arrêter.

— Tu as des hallucinations, lui dit Gretchen.

Elle l'arrache de son rêve et le ramène au sous-sol. De nouveau elle est là, elle lui tamponne le front avec une serviette humide. Il n'a pas chaud, mais il se rend compte qu'il transpire.

— Tu marmonnes.

Il est content d'être bâillonné, content qu'elle ne puisse entendre ses délires déments.

— Je ne sais pas comment tu peux supporter cette odeur, dit-elle en laissant son regard glisser vers le cadavre allongé par terre.

Elle commence à dire autre chose, mais il en a assez et retourne dans sa tête. Puis il va voir Debbie.

Elle est assise sur le canapé, enveloppée dans une couverture en fourrure, les yeux rouges d'avoir pleuré.

— Vous l'avez trouvé ? demande-t-elle dès qu'Archie entre dans la pièce.

— Non.

Il va se chercher une bière dans le frigo et s'assied à côté d'elle. Debbie a le visage lisse et creux, ses mains qui serrent la couverture sous son menton tremblent.

— Il est toujours vivant, dit-elle d'un ton catégorique. Je le sais.

L'optimisme en acier de sa femme lui brise le cœur. Il réfléchit. Il veut la ménager, mais il ne peut pas mentir.

— En fait, il y a toutes les chances que je sois mort. Tu dois t'y préparer.

Debbie lui lance un regard horrifié et se raidit. Désarçonné, il tente de la réconforter.

— C'est mieux ainsi. Plus tôt elle me tuera, mieux ce sera. Crois-moi.

Les yeux de Debbie s'emplissent de larmes et sa bouche rétrécit.

— Je pense que tu ferais mieux de partir.

— Regarde-moi.

C'est Gretchen. Il est de retour au sous-sol. La réalité se replie et frôle la périphérie de son champ de vision. Il ne veut pas lui céder, mais il a retenu la leçon, alors il tourne la tête et lui accorde son attention.

Son visage n'exprime rien. Ni colère, ni plaisir, ni pitié.

— Tu as peur ? demande-t-elle.

Avec la serviette elle lui essuie le front, la joue, l'arrière du cou, la clavicule. Il croit percevoir une lueur d'émotion dans son regard. De la compassion ? Puis cette lueur disparaît. Gretchen murmure :

— Quoi que tu puisses imaginer, ça va être pire.

18

À peine revenue de Sauvie Island Susan arracha ses grandes bottes en cuir noir et les lança sur un tas d'autres chaussures abandonnées devant la porte. Tachées et empestant le chlore, les bottes étaient fichues.

Elle habitait dans Pearl District, non loin du centre de Portland, un vaste atelier qu'elle aimait appeler loft. L'immeuble, une ancienne brasserie du début du siècle, avait été réhabilité plusieurs années auparavant. On avait conservé la massive façade en briques et la cheminée, mais le cœur de la structure avait été aménagé pour offrir aux résidents tout le confort moderne. L'appartement de Susan se trouvait au deuxième étage. Il appartenait à l'un de ses anciens professeurs parti en congé sabbatique en Europe pour écrire un livre. Celui-ci habitait Eugene où il dirigeait le collège des doctorants en littérature de l'université de l'Oregon. Il gardait ce pied-à-terre à Portland, officiellement pour venir y écrire en paix, mais il s'y était rarement livré à des exploits littéraires. Susan avait voulu y vivre dès le premier week-end qu'elle y avait passé. La cuisine américaine possédait des équipements dernier cri, un réfrigérateur chromé et une impressionnante cuisinière brillant de mille feux. L'appartement représentait tout ce que la maison où elle avait grandi n'était pas. Bien sûr le plan de travail était en Corian, et non en marbre, et la cuisinière avait été achetée en solde, mais l'endroit était plutôt chic et à la mode. Elle adorait le bureau bleu du Grand Écrivain. Elle adorait la bibliothèque qui couvrait tout un mur et renfermait sur deux rangs les œuvres du Grand Écrivain. Elle adorait les photos enca-drées du Grand Écrivain en compagnie d'autres Grands Écrivains. Le lit était dissimulé par un paravent japo-nais, laissant libre l'espace à vivre meublé d'un canapé en velours bleu, d'un fauteuil club en cuir rouge, d'une table basse et d'un petit téléviseur. Les affaires de Susan auraient pu tenir dans deux valises.

Elle fit passer son chemisier par-dessus sa tête, enleva son pantalon, ses chaussettes, sa culotte, son soutien-gorge. Elle sentait toujours l'odeur de Javel. Elle était partout, imprégnait tout. Bon Dieu, elle les avait aimées ces bottes ! Elle resta un moment nue, frissonnant, ses vêtements entassés à ses pieds, puis elle s'enveloppa dans le kimono pendu à une patère en cuivre derrière la porte de la salle de bains, ramassa ses vêtements, ses superbes bottes, et sortit pieds nus dans le couloir. Au bout, près de l'ascenseur, elle ouvrit la porte du local et fourra tout le paquet dans le vide-ordures. Elle n'attendit pas de l'entendre tomber comme elle le faisait d'habi-tude. Elle retourna directement à l'appartement et fit couler un bain. Elle laissa le kimono dans le coin près de la porte et entra dans la baignoire. Elle s'accroupit dans l'eau fumante et regarda ses pieds rougir. Elle s'assit lentement en grimaçant et recula pour allonger ses jambes maigrichonnes. La vue de son corps nu lui fit penser aux gamines. *Est-ce qu'il les plonge dans une baignoire comme celle-ci ?* L'eau arrivait à ses hanches à présent, et elle s'appuya contre la faïence froide, s'effor-çant de la réchauffer à la chaleur de son corps. Elle avait la chair de poule et elle avait beau faire, rien ne semblait pouvoir l'empêcher de trembler. Elle arrêta l'eau avec ses pieds, ferma les yeux, et essaya d'oublier le corps blême et meurtri qui avait été Kristy Mathers.

Assis à son nouveau bureau, Archie écoutait l'enregistrement de l'interrogatoire de Fred Doud. Kristy était morte. Les pendules remises à zéro. Le tueur allait enlever une autre jeune fille. Ce n'était qu'une question de temps. C'était toujours une question de temps.

La lumière était allumée dans les locaux, mais il avait éteint les néons et une quasi-obscurité régnait dans son bureau éclairé seulement par la lumière qui filtrait par la porte entrouverte. Il avait envoyé Henry raccompagner Susan à sa voiture et, en compagnie de Claire, avait suivi le légiste jusqu'à la morgue où les attendait le père de Kristy venu identifier le corps. Il était devenu expert dans l'art d'affronter les familles effondrées. Parfois il n'avait rien à dire, les gens le regardaient et comprenaient. D'autres fois il devait répéter, répéter encore, et ils restaient là, incrédules, secouant la tête en refusant d'y croire, les yeux brillants d'espoir. Puis, soudain, comme une vague, la vérité les submergeait. Archie devait faire beaucoup d'efforts pour se convaincre qu'il n'était pas la cause de leur douleur.

Pourtant fréquenter la douleur ne le dérangeait pas. Même les plus sombres connards paraissaient évoluer dans une sorte d'état de grâce lorsqu'ils se trouvaient confrontés à la perte brutale d'un être cher. Ils se déplaçaient dans un autre monde. Quand ils vous regardaient, vous aviez l'impression qu'ils vous voyaient, mais leur univers tout entier se réduisait à cet événement, à cette perte. Pendant quelques semaines, ils semblaient mettre les choses en perspective, puis la merde insignifiante de leur vie minable reprenait le dessus.

Il leva les yeux. Anne Boyd le regardait, appuyée contre le chambranle de la porte, telle une mère attendant la confession de son fils. Il se frotta les yeux, sourit d'un air las et lui fit signe d'entrer. C'était une femme intelligente, et il se demandait si sa formation de psy lui permettait de percer à jour son masque d'homme sain d'esprit.

— Pardon, je rêvassais. Allumez si vous voulez.

Une lumière blanche, agressive, inonda la pièce et l'étau qui emprisonnait le crâne d'Archie se resserra d'un cran de plus. Il se redressa et étira son cou jusqu'à le faire craquer.

Anne se laissa tomber dans l'un des fauteuils en face de lui, croisa les jambes et lança sur le bureau un document d'une cinquantaine de pages. C'était une des rares femmes profilers du FBI, et la seule Noire. Archie la connaissait depuis six ans, depuis qu'on l'avait envoyée dessiner le profil psy de l'Artiste. Ils avaient passé des centaines d'heures ensemble sous la pluie, d'une scène de crime à l'autre, ou bien à étudier des photos de blessures à 4 heures du matin, à essayer de pénétrer dans la tête de Gretchen Lowell. Il savait qu'elle avait des gosses, il l'avait entendue leur parler au téléphone, mais pas une seule fois ils n'avaient évoqué leurs enfants respectifs. Leur vie professionnelle était trop horrible. Parler de leur progéniture aurait paru incongru.

— Le fruit de mes réflexions.

Archie avait mal aux côtes d'être resté trop longtemps assis, et des brûlures lui rongeaient l'estomac. Parfois il se réveillait au milieu de la nuit pour s'apercevoir qu'il était dans la bonne position et n'éprouvait aucune douleur. Il essayait de ne pas bouger pour prolonger l'instant de bien-être, mais il finissait par se retourner, ou plier un genou, ou étendre un bras, et alors la brûlure ou la souffrance familières revenaient. Les cachets l'aidaient, et il lui arrivait de penser qu'il était presque habitué à ses tourments. Toutefois son corps demeurait un élément de distraction. S'il voulait se concentrer sur le travail d'Anne, il avait besoin d'air.

— Allons marcher un peu. Vous m'expliquerez l'essentiel.

Ils traversèrent les locaux déserts où un gardien déroulait le fil d'un aspirateur. Archie tint la grande porte en verre pour Anne et la suivit sur le trottoir. Ils se mirent en route en direction du nord. Il faisait froid et, comme d'habitude, ses vêtements n'étaient pas adaptés au temps. Il enfonça ses mains dans les poches de sa veste. Là il trouva ses comprimés. Un halo flou entourait les lampadaires et la ville paraissait sale sous leur lumière jaunâtre. Une voiture passa, ignorant sans vergogne la limitation de vitesse.

— Je crois que nous avons affaire à un sociopathe en herbe, dit Anne.

Elle portait un long trench en cuir couleur chocolat et des bottes avec des motifs léopard. Elle avait le don d'associer ses vêtements. Elle remarqua qu'Archie regardait ses bottes.

— Elles vous plaisent ? demanda-t-elle en relevant de quelques centimètres sa jupe en tricot afin de les lui montrer. Je les ai trouvées dans une boutique pour femmes fortes et actives. Elles sont très larges. Il faut ça pour caser mes mollets monstrueux.

Archie se racla la gorge.

— Vous dites que c'est un sociopathe en herbe ?

— Vous ne voulez pas parler de mes mollets ?

— J'essaie juste d'échapper à un procès pour harcèlement sexuel, répondit-il en souriant.

Elle laissa retomber sa jupe et lui rendit son sourire.

— Je crois bien que c'est la première fois que je vous vois sourire depuis deux jours.

Ils reprirent leur promenade et elle redevint sérieuse.

— Il a violé et tué ces filles, mais il éprouve des remords. Il les nettoie, puis il les rend.

— Oui, mais il recommence.

— Il ne peut résister à la pulsion. Mais c'est une

pulsion de viol, pas de meurtre. C'est un violeur qui tue, pas un tueur qui viole. Le meurtre ne fait pas partie de ses fantasmes, il ne fait pas de nécrophilie. Il les tue pour leur épargner l'horreur du viol.

— Quel numéro !

Ils passèrent devant un magasin de peinture éteint, un kiosque à expressos au volet baissé et un bar branché. Des néons publicitaires brillaient dans la vitrine, vantant des marques de bières. Un calicot minable annonçait la venue d'un groupe appelé *Portés disparus*. Malin. Au passage, Archie jeta un coup d'œil à l'intérieur et aperçut des gens, bouche grande ouverte, riant aux éclats, en pleine extase alcoolique.

— Je ne crois pas que le meurtre en soi lui procure du plaisir. Il ne s'y attarde pas et il n'utilise pas ses mains. Je pense que nous devons chercher d'où il vient. Il a probablement déjà violé auparavant. Et, si c'est le cas, les victimes doivent ressembler aux nôtres.

Archie secoua la tête.

— Nous avons ressorti tous les viols non élucidés de ces vingt dernières années. Rien ne colle.

Ils arrivèrent à un carrefour. Seul, Archie aurait traversé au rouge mais, à cause d'Anne, il appuya sur le bouton *piétons* et attendit.

— Cherchez dans les autres États. Si vous ne trouvez rien, ça voudra dire que les viols n'ont pas été déclarés, ce qui est bon à savoir.

— Il a du pouvoir sur les femmes.

— Ou il en avait.

— Il a perdu son pouvoir, il compense avec la violence.

Anne hocha la tête.

— J'imagine une succession lente et régulière d'agressions sexuelles associées à une situation de stress au boulot ou à la maison. Il a probablement connu de violents fantasmes sexuels quand il était enfant, mais il parvenait à les calmer grâce à la pornographie et à ses premiers viols. Ensuite il décide d'aller plus loin. Il organise. Il viole. Et il s'en tire.

— Et il remet ça.

Le feu passa au vert et ils traversèrent pour revenir sur leurs pas. Ce n'était pas une grande promenade, mais ça faisait du bien de bouger un peu.

— Oui, et il s'en tire de nouveau. Si bien que les barrières sociales qui l'ont toujours inhibé commencent à s'effondrer sérieusement. Je pense que cette première fois une partie de lui s'attendait à être pris. Peut-être même qu'il voulait être pris, pour être puni de ses fantasmes déviants. Mais il ne l'a pas été, et maintenant il est persuadé que la loi ne s'applique pas à lui. Il se sent différent.

— Et l'eau de Javel? C'est un rituel de purification ou il cherche à détruire les preuves?

Anne se mordit la lèvre.

— Je ne sais pas. Ça ne colle pas. S'il s'intéresse suffisamment à elles pour les tuer, pourquoi les plonget-il dans des produits aussi corrosifs? Pour détruire les preuves, c'est excessif, et je crois qu'il est trop méticuleux pour être excessif. Il saurait exactement quelle quantité utiliser, et pas plus.

— Il s'est débarrassé d'un corps la veille de la Saint-Valentin.

— Ce n'est pas une coïncidence.

— Les meurtres sont une affaire intime pour lui. Il choisit ses victimes.

— Ce type est intelligent. Il a fait des études. Il a un boulot. Il transporte les corps, donc il possède une voiture, sans doute un bateau. Compte tenu de l'heure des enlèvements, je dirais qu'il bosse de jour. Blanc, sexe masculin. Aucun signe particulier. Rationnel. Présentable. Trente ans passés, peut-être quarante. Maniaque. Manipulateur. Il prend un risque énorme en enlevant ces gamines dans la rue. Il est sûr de lui, arrogant même. Et il a un truc. Un truc pour les convaincre de partir avec lui.

— Comme Ted Bundy[1] ?

— Oui. Ou comme Bruno Bianchi[2]… Il simule une panne de voiture, ou il leur raconte qu'il recrute des mannequins pour une agence, ou que leurs parents ont eu un accident et qu'il peut les emmener à l'hôpital.

Anne secoue la tête, peu convaincue.

— Il est meilleur que ça. Il est brillant. Quel que soit son truc, il a réussi à embarquer Kristy alors que deux filles avaient déjà été tuées.

Archie imagina la lycéenne, ses cheveux châtains, sa silhouette grassouillette, en train de traîner son vélo en panne à deux pas de chez elle. *Où est le vélo ?* S'il l'avait emmenée de force, pourquoi prendre le vélo ? Et s'il avait pris le vélo, il fallait que son véhicule soit assez grand pour le mettre dedans rapidement.

— Si elle l'a suivi volontairement, c'est qu'elle le connaissait.

— Si nous acceptons cette idée, oui, il fallait qu'elle le connaisse.

Ils étaient arrivés au parking de la banque.

— C'est la mienne, dit Anne en posant la main sur le toit d'une Mustang de location bordeaux.

— Demain je retourne interroger les profs et le personnel, dit Archie. Juste ceux dont le profil correspond.

Son mal de tête empirait. Comme s'il avait en permanence la gueule de bois.

— Vous rentrez chez vous ce soir, ou vous dormez dans votre fauteuil ?

1. Célèbre tueur en série américain.
2. Réalisateur de cinéma. On lui doit, entre autres, *Inspecteur Gadget*.

Il jeta un coup d'œil à sa montre et découvrit avec stupéfaction qu'il était 23 heures.

— J'ai encore besoin de deux heures pour finir.

Elle ouvrit la portière, lança son sac à main sur le siège passager et se retourna vers Archie.

— Si jamais vous vouliez parler, dit-elle en haussant les épaules d'un air désabusé, je suis psychiatre.

— Spécialisée dans les crimes de dingues. Je vais essayer de ne pas me lancer là-dedans.

Sous la lumière crue des projecteurs du parking, il remarqua à quel point elle avait vieilli en l'espace de quelques années. Elle avait des rides autour des yeux et des mèches de cheveux gris. Malgré tout elle avait meilleure mine que lui.

— Et elle, son profil correspondait?

— Elle nous a manipulés, Anne, vous le savez bien.

— J'étais certaine que le tueur était un homme et qu'il agissait seul. Je n'ai même pas envisagé que ça puisse être une femme. Pourtant vous, vous la soupçonniez. Malgré le profil qui ne collait pas. La façon dont elle s'est faufilée dans l'enquête, c'est dans tous les bouquins de psycho. Je ne peux pas croire que je n'aie rien vu.

— Elle m'en a dit juste assez pour que je marche, mais pas assez pour que je me méfie. C'était un piège. Je suis allé chez elle parce qu'elle m'a bluffé, pas grâce à mes talents d'enquêteur.

— Elle savait que vous vouliez à tout prix résoudre cette affaire. Les psychopathes sont doués pour percer les gens à jour.

T'as pas idée, pensa Archie.

— Quoi qu'il en soit, je suis au Heathman. Si vous changez d'avis. Pour parler.

— Anne?

— Oui?

— Merci.

Elle resta immobile un instant, comme si elle voulait

dire autre chose, quelque chose comme : *Navrée que ta vie soit partie en couilles*, ou : *Je sais à quoi tu penses*, ou : *Si t'as besoin d'une lettre pour aller dans une maison de repos...* Mais peut-être pensait-elle seulement à rentrer à son hôtel pour appeler ses enfants. Ça n'avait pas vraiment d'importance. Il attendit qu'elle démarre et regagna son bureau pour mettre en route le magnétophone, fermer les yeux, et écouter Fred Doud décrire le corps mutilé de Kristy.

19

Archie s'éveilla d'un sommeil peu réparateur. Il était toujours assis à son bureau, passablement dans le brouillard. La lumière était restée allumée et Henry le regardait.

— T'as passé la nuit ici ?

— Quelle heure est-il ? demanda Archie en clignant des yeux.

— 5 heures.

Henry posa un gobelet de café sur le bureau. Archie avait mal aux côtes. Le sang lui battait les tempes, même ses dents le faisaient souffrir. Il tourna la tête jusqu'à ce que son cou craque. Henry portait un pantalon et un T-shirt noir impeccables. Il semblait tombé dans son après-rasage. Archie but une gorgée de café. Il était fort et il ne put s'empêcher de faire la grimace en l'avalant.

— T'es là de bonne heure.

— Martin m'a appelé, dit Henry en s'asseyant dans le fauteuil en face de son ami. Il enquête sur le personnel non enseignant. Ils travaillent pour une boîte du nom d'Amcorp qui a un contrat avec le district. Le conseil d'administration a licencié tout le monde l'année dernière, restrictions budgétaires. Ils ont pris Amcorp qui était moins cher. Ils sont censés avoir les dossiers criminels de tous ces types.

— Mais ?

— Ils les ont pour certains, pas pour tous, c'est le bazar. Ces gars-là ont accès à tout. Martin a rentré tous les noms dans l'ordinateur. Il y en a un qui est sorti. Pas joli joli. Exhibitionnisme.

— Il travaille où ?

— Jefferson le matin. Cleveland l'après-midi. Il a aussi bossé à Lincoln.

Ça faisait beaucoup, mais des tas de gens avaient accès à tout.

— Quelqu'un lui a parlé ?

— Claire. À la suite de la découverte du premier corps. Il a déclaré qu'il travaillait. Quelques gamins disent l'avoir vu dans le secteur après les cours. D'après son patron il est clean.

Archie avait lu les rapports. Son équipe avait interrogé neuf cent soixante-treize personnes depuis la disparition de la première fille. Claire en avait interrogé trois cent quatorze à elle toute seule. Peut-être avait-elle écarté ce type-là trop vite.

— Il était bien à Cleveland quand Lee a disparu ?

— Exact.

Archie posa les mains à plat sur son bureau et se leva.

— Alors qu'est-ce qu'on fout ici ?

Henry regarda la chemise fripée d'Archie.

— La voiture est devant la porte, mais tu devrais rentrer te changer.

— Pas le temps.

Il prit son café, empoigna sa veste, et laissa Henry sortir le premier pour pouvoir glisser trois cachets dans sa bouche. Il n'aimait pas prendre la Vicodine à jeun, mais il ne voyait pas de petit déjeuner se profiler à l'horizon.

Martin, Josh et Claire étaient déjà à leur bureau. Il y avait des tuyaux à exploiter, des patrouilles à organiser, des alibis à vérifier. Les cours allaient bientôt commencer et leur tueur était toujours dans la nature. Au mur, il y avait une pendule, vestige de la banque, sur laquelle était inscrit le slogan : *Prenez le temps de venir nous voir.* À côté quelqu'un avait collé une feuille de papier et écrit au feutre : *N'oubliez pas, le temps, c'est l'ennemi.*

— Comment tu savais que j'étais ici ? demanda Archie tandis qu'ils gagnaient le parking.

Le jour se levait et l'air était froid et gris.

— Je suis passé chez toi. Où pouvais-tu être ?

Henry s'installa au volant mais sans mettre le moteur en route, immobile, les yeux fixés sur le pare-brise.

— Tu en prends combien ?

— Pas autant que j'aimerais.

— Je croyais que tu voulais diminuer.

Archie éclata de rire au souvenir de ses jours de cauchemar, du brouillard de codéine si épais qu'il aurait pu s'y noyer.

— J'ai diminué.

Henry serra le volant tellement fort que ses mains devinrent blanches. Archie vit son cou devenir progressivement rouge. Henry ouvrit et referma la bouche un moment sans parler, un éclat dur dans ses yeux bleus.

— Ne crois pas que notre amitié m'empêchera de te remettre en congé maladie si je pense que tu es trop shooté pour travailler.

Il se tourna et regarda Archie pour la première fois.

— J'ai déjà fait pour toi beaucoup plus que je n'aurais dû.

— Je sais, dit Archie en hochant la tête.

Henry fronça les sourcils.

— Je sais, répéta Archie.

— Ce truc avec Gretchen, ces visites hebdomadaires, c'est de la connerie, mon vieux. Je me fous du nombre de cadavres qu'elle nous permet de déterrer. À un moment donné, il faut que tu laisses tomber, ajouta-t-il en fixant son ami droit dans les yeux.

Archie se crispa, craignant de trahir la moindre réaction, craignant qu'Henry ne comprenne à quel point ces visites comptaient pour lui. Il avait besoin de Gretchen. Du moins jusqu'à ce qu'il ait compris ce qu'elle attendait de lui.

— Il me faut encore du temps, lâcha-t-il prudemment. J'ai les choses en main.

Henry sortit ses lunettes de soleil de la poche de sa veste en cuir, les mit d'un geste brusque et démarra. Il poussa un soupir et secoua la tête.

— Putain, t'as plutôt intérêt.

L'exhibitionniste s'appelait Evan Kent. Archie et Henry le trouvèrent en train de peindre par-dessus des graffitis sur le mur nord du bâtiment principal de Jefferson. La teinte n'était pas la bonne et la boîte rouge d'alarme-incendie se détachait sur les briques patinées. Le mur avait été peint et repeint de nombreuses fois au fil des ans, et les rectangles inégaux de différentes couleurs formaient une sorte de peinture abstraite du plus bel effet. Kent semblait avoir la trentaine. Il avait les cheveux noirs et un petit bouc soigneusement entretenu. Sa combinaison bleue était immaculée.

Les cours ne commenceraient qu'une heure plus tard et le campus était silencieux. Ils découvrirent un mémorial improvisé devant les grilles du lycée. Bouquets coincés dans la clôture, rubans, peluches, photos de Kristy collées sur des cartons et accompagnées de commentaires en lettres brillantes : *On t'aime, Tu es notre Ange, Dieu te bénisse*.

Vers l'est le ciel était rose chewing-gum et, posés sur les fils téléphoniques, les premiers oiseaux annonciateurs du printemps, noirs et dodus, pépiaient au loin. Une voiture de police était garée de chaque côté du lycée, phares allumés pour rendre sa présence plus ostensible. Des vigiles privés se tenaient à chaque entrée. L'établissement ressemblait vraiment à une scène de crime. Belle leçon d'éducation civique.

— J'étais en train de pisser, dit Kent en voyant Archie et Henry s'approcher.

— Pardon ? demanda Henry.

Kent continua de peindre, tamponnant les briques de sa brosse chargée de peinture. *Floc-floc!* Archie remarqua un tatouage de la Vierge Marie sur son avant-bras, visiblement récent.

— Cette histoire d'exhibitionnisme, j'étais en train de pisser à la sortie d'un spectacle en centre-ville. C'est pas la meilleure idée que j'ai eue, mais j'avais envie, ça pouvait pas attendre. J'ai payé l'amende.

— Vous n'en avez pas parlé dans votre lettre de candidature.

— Il me fallait ce boulot.

Il recula pour évaluer son travail. Les graffitis avaient disparu, il ne restait que l'odeur de peinture fraîche et un nouveau rectangle rouge sang.

— J'ai une licence de philo, alors les possibilités d'emploi ne courent pas les rues. En plus je suis diabétique et j'ai pas d'assurance. Je dépense quatre-vingts dollars par semaine en insuline et en seringues.

— Eh bien ! dit Henry.

Kent se raidit et le toisa :

— Eh oui ! la sécu, c'est un vrai problème dans ce pays.

Archie s'avança légèrement.

— Où étiez-vous entre 17 et 19 heures le 2 février et le 7 mars ?

Kent se voûta et se tourna vers Archie.

— Au boulot. L'après-midi je bosse à Cleveland. En général jusqu'à 18 heures.

— Et ensuite ?

— Je rentre. Ou je répète avec mon groupe. Ou je vais boire un verre.

— Vous buvez ? Je croyais que vous étiez diabétique.

— Je le suis, et je bois. C'est pour ça que je prends de l'insuline. Écoutez, le jour où la gamine de Jefferson a disparu, ma Ferrari est tombée en panne. J'ai dû appeler mon coloc pour qu'il vienne me chercher. Demandez-lui.

Il donna le nom et le numéro de portable de son ami à Archie qui les nota dans son carnet.

— Dites, pourquoi vous laissez ces putains de journalistes envahir le bahut ? Ils font peur aux gosses et leurs infos ne sont même pas exactes.

Archie et Henry échangèrent un regard. Comment savait-il si les infos étaient justes ou pas ? Kent rougit et enfonça la pointe de sa chaussure dans l'herbe avant de demander :

— Vous allez en parler à Amcorp ?

— En tant que flics, c'est ce qu'on devrait faire, dit Henry.

Kent ricana.

— Où étaient les flics quand ces gamines ont été enlevées par un dingue ?

Henry se tourna vers Archie et demanda, assez fort pour que Kent entende :

— Il te plaît comme coupable ?

Archie fit mine d'examiner Kent ; celui-ci se balançait d'un pied sur l'autre, mal à l'aise sous le regard du policier.

— Il est beau gosse. J'imagine sans problème que des filles partent avec lui. Son âge correspond.

Kent rougit. Henry ouvrit des yeux incrédules.

— Tu le trouves beau gosse ?

— Pas autant que toi, je te rassure.

— J'ai du boulot, dit Kent en prenant son pot de peinture et sa brosse.

— Encore une chose, reprit Archie.

— Ouais ?

— Les graffitis ? Ils disaient quoi ?

Kent les regarda un moment sans répondre.

— Nous allons tous mourir, finit-il par lâcher.

Il contempla ses pieds et secoua la tête. Puis il rit et leva les yeux, un éclair brillant dans son regard noir.

— Mourir, le sourire aux lèvres.

20

C'était l'heure du déjeuner et Susan, assise près de la fenêtre, au bureau bleu du Grand Écrivain, regardait les gens entrer et sortir du Whole Foods en face de chez elle. Elle avait écrit et envoyé le premier article. Elle exécrait ce moment d'attente. Elle exécrait d'avoir à attendre les compliments de Ian, mais elle en avait un besoin quasi maladif. Elle afficha ses mails, rien. Elle fut soudain submergée par la certitude qu'il avait détesté son article. Il avait détesté son pitoyable essai de journalisme littéraire. Elle avait grillé son unique chance d'écrire quelque chose de grand. Elle allait sans doute se faire virer. Elle ne parvenait même pas à se relire. Sûr qu'elle allait voir la moindre coquille, le moindre passif malencontreux, la moindre phrase bancale. Elle afficha de nouveau ses mails. Rien. Elle aperçut l'heure dans le coin de l'écran et alla s'affaler, repliée sur elle-même, sur le canapé en velours du Grand Écrivain pour regarder les infos à la télévision. Le visage d'Archie Sheridan apparut en plein écran tandis qu'un sous-titre annonçait qu'il s'agissait d'un direct. Elle lui trouva l'air fatigué. Ou plutôt las. Il s'était rasé et coiffé, et son visage ridé de vieux chien battu dégageait une certaine autorité.

Elle le regarda confirmer la mort de Kristy, puis

il fut remplacé par deux journalistes locaux excités qui plaisantèrent à propos du monstre en liberté avant d'enchaîner sur le manque d'eau dans la vallée de la Willamette. La conférence de presse était programmée pour 10 heures, ce qui signifiait terminée depuis presque deux heures. Elle se demanda ce qu'Archie était en train de faire.

Le téléphone sonna et elle faillit tomber pour décrocher avant que le répondeur ne se déclenche après la troisième sonnerie. Elle sut immédiatement qui appelait.

— J'ai adoré, dit Ian avant même de dire bonjour.

Susan sentit aussitôt la tension glisser sur ses épaules.

— Vraiment ?

— C'est super. Cette façon de marcher sur les traces de la fille à Cleveland pour finir par trouver le corps de Kristy Mathers, c'est exactement ce que nous voulions, chérie. Tu ne parles pas beaucoup d'Archie Sheridan, mais tu nous as harponnés. Maintenant je veux que tu le dissèques, qu'on voie battre son cœur.

— Ça, c'est pour la semaine prochaine, dit joyeusement Susan en se versant une tasse de café et en la mettant à réchauffer dans le micro-ondes. Il faut laisser les connards un peu sur leur faim, non ?

— Les connards ?

— Les lecteurs, dit Susan dans un éclat de rire.

— Ah ! oui.

Elle s'habilla pour sortir : un jean, des santiags, un T-shirt avec des trolls et un blazer en velours bleu. Elle glissa un carnet dans la poche droite de son blazer et deux Bic bleus dans la gauche. Elle se fit même un brushing et se maquilla.

Prête à partir, elle ouvrit son carnet et trouva la liste de noms et de numéros de téléphone que Sheridan lui avait donnée. Elle s'arrêta le temps de se demander ce qu'il allait penser de son premier article, puis elle étouffa son inquiétude. Il était la matière, elle était l'auteur. Un article écrit, trois à venir. Elle composa le numéro.

— Bonjour. Vous êtes Debbie Sheridan ?

Elle sentit une légère hésitation.

— Oui.

— Je suis Susan Ward, du *Herald*. Votre mari vous a prévenue que je risquais d'appeler ?

— Vaguement.

Elle ne l'avait pas reprise, n'avait pas dit : *Vous voulez dire mon ex-mari. Nous sommes divorcés. Je ferais annuler le mariage si je pouvais, le fils de pute.* Susan nota le mot mari dans son carnet suivi d'un point d'interrogation. Elle se força à sourire largement, espérant que Debbie l'entendrait dans sa voix. Un vieux truc que lui avait enseigné Parker.

— Je fais son portrait et j'espérais pouvoir vous poser quelques questions. Afin de lui donner un peu d'épaisseur, de mieux cerner sa personnalité.

— Est-ce que… Est-ce que vous pouvez me rappeler plus tard ?

— Excusez-moi. Vous êtes au travail, c'est ça ? À quel moment puis-je vous rappeler ?

— Non, ce n'est pas cela. Simplement, il faut que j'y réfléchisse.

— Vous voulez dire en parler à Archie ? Parce que je lui ai demandé, et il a répondu que ça ne le dérangeait pas que je vous parle.

— Non, non. C'est juste que je n'aime pas remuer ces vieux souvenirs. Laissez-moi le temps d'y réfléchir. Rappelez-moi plus tard, d'accord ?

— D'accord, concéda Susan à regret.

Elle raccrocha et composa aussitôt le numéro suivant. Le médecin d'Archie n'était pas disponible. Elle laissa son nom et son numéro de portable à la secrétaire. Elle poussa un profond soupir, s'installa au bureau du Grand Écrivain et entra *Gretchen Lowell* sur Google. Plus de quatre-vingt mille liens apparurent. Elle passa une demi-heure à trier les plus intéressants. Ahurissant le nombre de sites dédiés aux exploits des tueurs en série ! Elle lisait une étude analysant l'affaire de l'Artiste quand une phrase attira son attention : *Gretchen Lowell a composé le 911 pour se livrer avant d'appeler une ambulance.*

Elle décrocha le téléphone et appela Ian sur son portable.

— Je suis en pleine conférence de rédaction.

— Comment je peux obtenir un enregistrement des appels au 911 ?

— Lequel ?

— Gretchen Lowell. Tu l'as entendu ?

— Il n'a pas été diffusé. Nous avons publié une transcription.

— Il me faut l'enregistrement original. Comment je fais ?

Ian émit un vague gloussement.

— Je vais essayer.

Susan raccrocha et chercha le pénitencier de l'Oregon sur Google. Elle copia l'adresse de la prison sur un bout de papier et ouvrit un document Word. *Chère Madame Lowell, j'écris un portrait du détective Archie Sheridan et je souhaiterais vous poser deux ou trois questions.* Elle travailla sur la lettre pendant près de vingt minutes. Lorsqu'elle eut terminé, elle la mit dans une enveloppe, colla un timbre et inscrivit l'adresse.

Elle paya quelques factures et alla les poster en même temps que la lettre à Gretchen. Ensuite elle se rendit à Cleveland High School. Elle voulait ouvrir le prochain article avec une anecdote personnelle, un souvenir de ses années de lycée. Elle pensait qu'y aller ferait remonter quelques détails utiles à son évocation. La vérité était qu'elle avait toujours évité d'y retourner.

La cloche venait de sonner et le grand couloir grouillait d'élèves. Ils vidaient leurs casiers pour bourrer leurs sacs à dos, bavardaient en groupes compacts, flirtaient dans les coins, buvaient des sodas, parlaient fort et se bousculaient pour sortir. Ils se déplaçaient avec l'aisance naturelle des adolescents dans leur milieu familier, une aisance que Susan ne se souvenait pas avoir jamais connue. La différence entre les élèves de première année et ceux de terminale était stupéfiante. Les premières années paraissaient encore enfants, ce qui semblait bizarre à Susan qui, à quatorze ans, se considérait déjà comme une adulte.

Quelques gamins lui lancèrent des regards en biais en la croisant, mais la plupart ne la remarquèrent même pas. Dans leur monde les cheveux roses étaient chose banale. Elle prit quelques notes pour son article, relevant des détails, des impressions, l'atmosphère.

Arrivée aux doubles portes marron foncé du théâtre, elle s'arrêta un instant, la main sur la poignée, submergée par un flot de souvenirs. Il y avait si longtemps qu'elle avait laissé le lycée derrière elle ; quelle surprise ce mélange d'émotions que l'endroit faisait à présent resurgir ! Elle se passa la main dans les cheveux, et essaya d'avoir l'air le plus adulte possible avant de franchir les portes.

L'odeur était la même. Un cocktail de peinture, de sciure de bois et de nettoyant à moquette parfumé à l'orange. Le théâtre pouvait accueillir deux cent cinquante spectateurs sur ses sièges en skaï rouge disposés en gradins à partir d'une étroite scène noire. La rampe était allumée, et une ébauche de décor en contreplaqué et toile suggérait vaguement un boudoir fin dix-neuvième. Elle reconnut le vieux canapé Queen Anne qui avait servi pour *Arsenic et vieilles dentelles* et *Treize à la douzaine*. Les chandeliers de *Meurtre au presbytère*. Et l'escalier, toujours le même escalier. Il avait juste changé de côté.

Elle avait détesté le lycée, mais adoré cet endroit. Elle

n'en revenait pas en pensant aux heures qu'elle avait passées ici, après les cours, à répéter pièce après pièce. Ce théâtre avait été son seul univers, surtout après la mort de son père.

Il n'y avait personne dans l'auditorium. Le vide lui fit ressentir un léger pincement de tristesse. Elle alla au dernier rang et s'agenouilla pour regarder sous le deuxième fauteuil en partant de l'allée. Là, gravées dans le métal, elle retrouva ses initiales : *S.W.* Après toutes ces années, son nom était toujours à sa place. Elle se sentit soudain gênée et se releva. Elle ne voulait pas être surprise ici. Elle ne voulait pas de retrouvailles. C'était une erreur d'être venue à Cleveland. C'était Archie le sujet des articles, pas elle. Elle jeta un dernier coup d'œil et fila se réfugier dans le couloir. On l'interpella :

— Miss Ward.

Elle reconnut immédiatement la voix, cette voix responsable de milliers de retenues.

— Monsieur McCallum.

Il n'avait pas changé : un petit homme trapu à la moustache énorme. Et toujours le lourd trousseau de clés pendant à sa ceinture qui l'obligeait à rajuster sans cesse son pantalon.

— Venez avec nous, dit-il. J'accompagne M. Schmidt en retenue.

Elle remarqua alors l'ado qui suivait McCallum. Il lui adressa un timide sourire et elle aperçut une vilaine traînée d'acné qui remontait le long de son cou. Elle se hâta de les suivre. Les gamins qui chahutaient dans le couloir s'écartaient au passage de McCallum qui ne ralentissait pas l'allure.

— Je vois votre signature dans le *Herald*.

— Ah bon ? répondit-elle, méfiante.

— Vous êtes ici pour Lee Robinson ?

Le visage de Susan s'éclaira et elle sortit son carnet.

— Vous la connaissiez ?

— Jamais vue.

Susan se tourna vers le gamin.

— Et toi ?

— Pas vraiment. Je sais qui c'était.

McCallum pivota sur lui-même.

— Qu'est-ce que je vous ai dit, Schmidt ?

Le gamin devint tout rouge.

— Plus un mot.

— Je ne veux plus voir votre bouche s'ouvrir, ni entendre le son de votre voix avant demain soir. M. Schmidt a un problème de bavardage, ajouta-t-il à l'intention de Susan.

Elle allait succomber à son propre problème de bavardage quand son regard fut attiré par une vitrine à trophées.

— Regardez, toutes les coupes des Olympiades du Savoir.

McCallum hocha fièrement la tête, son cou ne faisant plus qu'un avec son menton.

— Nous avons gagné le trophée de l'État l'année dernière. Ils ont été obligés d'enlever quelques coupes de foot pour faire de la place.

La vitrine débordait de trophées, en particulier une grande coupe en argent avec le nom du lycée et l'année gravés en caractères élaborés.

— J'ai vraiment adoré les Olympiades du Savoir.

— Pourtant vous nous avez laissés tomber.

— J'avais trop de choses à affronter, répondit-elle en ravalant une boule de tristesse.

— C'est dur de perdre son père à un si jeune âge.

Elle posa une main à plat sur la vitrine. Les trophées brillaient de mille feux et elle vit son image déformée renvoyée une dizaine de fois. Elle retira sa main, laissant l'empreinte d'une paume grasse sur le verre.

— Oui, c'est dur.

— C'est terrible, renchérit le gamin.

McCallum le regarda et porta un doigt à ses lèvres.

— Pas un mot.

Il se tourna vers Susan et désigna du pouce une porte marron de l'autre côté du hall.

— Nous sommes arrivés, dit-il en lui tendant une main épaisse et couverte de poils. Miss Ward, tous mes vœux pour vos futurs projets.

— Merci, monsieur.

Il entraîna le gamin jusqu'à la porte et le fit entrer. Celui-ci adressa un geste mou à Susan.

— Désolée d'avoir abandonné les Olympiades du Savoir, lança-t-elle, mais la porte s'était déjà refermée.

— Non, mais je rêve.

Les mains sur les hanches, Susan regardait sa vieille Saab. On lui avait mis un sabot. Le piège en métal était solidement fixé à la roue avant gauche. Elle ferma les yeux et émit un long soupir. Bien sûr elle s'était garée sur le parking réservé aux professeurs, mais les cours étaient terminés, et elle n'était restée que quelques minutes. Elle fit le tour du parking en traînant les pieds le temps de retrouver son calme.

— Z'avez un sabot ?

Elle sursauta et leva les yeux. C'était un ado appuyé sur une BMW orange à la calandre carrée garée un peu plus loin. Grand, plutôt beau gosse avec sa touffe de cheveux longs et sa peau lisse. La voiture, elle, était superbe, un vieux modèle 2002 des années soixante-dix, couleur mandarine, lustrée, chromes étincelants, impeccable. Elle lut l'immatriculation personnalisée : JAY 2.

— Belle, non ? Cadeau de mon père. Pour se faire pardonner d'avoir plaqué ma mère pour la dame de l'agence immobilière.

— Ça a aidé ?

— Ça l'a aidé, lui. Faut que vous alliez à l'administration. Ils vous feront payer une amende et ils enverront un gardien libérer votre bagnole. Z'avez intérêt à vous grouiller. Il y a un match de basket, ils vont fermer de bonne heure.

Il se décolla de la voiture et s'avança vers elle. Regarda par terre, puis leva les yeux et lui adressa un regard en coin.

— Dites, vous voulez de l'herbe ?

Susan recula et chercha autour d'elle pour voir si on pouvait les entendre. Il y avait des flics partout. Deux voitures de police étaient garées de chaque côté du lycée. Elle repéra aussi un homme dans une berline arrêtée devant l'entrée, à moins de dix mètres de là où elle se trouvait. Un flic ? Un père venu chercher sa fille ? C'était exactement comme ça que des journalistes naïfs se faisaient piéger.

— Je suis adulte, répondit-elle d'une voix assez forte.

Il promena son regard des cheveux roses au T-shirt trolls, des bottes de cow-boy à l'épave garée derrière elle.

— Z'êtes sûre ? C'est de la canadienne.

— Ouais. Oui, ajouta-t-elle d'un ton ferme.

Pourquoi fallait-il que ces ennuis-là lui arrivent toujours ? pensa-t-elle en regardant de nouveau le sabot.

— Au bureau de l'administration ?

Le gamin hocha la tête.

— Merci.

Elle fit demi-tour et se dirigea vers le bâtiment en passant devant l'homme dans la berline. Il venait de sortir un journal et semblait plongé dans la lecture. Un flic, à coup sûr. Elle grimpa les marches du perron, poussa l'une des deux portes d'entrée, tourna dans le hall et trouva le bureau. Fermé.

— C'est pas vrai ! s'exclama-t-elle. C'est pas vrai !

Elle frappa la porte du plat de la main. L'impact

produisit un bruit sourd. Susan cria et plaqua sa main endolorie contre sa poitrine.

— Puis-je vous aider ?

Elle pivota et se retrouva nez à nez avec un agent d'entretien qui sortait une énorme poubelle à roulettes en plastique vert.

— Vous pouvez enlever le putain de sabot de ma voiture ?

Il avait les cheveux noirs brillants, un petit bouc, et ce qu'on appelait autrefois un profil à la Rudolph Valentino. À son époque, les employés de Cleveland n'avaient pas ce genre-là. En fait il était presque assez beau pour lui faire oublier sa frustration. Presque.

Il écarquilla ses grands yeux noirs.

— C'est à vous la Saab sur le parking des profs ?

— Ouais.

— Désolé, j'ai pensé qu'elle appartenait à un élève, dit-il en haussant les épaules, l'air de s'excuser.

— Parce que c'est une épave ?

— Oui, et à cause du sticker *Blink 182* sur le pare-chocs, dit-il en souriant.

— Il était dessus quand je l'ai achetée, l'ancien propriétaire était fan de punk-rock.

— Quoi qu'il en soit, on a une politique de tolérance zéro sur le parking des profs. Sinon, tous les élèves s'y mettraient. Mais je crois que je peux vous libérer, venez.

Il sortit le plus gros trousseau de clés que Susan ait jamais vu et l'entraîna vers l'entrée du bâtiment en abandonnant la poubelle contre un mur. Il s'arrêta devant la vitrine aux trophées et sortit un torchon blanc de sa poche pour essuyer la vitre. Elle aperçut un tatouage coloré sur son bras, la Vierge Marie. Il lui sourit et secoua la tête.

— Des traces de doigts. Parfois on croirait faire le ménage derrière des singes.

Susan se passa la main dans les cheveux, au cas improbable où il aurait été capable de comparer sa paume à l'empreinte graisseuse sur la vitre, puis elle se hâta de le rattraper.

— Ça vous plaît de faire le ménage ici ?

— J'adore, lâcha-t-il, le visage impassible. Mais c'est juste un job le temps de terminer ma thèse de littérature française.

— Vraiment ?

Il ouvrit la porte et la laissa passer.

— Non.

Un vent froid se levait et elle enfonça, non sans mal, les mains dans les minuscules poches de son blazer.

— Vous connaissiez Lee Robinson ?

Il sembla se cabrer.

— C'est pour ça que vous êtes ici ?

— Je fais une série d'articles pour le *Herald*. Vous la connaissiez ?

— J'ai nettoyé son vomi une fois, à l'infirmerie. Et une fois elle m'a apporté une carte Hallmark le jour de la fête des agents d'entretien.

— C'est vrai ?

— Non.

Ils arrivèrent au parking. L'ado et la BM orange étaient partis, ainsi que le type à la berline. Le beau brun s'agenouilla près de la voiture de Susan.

— Vous êtes marrant, vous.

— Merci.

Il se pencha sur le sabot, le déverrouilla et, d'un mouvement brusque, presque violent, l'arracha de la roue. Puis il se releva, le lourd sabot sous le bras, et attendit. Susan, mal à l'aise, fouilla dans son sac à main.

— Je vous dois combien ?

Il lui lança un regard glacial.

— Je vous laisse partir pour rien si vous acceptez de

ne pas exploiter la mort d'une gamine pour écrire un article.

Susan resta sans voix. Elle avait l'impression d'avoir reçu une gifle en pleine figure. Lui attendait, beau gosse dans sa combinaison de travail. Elle bredouilla :

— Ce n'est pas vraiment de l'exploitation.

Elle voulait se défendre. Expliquer l'importance de son métier, le droit du public à l'information, la beauté du partage de la douleur, le rôle du témoin. Mais soudain cela lui sembla bien dérisoire.

Il sortit une contravention d'une de ses nombreuses poches et la lui tendit. Elle la prit et la retourna. Cinquante dollars ! Et tout ça finirait sans doute dans les caisses de leur putain d'équipe de foot.

Elle cherchait quelque chose d'intelligent à dire, histoire de ne plus avoir le sentiment d'être une fouille-merde. Mais avant qu'ellé ait trouvé, elle entendit la musique assourdie de Kiss. Elle s'arrêta et écouta. C'était *Calling Dr. Love*. Elle vit la gêne se dessiner sur le visage du jeune homme qui se mit à fouiller dans la poche de son pantalon. Son portable.

Et c'est lui qui l'avait prise pour une ado.

Il sortit le téléphone et regarda qui appelait.

— Vaut mieux que je réponde. C'est mon patron ; il m'appelle pour me virer.

Il porta l'appareil à son oreille et s'éloigna. Susan, perplexe, le regarda partir et monta dans sa voiture. La chanson de Kiss tournait dans sa tête. *Même si j'ai beaucoup péché, tu finiras par me laisser entrer.*

En sortant du parking, une pensée lui traversa lentement l'esprit : le personnel d'entretien avait toute facilité pour se procurer de l'eau de Javel.

— Qu'ont-elles en commun ? demanda Archie à Henry.

Ils marchaient sur la plage de Sauvie Island où Kristy

143

Mathers avait été retrouvée. C'était la manie d'Archie. Pas d'indices ? Pas de pistes ? On retourne sur la scène du crime. Il avait dû passer des années de sa vie à marcher dans les pas de Gretchen Lowell. Cela le mettait dans les bonnes dispositions d'esprit, et il y avait toujours une chance de trouver un indice. Il lui fallait un indice.

Le fleuve venait lécher la plage sur laquelle une frange d'écume et de crasse marquait la limite de la marée haute. Un cargo glissait au loin. Sur sa coque ils aperçurent des caractères chinois et en dessous la traduction : *Soleil levant*. La plage était déserte et le jour baissait, bien qu'en hiver le ciel du Nord-Ouest eût une façon de retenir la lumière qui faisait qu'à n'importe quelle heure de la nuit, on avait toujours l'impression que le soleil venait de se coucher. Malgré tout il ne tarderait pas à faire trop noir et Archie avait pris une torche afin qu'ils puissent retrouver le chemin de leur voiture.

— Elles se ressemblent toutes, répondit Archie.

— Ce serait aussi simple que cela ? Il guette devant les lycées ? Repère une fille qui correspond à un type précis ?

Après avoir quitté Jefferson, ils avaient passé la matinée à interroger les professeurs et le personnel de Cleveland qui répondaient au profil. Dix personnes en tout. Cela n'avait rien donné. Claire avait retrouvé le coloc d'Evan Kent qui avait confirmé l'histoire de la bagnole en panne. Toutefois, il fixait l'heure plutôt vers 17 h 30, ce qui laissait assez de temps pour aller à Jefferson.

— Ce sont toutes des deuxièmes années.

— Et alors, qu'est-ce que les deuxièmes années ont en commun ?

Six des dix adultes de Cleveland avaient des alibis. Il en restait donc quatre. Il avait de nouveau vérifié tous les alibis, ils tenaient. Ce qui laissait trois suspects à

Cleveland : un chauffeur de bus, un prof de physique, et un prof de maths-entraîneur de volley. Plus Kent. Sans oublier les dix mille pervers en liberté dans la ville. Ils allaient surveiller Kent. Les dix mille pervers pouvaient dormir tranquilles.

— C'étaient toutes des premières années, l'année dernière.

Archie s'immobilisa. C'était trop simple. Il claqua des doigts.

— Tu as raison.

Henry gratta son crâne chauve.

— Je plaisantais.

— On a vérifié si elles venaient toutes de la même classe de première année ?

— L'année d'avant, elles étaient dans trois collèges différents.

— Est-ce qu'elles passent toutes un test en première année ?

— Tu veux que je cherche si ce n'est pas un surveillant taré qui les tue ?

Archie sortit un comprimé de Zantac de sa poche et le mit dans sa bouche. Il avait un goût de craie parfumée au citron. Il se força à le mâcher et à l'avaler. Il braqua la torche sur le sable. Quelques crabes minuscules s'enfuirent pour échapper à la lumière.

— Je ne sais pas. Je veux juste arrêter ce salaud.

Il aimait bien utiliser une torche pour étudier une scène de crime, même en plein jour. Cela rétrécissait son champ de vision, l'obligeant à se concentrer sur de toutes petites surfaces.

— Renforce la surveillance autour des lycées. Fais raccompagner chaque fille chez elle s'il le faut, je m'en fous.

Henry passa les pouces dans la boucle turquoise de sa ceinture et leva les yeux vers le ciel de plus en plus noir.

— Tu crois pas qu'on devrait rentrer ?

— Il y a quelqu'un qui t'attend à la maison ?

— Hé ! Mon appart est déprimant, mais moins que le tien.

— Touché. Tu t'es marié combien de fois ?

— Trois. Quatre si tu comptes le mariage annulé, et cinq si tu comptes celui qui n'était légal qu'à l'intérieur de la réserve.

— Ouais. Je crois qu'il vaut mieux que tu sois occupé. En plus on n'a pas encore exploré la scène de crime.

— Les enquêteurs l'ont déjà fait.

— On verra s'ils ont oublié quelque chose.

— Il fait nuit.

Archie plaça la lampe sous son menton. On l'aurait cru sorti d'un film d'horreur.

— C'est pour ça qu'on a une torche.

21

Susan se réveilla, enfila son vieux kimono, descendit au rez-de-chaussée, et se mit à fouiller la pile de *Herald* entassés dans le hall jusqu'à ce qu'elle trouve celui avec son nom en première page. Elle attendit d'être remontée dans l'appartement pour arracher l'enveloppe plastique. Elle avait toujours le trac quand elle cherchait un article qu'elle avait écrit, un mélange d'impatience, de peur, de fierté et de gêne. La plupart du temps elle n'aimait pas se lire dans le journal. Mais la réflexion cinglante du beau gosse avait ranimé la flamme du doute. En vérité, elle avait parfois le sentiment de donner dans l'imposture. Et parfois même d'exploiter ses sujets. Elle avait fait hurler de rage un conseiller municipal qu'elle avait, dans son portrait, qualifié de *gnome chauve* (ce qu'il était). Mais cette fois, c'était différent, les enjeux étaient plus sérieux.

Pour la première fois son nom apparaissait en première page. Elle s'assit sur le lit et, le souffle un peu court, déplia le journal. Elle s'attendait plus ou moins à ce que l'histoire ait disparu, mais non, elle était là, sous la pliure, avec un renvoi en page locale. La première page ! La une ! Une photo aérienne de la scène de crime accompagnait l'article. Elle rit en se reconnaissant, petite silhouette parmi les policiers et, à côté d'elle, Archie Sheridan. Au diable le beau gosse ! Elle était aux anges.

Comme elle aurait voulu pouvoir partager son petit triomphe avec quelqu'un ! Felicity avait annulé son abonnement au *Herald* des années auparavant, quand les propriétaires du journal avaient, malgré les protestations, rasé une parcelle de forêt primaire. Elle aurait acheté ce numéro si elle avait su. Mais Susan ne lui avait pas parlé de ses articles, et elle ne le ferait pas. Elle suivit du doigt la photo d'Archie en se demandant s'il l'avait déjà vue, et ce qu'il en pensait. Ce qu'il pensait d'elle également. Cela la mit mal à l'aise et elle passa à autre chose.

Elle se leva et se fit du café avant de revenir s'asseoir et de feuilleter le journal pour trouver la page locale. C'est alors qu'une enveloppe tomba sur le tapis. Elle crut tout d'abord qu'il s'agissait de coupons publicitaires que le *Herald* avait accepté de distribuer contre espèces sonnantes, puis elle lut son nom dessus. Susan Ward. À la machine. Pas sur une étiquette, directement sur l'enveloppe. Qui pouvait avoir tapé son adresse ? Elle la ramassa.

C'était une enveloppe blanche, normale. Elle la tourna et retourna plusieurs fois avant de l'ouvrir. Elle contenait une feuille de papier soigneusement pliée. Au milieu, une ligne tapée à la machine : *Justin Johnson, 031038299.*

Qui pouvait bien être ce Justin Johnson ?

Merde ! Qui était-ce ? Et pourquoi lui envoyer un message secret avec ce nom et cette série de chiffres ?

Elle se rendit compte que soudain son cœur battait la chamade. Elle écrivit les chiffres sur la marge du journal, espérant que cela l'aiderait à comprendre. Neuf chiffres. Ce n'était pas un numéro de téléphone. Ça commençait par un zéro, ce n'était pas un numéro de sécurité sociale.

Elle réfléchit encore un moment et décrocha son téléphone pour appeler Quentin Parker sur sa ligne directe.

— Parker, aboya-t-il.

— C'est Susan. Je vais te lire des chiffres, je voudrais que tu me dises à quoi ça correspond à ton avis.

Elle lut. La réponse fusa :

— Dossier de tribunal. Les deux premiers chiffres indiquent l'année, 2003.

Elle lui raconta l'histoire de l'enveloppe mystérieuse. Il la taquina :

— On dirait que quelqu'un vient de se trouver un informateur anonyme. Je vais appeler mon indic au tribunal, voir ce qu'il peut trouver sur ton dossier.

Elle ouvrit son ordinateur portable et tapa *Justin Johnson* sur Google. Plus de cent cinquante mille réponses. Elle recommença avec *Justin Johnson, Portland*. Seulement onze cents réponses cette fois. Elle commençait à les faire défiler quand le téléphone sonna. Elle décrocha.

— C'est un dossier de mineur. Confidentiel. Désolé.

— Un dossier de mineur ? Quel genre de délit ?

— Confidentiel. Con-fi-den-tiel.

Elle raccrocha et regarda encore le nom et le numéro. Elle but un peu de café. Regarda encore le nom. Un dossier de mineur. Pourquoi quelqu'un voudrait-il qu'elle sache que Justin Johnson avait un casier ? Est-ce que ça avait un rapport avec l'Étrangleur de Cinq Heures ? Fallait-il qu'elle appelle Archie ? Pour quelle raison ? À cause d'une enveloppe mystérieuse trouvée dans son journal ? Ça pouvait être n'importe quoi. Une blague. Elle ne connaissait même pas ce Justin. Soudain elle repensa au vendeur d'herbe du parking de Cleveland. À sa plaque personnalisée : JAY2. Le « J » collait. Ça valait la peine de vérifier. Elle appela l'administration du lycée.

— Bonjour. Je suis madame Johnson. Nous avons un

149

petit problème d'absentéisme. Vous pourriez me dire si mon fils Justin est au lycée ce matin ?

— Une seconde… Madame, ne vous faites pas de souci, Justin est ici.

Et alors ? Ça t'avance à quoi ? Justin Johnson est élève à Cleveland et il a un casier judiciaire.

Elle appela Archie sur son portable. Il répondit à la deuxième sonnerie.

— Ça va vous paraître un peu bizarre, dit-elle avant de lui raconter l'histoire du parking et de l'enveloppe.

— Il a un alibi, répondit Archie.

— Vous savez ça comme ça, par cœur ?

— On a enquêté. Il était en détention. Les trois jours fatidiques. Il est couvert.

— Vous ne voulez pas son numéro de dossier ?

— Je sais qu'il a un casier.

— Non ?

— Susan, je suis flic.

Elle fut incapable de résister.

— Vous avez lu mon article ?

— J'ai beaucoup aimé.

Elle raccrocha, toute frétillante de plaisir. Il avait aimé son article. Elle mit l'enveloppe sur une pile de courrier posée sur la table basse. Il n'était pas encore 10 heures. Justin sortirait du lycée dans cinq heures et demie. Elle irait l'attendre. Entre-temps elle allait s'intéresser à Archie. Elle se reversa un peu de café et appela Debbie Sheridan sur son fixe. On était vendredi, mais Archie lui avait dit que son ex-femme travaillait chez elle ce jour-là. Comme de juste, Debbie décrocha.

— Bonjour, c'est encore moi, Susan Ward. Vous m'avez dit de rappeler.

— Ah ! oui, bonjour.

— Je ne vous dérange pas ? J'aimerais vraiment vous parler.

Un court silence s'installa, puis Debbie soupira.

— Pouvez-vous venir maintenant ? Les enfants sont à l'école.

— Formidable ! Où habitez-vous ?

Elle nota l'itinéraire, enfila un jean moulant, un T-shirt rayé rouge et bleu et une paire de boots, puis elle attrapa sa veste noire au passage et descendit par l'ascenseur. Superbe ascenseur, tout en verre et acier. Elle regarda les étages s'afficher du sixième au sous-sol, mais, au dernier moment, une idée lui traversa l'esprit et elle appuya sur le bouton du rez-de-chaussée. Les portes s'ouvrirent et elle déboucha dans le hall. Elle entra dans les bureaux de vente et d'administration de l'immeuble. Elle avait de la chance, Monica était à son poste.

Susan se composa son meilleur visage bon chic bon genre – pas mal malgré les cheveux roses – et s'approcha du bureau en bambou derrière lequel Monica était absorbée dans la lecture d'un magazine de mode.

— Bon… jour, dit Susan en allongeant démesurément chaque syllabe.

Monica leva les yeux. C'était une blonde platine sans concession. Pas de racines. Jamais. Elle arborait ce genre de sourire mécanique qui finit par ne plus avoir aucun sens à la longue. Susan ne savait pas trop ce qu'elle faisait, à part lire des magazines. Elle semblait servir d'appât à l'équipe de vente. Comme ces odeurs de gâteau pulvérisées dans les appartements modèles. Susan lui aurait donné vingt-cinq ans, mais, compte tenu de l'épaisseur de sa couche de fond de teint, c'était difficile à dire. La journaliste savait que Monica avait du mal à la situer. Les cheveux roses devaient la perturber terriblement. Elle devait penser que Susan était engagée dans une sorte de processus d'automutilation. Tout cela ne faisait que renforcer sa détermination à se montrer aimable.

— Écoutez, susurra Susan, j'ai un admirateur secret.

— Pas possible !

— Tout à fait. Il a mis un mot d'amour dans mon journal ce matin.

— Mon Dieu !

— Eh oui ! Alors je me demandais si vous pourriez me montrer l'enregistrement vidéo de ce matin que je voie qui c'est.

Monica, tout excitée, battit des mains et fit rouler son fauteuil en fausse peau de zèbre jusqu'à un moniteur blanc étincelant. C'était le genre de projet qui donnait un sens à son boulot. Elle s'empara d'une télécommande assortie et l'image en noir et blanc se mit à remonter le temps. Elles regardèrent un moment les gens entrer en marche arrière dans l'ascenseur jusqu'à ce que le hall retrouve son calme, la pile de journaux sagement rangée sous les boîtes à lettres. Soudain quelqu'un entra à reculons dans l'immeuble et se pencha au-dessus des journaux.

— Là ! s'écria Susan.

Elles rembobinèrent la bande une minute de plus et virent une femme portant un gobelet de café sortir de l'ascenseur, traverser le hall et quitter l'immeuble. À ce moment-là un homme vêtu d'un costume sombre apparut, se dirigea vers les journaux, fouilla dans la pile et mit manifestement quelque chose dans l'un d'entre eux. Il avait attendu devant la porte et profité de la sortie de la femme pour entrer.

— Il est mignon, s'exclama Monica.

— Comment vous pouvez dire ça, on ne voit pas son visage.

— Il a un beau costume. Je vous parie qu'il est avocat. Et riche !

— Vous pouvez m'imprimer cette image ?

— Tout à fait.

Elle tapa sur une touche, roula jusqu'à une imprimante rutilante, attendit qu'elle crache l'image, puis la tendit à Susan. Celle-ci la regarda attentivement. Impossible à identifier. Enfin…, elle la montrerait à Justin, histoire de voir sa réaction. Elle plia la feuille de papier, la glissa dans son sac et s'apprêta à partir.

— Vous savez, lui dit Monica, le visage dégoulinant de sollicitude, vous devriez vous teindre en blonde, vous seriez tellement plus jolie.

— J'y ai pensé, mais j'ai entendu dire que le blond platine donnait le cancer aux chatons de laboratoire.

— Aux chatons de laboratoire ?

Monica en resta bouche bée.

— Il faut que j'y aille.

22

Debbie habitait une maison de style ranch à Hillboro, à quelques minutes de l'autoroute. Susan avait passé l'essentiel de sa vie à Portland, mais elle pouvait compter sur les doigts de ses mains le nombre de fois où elle était allée là-bas. C'était une banlieue qu'elle traversait en allant vers la côte, en aucun cas une destination. Le seul fait de se trouver en banlieue la rendait nerveuse. La maison de Debbie était typique de son quartier : pelouse bien verte et rase tondue sans l'ombre d'une mauvaise herbe, haie de buis, érable du Japon, quelques thuyas bleus, et plusieurs massifs de fleurs. Un garage pour deux voitures jouxtait la maison. L'image parfaite du bonheur domestique, mais aussi un endroit où Susan n'aurait même pas pu imaginer vivre. Elle ferma sa voiture à clé et alla sonner à la porte pseudo-médiévale.

Debbie ouvrit et lui tendit la main. Elle ne ressemblait pas à ce que Susan avait imaginé. Trente-cinq à quarante ans, les cheveux très courts, mince et dynamique, elle portait un caleçon noir, un T-shirt et des tennis. Elle était jolie, élégante, et ne faisait pas du tout banlieue. La maison regorgeait d'œuvres d'art. De grandes toiles abstraites décoraient les murs, des tapis d'Orient couvraient le sol, et des livres s'entassaient sur chaque surface plane. L'ensemble était très cosmopolite, très voyageur du monde. Et pas du tout ce que Susan s'attendait à trouver.

— J'aime vos tableaux, dit-elle.

Elle se sentait toujours mal à l'aise en face des femmes plus sophistiquées qu'elle.

— Merci, répondit aimablement Debbie. Je suis styliste chez Nike. Je fais ça quand j'ai envie de me sentir de nouveau artiste.

Ce n'est qu'à ce moment-là que Susan remarqua la signature, *D. Sheridan*, griffonnée dans un coin des toiles.

— Elles sont étonnantes.

— Cela m'occupe. Il m'arrive de penser que mes enfants sont plus doués.

Debbie fit passer Susan par un couloir où elle découvrit des photos noir et blanc encadrées. Certaines ne présentaient que deux beaux enfants aux cheveux noirs, d'autres les montraient en compagnie de Debbie et d'Archie. Tous avaient l'air terriblement joyeux et heureux d'être ensemble.

Le couloir menait à une cuisine lumineuse et moderne dont les portes-fenêtres ouvraient sur un grand jardin digne d'un cottage anglais.

— Vous voulez du café ?

— Avec plaisir, dit Susan en prenant la tasse que Debbie venait de remplir et en s'installant sur l'un des tabourets hauts du comptoir. Elle remarqua une grille de mots croisés du *New York Times* entièrement remplie.

Debbie restait debout.

La cuisine donnait sur une vaste chambre dont les portes-fenêtres ouvraient également sur le jardin. À en juger par la grande table à dessin et les multiples croquis punaisés au mur, Debbie l'utilisait comme bureau. Mais le sol était jonché de jouets. Debbie remarqua que Susan regardait ses croquis et sourit timidement.

— Je dessine une chaussure de yoga.

— Je croyais que le yoga se pratiquait pieds nus.

— Disons que c'est un nouveau marché à conquérir.

— Vous dessinez surtout des chaussures ?

— Pas la structure. Je prends ce que me donnent les ingénieurs, et j'essaie de le rendre joli. J'ai lu votre article ce matin. Intéressant. Bien écrit.

— Merci, répondit Susan, embarrassée. J'ai juste brossé le décor. J'ai l'intention de creuser un peu plus dans les prochains. Vous ne voulez pas vous asseoir ?

Debbie posa la main sur une chaise, sembla hésiter et la retira. Elle regarda en direction de la chambre, des jouets sur la moquette.

— Il faudrait que je ramasse après les gosses.

Elle contourna le comptoir, passa derrière Susan et alla ramasser un gorille en peluche.

— Alors, que voulez-vous savoir ?

Susan sortit un petit enregistreur numérique de son sac.

— Cela vous ennuie si j'enregistre, c'est plus facile que de prendre des notes ?

— Allez-y, répondit Debbie en se penchant pour ramasser un chat, un lapin, un panda.

Vas-y, fonce, se dit Susan.

— Ça a dû être dur.

Debbie se redressa, les bras chargés d'animaux en peluche.

— Quand il a disparu ? Oui.

Elle alla jusqu'à une petite table rouge et entreprit d'y installer les peluches une à une.

— Vous savez, il m'a appelée juste avant d'aller la voir. Puis je ne l'ai pas vu rentrer à la maison.

Elle s'arrêta et contempla le gorille qu'elle tenait encore dans ses bras. Il avait la taille d'un bébé. Elle parla en pesant ses mots.

— D'abord j'ai pensé aux embouteillages. Pour aller

chez Nike, c'est tout près, mais sur la 26, parfois, c'est l'horreur. Je l'ai appelé au moins cent fois sur son portable. Jamais il n'a répondu.

Elle leva les yeux vers Susan et se força à sourire.

— Ce n'était pas complètement inhabituel. Je me suis dit qu'ils avaient peut-être découvert un autre corps, puis…

Elle s'arrêta de nouveau et refoula une boule qui lui nouait la gorge.

— J'ai fini par appeler Henry. Ils sont allés chez elle. Ils ont trouvé la voiture d'Archie, mais la maison était vide. C'est là que tout a commencé à s'effondrer.

Son regard s'attarda sur le gorille, puis elle l'installa soigneusement sur la table, entre le chat et le panda.

— Bien sûr ils ignoraient ce qui s'était passé. Que c'était un coup de Gretchen Lowell. Mais ils ont réussi à reconstituer les événements. Sans retrouver Archie.

Sa voix se tendit.

— Dix jours, c'est long.

Debbie s'assit en tailleur sur la moquette et tira vers elle un grand puzzle en bois.

— Ils ont pensé qu'il était mort, dit-elle d'un ton neutre.

— Et vous ?

Elle prit deux lentes inspirations, son visage se tordit, et elle répondit :

— Moi aussi.

Susan approcha discrètement l'enregistreur un peu plus près.

— Où étiez-vous quand vous avez appris qu'on l'avait retrouvé ?

Debbie se mit à assembler les morceaux du puzzle éparpillés autour d'elle.

— Ici. Dans cette chambre.

Chaque pièce représentait un véhicule différent. Elle prit un camion de pompiers et le plaça sur le puzzle.

— Il y avait un canapé. Du café. Des quantités de flics. Claire Masland.

Elle s'immobilisa, une pièce du puzzle à la main.

— Et des fleurs. Les gens s'étaient mis à apporter des fleurs. On montrait notre maison aux informations. Les gens venaient de partout déposer des bouquets dans le jardin.

Elle regarda Susan, son visage reflétait tout à la fois l'impuissance, la détresse et l'étonnement.

— Des peluches. Des rubans. Des petits mots tristes.

Ses yeux se posèrent sur la pièce de puzzle qu'elle tenait à la main : une voiture de police.

— Et des fleurs, des fleurs. La porte d'entrée disparaissait sous les fleurs qui fanaient sur place.

Sa main se crispa sur le morceau de bois, une ride se creusa sur son front.

— Toutes ces putains de condoléances gribouillées sur un bout de papier, ces cartes. *Nous partageons votre peine. Nous sommes avec vous.* Je me souviens de ce décor funèbre lorsque je regardais par la fenêtre. Je sentais les fleurs, cette puanteur de feuilles pourries…

Elle plaça la voiture de police sur le puzzle et la regarda.

— … et je savais qu'il était mort. Il paraît qu'on le sent, vous savez, lorsque quelqu'un qu'on aime très fort meurt. Je le sentais. Son absence. Je savais que c'était fini. Je le savais dans mon corps. Puis Henry a appelé. Ils l'avaient retrouvé. Il était vivant. Tout le monde a applaudi. Claire m'a conduite à l'hôpital. Et pendant cinq jours je ne l'ai pas quitté.

— Comment allait-il ?

Elle prit une longue inspiration et parut réfléchir à la question.

— Quand il s'est réveillé ? Nous avons mis longtemps à le convaincre qu'il n'était plus dans son sous-sol. Parfois je me demande si nous avons vraiment réussi.

— Il vous en a parlé ?

— Non.

— Mais vous devez bien avoir une idée de ce qui s'est passé ?

Les yeux de Debbie devinrent noirs, son regard glacial.

— Elle l'a tué. Elle a assassiné mon mari. Je crois qu'on le sait. Je sais ce que j'ai ressenti. Et je sais dans quel état il est revenu.

Susan jeta un coup d'œil à son enregistreur. Est-ce qu'il fonctionnait ? Le petit voyant rouge la rassura.

— Pourquoi a-t-elle fait cela, à votre avis ?

Debbie resta parfaitement immobile un moment.

— Je l'ignore. Mais quoi qu'elle ait voulu faire, elle a réussi. Elle n'aurait pas arrêté avant d'avoir réussi. Ce n'est pas le genre de personne à renoncer.

— Combien de temps après vous êtes-vous séparés ?

— Elle l'a enlevé en novembre, aux alentours de Thanksgiving. Au printemps nous étions séparés.

Son regard se détourna de Susan pour se poser dans le jardin, sur un arbre, une balançoire, une haie.

— Je sais que cela paraît terrible. Il était cassé. Incapable de dormir. Il faisait des crises de panique. Excusez-moi, vous voulez encore un peu de café ?

— Ça va, merci.

Debbie hocha plusieurs fois la tête, puis se leva et alla ranger le puzzle sur la bibliothèque, à côté de la petite table. Les quatre étagères débordaient de livres d'enfants, de jeux de société et de puzzles. Ensuite elle se retourna et contempla la pièce. Tout était en ordre. Elle laissa tomber les mains.

— Il n'aimait pas quitter la maison. Les enfants l'énervaient. Il prenait tous ces médicaments. Il restait assis des heures sans rien faire. Je craignais qu'il ne fasse une bêtise.

Elle laissa ses paroles en l'air une minute, puis son

visage se décomposa. Elle mit une main devant sa bouche, tourna la tête et posa l'autre main sur son estomac. Susan se leva, mais Debbie secoua la tête.

— Ça va aller.

Il lui fallut encore une minute pour récupérer, puis elle essuya les larmes qui s'accrochaient à ses cils avec son pouce, sourit à Susan comme pour s'excuser, et retourna dans la cuisine. Elle prit la cafetière, sortit le piston, versa le reste de café dans l'évier et ouvrit le robinet.

— Trois mois après avoir retrouvé Archie, Henry est venu nous voir. Il lui a dit que Gretchen Lowell était d'accord pour révéler l'emplacement des corps de dix personnes disparues, et ce, dans le cadre d'un accord avec le procureur. Mais elle ne voulait parler qu'à Archie. C'était lui ou personne.

Elle rinça la verseuse, ouvrit le lave-vaisselle et l'installa dans le panier supérieur. Ensuite, la tête penchée sur le côté, elle plaça le piston sous l'eau et regarda le marc disparaître dans l'évier.

— Elle est malade, son truc, c'est le pouvoir. Je crois qu'elle aime l'idée d'avoir du pouvoir sur lui, même depuis sa prison. Mais il n'était pas obligé d'accepter. Henry le lui a dit. Tout le monde aurait compris. Mais Archie était décidé.

Le piston était propre, mais elle continuait de le rincer, le tournant et le retournant sous l'eau.

— Il avait travaillé tellement longtemps sur cette affaire qu'il lui fallait aider les familles à faire leur deuil. Gretchen le savait, elle savait qu'il se sentirait obligé d'accepter. Mais il y avait autre chose. La semaine suivante, Henry le conduisit à Salem pour la voir. Elle tint sa promesse. Elle leur révéla l'endroit exact où trouver la gamine de dix-sept ans qu'elle avait tuée à Seattle. Elle promit de leur donner d'autres corps si Archie venait la voir toutes les semaines, tous les dimanches. Henry le ramena à la maison ce jour-là. Il s'est endormi et a dormi pendant près de dix heures. Sans cauchemar, comme un putain de bébé. Quand il s'est réveillé, je ne l'avais plus vu aussi calme depuis que tout avait commencé, comme si le fait de la voir lui faisait du bien. Ce n'était pas sain. Je l'ai mis en demeure de choisir. Moi ou elle. Et c'est elle qu'il a choisie, ajouta Debbie en étouffant un rire dénué d'humour.

Susan ne savait quoi dire.

— Je suis désolée.

Le piston traînait au fond de l'évier, Debbie regardait par la fenêtre, les yeux brillant de larmes.

— Elle m'a envoyé des fleurs. Par Internet. Elle avait dû les commander avant d'être arrêtée. Une douzaine de tournesols.

Sa bouche se tordit.

— *Toutes mes condoléances. Affectueusement. Gretchen Lowell.* Les fleurs sont arrivées pendant qu'il était à l'hôpital. Je ne lui ai jamais dit. Des tournesols, mes fleurs préférées. J'adorais jardiner. Maintenant je fais faire le jardin. Je n'aime plus les fleurs. Je ne supporte plus leur parfum.

— Vous continuez à avoir des contacts avec Archie ?

— On se téléphone tous les jours. Demandez-moi tous les combien on se voit.

— Dites-moi.

— Toutes les deux ou trois semaines. Jamais plus. Parfois, quand il est avec Ben, Sara et moi, j'ai l'impression qu'il veut s'arracher les yeux.

Elle regarda les peluches, l'évier, le comptoir.

— En général je ne suis pas aussi maniaque.

Susan prit une profonde inspiration. Il fallait qu'elle demande.

— Pourquoi me racontez-vous tout cela, Debbie ?

— Parce que Archie me l'a demandé.

De retour à sa voiture, Susan commença par rembobiner sa mini-bande quelques secondes et appuyer sur PLAY pour s'assurer que l'interview avait bien été enregistrée. Elle entendit aussitôt la voix de Debbie : « Parfois, quand il est avec Ben, Sara et moi, j'ai l'impression qu'il veut s'arracher les yeux. » *Mon Dieu!* Elle resta plusieurs minutes assise à tenter de maîtriser les battements de son cœur. Un père et sa petite fille passèrent main dans la main à côté de sa voiture. La gamine s'arrêta et son père la prit dans ses bras jusqu'à la maison voisine de celle de Debbie. Susan baissa la vitre et alluma une cigarette. *Cet article va dans le sens du bien, non ?*

— Bien sûr, répondit-elle à voix haute. Le rôle du témoin, le partage. Bien sûr.

Elle utilisa son portable pour écouter ses messages au journal. Il y en avait un de Ian lui rapportant l'accueil favorable reçu par son article sur Archie et sa Brigade Spéciale. Il s'occupait de l'appel au 911 et pensait avoir du nouveau la semaine prochaine. Susan contempla son petit enregistreur. Le deuxième article était en train de s'écrire tout seul. Par contre, il n'y avait aucun message du médecin d'Archie. Il était sans doute occupé à sauver des vies humaines ou à creuser le déficit de Medicaid. Elle ouvrit son carnet, trouva son numéro et rappela.

— Allô, ici Susan Ward. Je désire parler au docteur Fergus à propos d'un de ses patients, Archie Sheridan.

Après tout, elle avait le vent en poupe.

Anne sentit un frisson glacé la parcourir et boutonna sa veste.

— Peut-être moins.

Archie avait lu l'article de Susan en se levant. Il ne l'avait pas trouvé mauvais. Il abordait l'enquête d'un point de vue extérieur. La photo était bonne. Pourtant, malgré ce qu'il lui avait dit au téléphone, ce n'était pas ce dont il avait besoin. Justin Johnson ? Intéressant. On l'avait coincé à l'âge de treize ans alors qu'il essayait de vendre du hasch à un flic infiltré. Une livre de hasch. Il s'en était tiré avec de la conditionnelle. Intéressant en soi. Alors ils avaient vérifié. Il avait un alibi en béton, donc la note concernait moins Archie que celui qui l'avait déposée. Quelqu'un essayait de manipuler les articles de Susan, ou l'enquête. Et ce quelqu'un avait accès aux dossiers des mineurs. Archie passa un coup de fil pour demander qu'on surveille l'appartement de Susan les deux prochaines nuits. C'était sans doute excessif, mais il se sentit mieux. Puis il resta assis à son bureau, au milieu des photos des jeunes filles assassinées, à peine conscient de l'agitation qui régnait autour de lui. Son équipe était épuisée, le moral en berne. Pas la moindre nouvelle piste. Kent avait été viré pour avoir caché son casier dans sa lettre de candidature mais, selon les flics qui le filaient, il avait passé les dernières vingt-quatre heures à jouer de la guitare. Le barrage devant Jefferson n'avait rien donné de plus. Ils n'avaient trouvé aucun viol correspondant au *modus operandi* de leur tueur dans les autres États et, jusqu'à présent, l'ADN des préservatifs ramassés sur Sauvie Island était inconnu au fichier des empreintes génétiques. Le téléphone sonna sur son bureau. Debbie.

— Bonjour.

— Ta biographe vient de partir. J'ai pensé que ça t'intéresserait.

— Tu lui as dit à quel point je suis perturbé ?

— Oui.

— Bien.

— Je t'appelle ce soir.

— Entendu.

Il raccrocha. Il avait pris six Vicodine et éprouvait une curieuse sensation de légèreté dans les bras et la nuque. La première vague de codéine était toujours la meilleure. Elle arrondissait tous les angles. Quand il avait débuté, Archie avait souvent eu affaire à des junkies. Ils cassaient une voiture pour récupérer quelques pièces ou une bricole oubliée sur la banquette arrière : bouquins, vieux vêtements, bouteilles consignées, n'importe quoi, prêts à risquer la prison pour cinquante cents. L'une des premières choses que les flics apprenaient, c'était que les junkies ne raisonnaient pas comme tout un chacun. Ils prenaient d'énormes risques pour avoir une chance, même mince, de se payer un fix. Cela les rendait imprévisibles. Archie n'avait jamais compris leur psychologie, mais il avait l'impression de progresser.

Les Hardy Boys firent leur apparition à la porte de son bureau, l'obligeant à penser à autre chose et à reprendre son masque de flic. Ils avaient l'air tout émoustillés. Heil s'avança vers Archie.

— On a vérifié tous les adultes de la liste que tu nous as donnée hier. Il y a un nom qui se détache.

— Kent ? demanda machinalement Archie que le comportement de l'agent d'entretien mettait mal à l'aise.

— McCallum, le prof de physique de Cleveland. Son bateau n'est pas là où il est censé être.

— Où est-il ?

— Il a brûlé hier dans l'incendie de la marina près de Sauvie.

Archie fronça les sourcils.

— On a pensé que ça pourrait être une piste.

166

L'hôpital Emmanuel était l'un des deux centres de traumatologie de la région, et c'était là qu'Archie Sheridan avait été transporté lorsqu'on l'avait récupéré dans le sous-sol de Gretchen Lowell. C'était l'hôpital préféré des médecins du SAMU, et on racontait que beaucoup d'entre eux portaient des T-shirts proclamant : *Emmenez-moi à Emmanuel*, au cas où ils auraient fait un AVC. Le bâtiment principal datait de 1915, mais plusieurs extensions en verre et acier le dissimulaient presque entièrement. C'était aussi l'hôpital où le père de Susan était mort d'un lymphome, qui n'était pas de Hodgkin, une semaine avant que l'on retire son appareil dentaire à sa fille. Elle se gara sur le parking visiteurs et se dirigea vers le service où le médecin d'Archie avait accepté de la recevoir. Dans l'ascenseur elle prit soin d'appuyer sur le bouton avec son coude et non avec son doigt. On n'est jamais trop prudent avec les microbes.

Le docteur Fergus la fit patienter trente-cinq minutes. La salle d'attente n'était pas désagréable, elle donnait sur les West Hills, le mont Hood, et les méandres de la Willamette. Mais elle sentait comme toutes celles dont elle gardait le souvenir : un mélange d'œillet et d'iode, le détergent utilisé pour masquer l'odeur de la mort.

Elle fut tentée par les magazines étalés sur une table basse, mais elle résista et, au lieu de perdre son temps, passa vingt minutes à écrire et réécrire l'introduction de son prochain article. Ensuite elle écouta ses messages. Rien. Elle appela Ethan Poole. Boîte vocale.

— Ethan, c'est ouam. J'appelle juste pour savoir si tu as réussi à parler à Molly Palmer. Je commence à m'impatienter.

Elle remarqua qu'une secrétaire lui jetait un regard mauvais en lui montrant une pancarte représentant un portable barré de rouge.

— Rappelle-moi, dit-elle avant de raccrocher et de glisser l'appareil dans son sac.

Elle aperçut un *Herald* sur une autre table basse à côté d'une pile de *U.S. News and World Reports*. Elle venait de le disposer de telle sorte que son article soit sur le dessus quand Fergus apparut. Il s'excusa d'un haussement d'épaules, lui tendit une main moite, et l'entraîna vers son bureau. Il avait dans les cinquante-cinq ans et des cheveux gris coupés en brosse. On aurait dit l'entraîneur de l'équipe de football d'un lycée texan. Il marchait vite, le corps penché à quatre-vingts degrés, le stéthoscope ballant, les épaules voûtées et les mains dans les poches de sa blouse blanche. Elle était presque obligée de courir pour le suivre.

Le bureau était soigneusement agencé dans le style baby-boomer classieux. Il donnait sur les immeubles du centre-ville, à l'ouest, et sur les friches industrielles, à l'est. La large courbe marron de la rivière s'insinuait au milieu. Par temps clair on apercevait trois montagnes depuis Portland : le mont Hood, le mont St Helens, et le mont Adams. Mais quand les gens parlaient de « *la montagne* », ils pensaient à Hood, et c'est Hood que l'on voyait par la fenêtre de Fergus, petit privilège non négligeable. Encore blanc de neige, il lui fit penser à une dent de requin déchirant le ciel bleu. Elle n'avait jamais été une grande skieuse.

Un luxueux tapis persan fait main recouvrait la moquette industrielle, un mur de bibliothèque regorgeait de traités médicaux mais aussi de romans contemporains et de livres sur les religions orientales. Une grande photo noir et blanc encadrée de Fergus appuyé sur une Harley-Davidson écrasait les diplômes médicaux réglementaires accrochés à côté. Au moins les priorités du toubib étaient claires. Susan remarqua une chaîne haut de gamme posée sur une étagère. Elle aurait parié qu'il écoutait du vieux rock.

— Voyons, dit Fergus en ouvrant un dossier posé devant lui. Archie Sheridan.

— J'imagine que vous lui avez parlé.

— Oui. Il m'a faxé une décharge. Aujourd'hui on n'est jamais trop prudent avec les histoires de confidentialité. Les compagnies d'assurances parviennent à tout savoir sur vous, mais pour la famille ou les amis, il faut une autorisation.

Susan posa son enregistreur sur le bureau et l'interrogea du regard. Il hocha la tête et elle appuya sur REC.

— Alors puis-je vous poser n'importe quelle question ?

— Je suis prêt à vous parler brièvement des blessures subies par le détective Archie Sheridan en novembre 2004 dans l'exercice de ses fonctions.

— Allons-y, dit-elle en lui adressant un sourire d'encouragement.

Fergus feuilleta le dossier. Il parlait d'un ton bourru et professionnel.

— Il est arrivé aux urgences le 30 novembre à 21 h 43. Il était dans un état critique. Six côtes fracturées, des lésions au torse, une blessure profonde à l'abdomen, et un empoisonnement du sang. Nous avons dû l'opérer en urgence pour réparer les dégâts au tube digestif et à la paroi stomacale. Il avait l'œsophage tellement endommagé que nous avons dû le reconstruire avec un morceau d'intestin. Et bien sûr elle lui avait enlevé la rate.

— La rate ?

— Oui. À l'époque la police n'a pas diffusé l'information. Elle avait fait un travail correct en réorganisant la circulation sanguine et en le suturant, mais il saignotait et nous avons dû l'ouvrir pour nettoyer.

— On peut faire cela ? Enlever la rate de quelqu'un ?

— Si on l'a déjà fait, oui. Ce n'est pas un organe vital.

— Qu'est-ce que…, qu'est-ce qu'elle en a fait ?

— Je crois qu'elle l'a envoyée à la police. Avec le portefeuille de Sheridan, dit Fergus en soupirant lentement.

Susan écarquillait les yeux, incapable d'y croire.

— Je n'ai jamais entendu une histoire aussi tordue, dit-elle en secouant la tête.

— Oui, approuva le chirurgien en se penchant en avant, sa curiosité professionnelle manifestement chatouillée. Nous aussi nous avons été surpris. Il s'agit de chirurgie lourde. Il a subi un choc septique, ses organes vitaux commençaient à flancher. Si elle ne l'avait pas soigné sur place, il serait mort.

— J'ai entendu dire qu'elle lui avait fait un massage cardiaque ?

— C'est ce qu'a dit l'urgentiste. Elle s'est aussi servie de digitaline pour lui arrêter le cœur avant de le ressusciter avec une piqure de lidocaïne.

Susan eut un mouvement de recul tout en tendant la tête vers l'avant.

— Mais pourquoi ?

— Je n'en ai pas la moindre idée. Tout cela s'est produit plusieurs jours avant qu'il n'arrive chez nous. Elle a pansé ses blessures, elle s'est bien occupée de lui.

Il s'arrêta et se reprit, se passant la main sur le front.

— Enfin, à partir de ce moment-là. Pansements propres. Plaies suturées. Elle l'a mis sous perfusion, lui a donné du sang. Mais elle ne pouvait rien faire contre l'infection. Elle n'avait pas les bons antibiotiques, ni l'équipement d'assistance nécessaire pour permettre à ses organes de fonctionner.

— Où s'est-elle procuré le sang ?

Fergus haussa les épaules et secoua la tête.

— Aucune idée. C'était du O négatif, donneur universel, et il était frais, mais ce n'était pas le sien, et l'homme qu'elle avait tué sous les yeux de Sheridan était AB.

Susan écrivit le mot *sang* dans son carnet, suivi d'un point d'interrogation.

— Vous dites qu'elle lui a empoisonné le sang ? Qu'est-ce qu'elle lui a donné exactement ?

— Tout un cocktail : morphine, amphétamines, succinylcholine, butofénine, benzylpiperazine. Sans parler de ce que nous n'avons pas retrouvé.

Susan essayait d'imaginer comment écrire succinylcholine phonétiquement.

— Quel aurait été l'effet de toutes ces drogues à l'arrivée ?

— Sans savoir dans quel ordre il les a prises, impossible à dire. Insomnie, agitation, paralysie, hallucinations, et sans doute un beau petit trip.

Elle tentait de comprendre ce qu'il avait pu ressentir. Seul pour affronter sa douleur. Drogué au point que son esprit ne fonctionnait plus. Livré pieds et poings liés à la personne en train de le tuer. Elle regarda Fergus. Pas vraiment le genre bavard. Mais elle appréciait son souci de protéger Archie. Mon Dieu, il fallait bien que quelqu'un le fasse ! Elle inclina la tête sur le côté et afficha son plus beau sourire *dites-moi tout*.

— Archie ? Vous l'aimez bien ?

Fergus fit la moue.

— Je ne suis pas certain qu'il ait encore des amis. Mais s'il en avait, je crois qu'il me compterait parmi eux.

— Que pensez-vous de mon travail ? De mes articles ? Mes articles sur son histoire ?

Fergus se cala dans son fauteuil et croisa les jambes. Derrière lui la montagne étincelait sous le soleil. Au bout d'un moment on n'y faisait sans doute plus attention.

— J'ai essayé de l'en dissuader.

— Comment a-t-il réagi ?

— Je ne suis pas parvenu à le faire fléchir.

171

— Mais vous n'êtes pas complètement ouvert avec moi non plus ?

— Il ne m'a jamais demandé de tout vous dire. C'est mon patient, et sa santé passe avant votre journal. Quoi qu'il en pense. Nous avons vu beaucoup de journalistes rôder par ici durant les semaines qui ont suivi son hospitalisation. Mon personnel les envoyait tous au service des relations publiques. Vous savez pourquoi ?

Attends, je la connais celle-là, pensa Susan.

— Parce que les reporters sont des vautours prêts à publier n'importe quoi sans se soucier de la portée, de la pertinence, ou de la véracité de ce qu'ils écrivent. Si vous voulez en savoir plus, poursuivit-il en regardant sa montre à cinq cents dollars, demandez à Archie. Je dois vous quitter. Je suis médecin. J'ai des malades. Je dois m'occuper d'eux. L'hôpital va mal le prendre si je ne fais pas au moins un petit effort.

— Bien sûr, je comprends. Juste deux ou trois questions. Le détective Sheridan suit-il un traitement ?

Il la regarda droit dans les yeux.

— Rien qui puisse l'empêcher de faire son travail.

— Super. Donc, si j'ai bien compris, vous dites que Gretchen Lowell a torturé Archie Sheridan, l'a tué puis ressuscité, et l'a soigné ensuite quelques jours avant d'appeler le 911.

— C'est exactement ce que j'ai dit.

— Et Sheridan le confirme ?

Fergus s'enfonça encore davantage dans son fauteuil et croisa les doigts sur sa poitrine.

— Il ne parle guère de ce qui lui est arrivé. Il prétend qu'il ne s'en souvient pas.

— Vous ne le croyez pas.

— Ce sont des conneries, et je le lui ai dit en face.

— Quel est votre film préféré ?

— Pardon ?

Susan sourit, comme si la question n'était pas incongrue.

— Votre film préféré.

Le toubib semblait perplexe.

— Je n'ai pas vraiment le temps d'aller au cinéma. Je fais du ski.

— Au moins vous n'avez pas inventé, dit-elle, l'air satisfait.

La plupart des gens mentaient à propos de films. Elle disait que son préféré était *Annie Hall* et elle ne l'avait même pas vu.

— Merci pour votre temps, docteur.

— C'était un plaisir, répondit Fergus dans un soupir.

24

À 15 h 30 Susan se retrouva de nouveau à Cleveland High School. Elle n'avait pas fait preuve d'une telle assiduité à l'époque où elle était élève. Elle avait projeté de coincer Justin à sa voiture, mais aucune trace de la BM orange sur le parking.

Super. Impossible de se faire passer pour sa mère, et de toute façon elle ne voulait pas entrer et risquer de tomber sur un de ses anciens profs. Par-dessus tout, elle ne voulait pas croiser le beau gosse et subir une nouvelle leçon de morale.

Alors quoi ? Elle avait beaucoup de choses à demander à JAY2 : qu'avait-il fait exactement pour mériter un casier, en quoi cela pouvait-il l'intéresser, elle, et surtout pourquoi quelqu'un pensait que ça l'intéresserait, et qui était ce quelqu'un ?

Et voilà que Justin était introuvable.

Les élèves étaient tous habillés en été : T-shirts légers, shorts, minijupes et sandales. Le soleil brillait, même les plus grandes flaques avaient séché, pourtant il ne faisait que treize degrés et la plupart des arbres étaient encore nus. Les lycéens contournaient Susan pour rejoindre leurs voitures, traînant d'énormes paquets de livres en plus de leurs sacs à dos. Plantée au milieu du parking, celle-ci se grattait littéralement la tête quand elle aperçut un gamin qui ressemblait à Justin. Même coiffure de surfeur, même tenue, même âge. Il se dirigeait vers une Ford Bronco en tapant un SMS sur son portable. Connaissant l'esprit grégaire des jeunes, elle fit le pari que Justin et lui, s'ils se ressemblaient, devaient être copains.

— Tu sais où je pourrais trouver Justin Johnson ?

— J.J. est parti.

— Parti ?

— On est venu le chercher en dernière heure. Son grand-père est mort, un truc comme ça. Il devait filer direct à l'aéroport prendre l'avion pour Palm Springs.

— Il revient quand ?

Le gamin haussa les épaules.

— Je dois prendre ses devoirs pendant une semaine. McCallum était furax. Il a dit que c'était bidon. Que son grand-père était déjà mort il y a deux ans. Il a menacé de le coller.

Il considéra Susan un moment et finalement :

— Tu cherches à acheter ?

— Oui, et j'ai perdu le numéro de J.J. Tu peux me le donner ?

Archie était assis en face de Dan McCallum dans la salle des coffres de la banque transformée en salle d'interrogatoire, le rapport d'incendie de la marina sur la table devant lui. Le prof de physique était un petit homme à l'épaisse chevelure brune et son énorme moustache de morse avait cessé d'être à la mode bien avant sa naissance. Ses bras et ses jambes paraissaient trop courts par rapport à son torse puissant, et il avait de petites mains carrées. Sa chemise était rentrée dans son pantalon marron tenu par une large ceinture de cuir ornée d'une boucle en cuivre représentant une tête de couguar. Claire Masland, les bras croisés, était appuyée contre la porte épaisse de cinquante centimètres. McCallum corrigeait des copies, il avait des cals aux doigts à force d'écrire. Archie se fit la réflexion que cela devenait rare.

— Puis-je vous interrompre une minute ?

McCallum ne leva pas les yeux. Ses sourcils ressemblaient à deux autres moustaches.

— J'ai cent trois devoirs de physique à corriger pour demain. Je suis prof depuis quinze ans, je touche quarante-deux mille dollars par an, sans compter les primes. Soit cinq mille de moins que l'année dernière. Vous voulez savoir pourquoi ?

— Pourquoi, Dan ?

— Parce que l'État a réduit le budget de l'éducation de quinze pour cent et qu'on n'a pas trouvé assez d'agents d'entretien et d'infirmières à virer.

McCallum posa soigneusement son stylo rouge sur la pile de devoirs et regarda Archie.

— Vous avez des enfants, détective ?

— Deux.

— Mettez-les dans le privé.

— Qu'est-il arrivé à votre bateau, Dan ?

McCallum reprit son stylo et porta un B– sur une des copies avant de l'entourer.

— Il a brûlé dans l'incendie de la marina. Mais je suppose que vous le savez.

— En fait, il semble que ce soit votre bateau qui ait mis le feu à la marina. Toutes les traces montrent que le sinistre est parti de là. On s'est servi d'essence pour mettre le feu.

— Quelqu'un a mis le feu à mon bateau ?

— Quelqu'un a mis le feu à votre bateau, Dan.

Un tic se mit à agiter un de ses énormes sourcils. Il serra le stylo dans sa patte velue.

— Écoutez, j'ai dit à vos inspecteurs où j'étais quand ces filles ont disparu. Je n'ai rien à voir là-dedans. Je suis prêt à vous donner un échantillon d'ADN si vous le souhaitez. Je n'enseigne pas la bio parce que j'ai horreur de disséquer les grenouilles. Qui que vous cherchiez, ce n'est pas moi. J'ignore pourquoi on aurait voulu brûler mon bateau, mais ça n'a rien à voir avec ces gamines.

Archie se leva et planta ses poings sur la table, dominant le professeur de toute sa taille.

— Le problème, Dan, c'est que le feu a pris dans la cabine, ce qui nous fait penser que quelqu'un avait une clé. Sinon, pourquoi se donner le mal de forcer la porte pour mettre le feu au lieu de se contenter d'asperger le pont d'essence ?

Le visage de McCallum s'assombrit et, de plus en plus déstabilisé, il regarda tour à tour Archie et Claire.

— J'en sais rien. Si le feu a pris dans la cabine, alors c'est que quelqu'un a forcé la porte. Je ne sais pas pourquoi, mais c'est indéniable.

— Quand êtes-vous allé sur le bateau pour la dernière fois ?

— Il y a une semaine. Je l'ai sorti pour la première fois de l'année. Juste quelques kilomètres sur la Willamette.

— Rien d'anormal ?

— Non. Je l'ai retrouvé comme je l'avais laissé.

— Qui sait que vous possédez un bateau ?

— Ça fait neuf ans que je l'ai. Multipliez par cent élèves par an, ça fait dans les neuf cents personnes, rien que pour les anciens de Cleveland. Écoutez, je ne suis pas le plus populaire des profs. Je suis sévère.

Il prit un paquet de copies comme pour souligner ses propos.

— Le semestre dernier, dans ma classe de spécialistes, je n'ai pas mis un seul A. Il se peut qu'un des gamins ait voulu se venger, me punir. J'adorais ce bateau. Tout le monde le savait. Si on avait voulu me faire du mal, c'était le bon choix.

Archie observa McCallum qui transpirait de plus en

plus. Il le trouvait antipathique. Mais il savait depuis longtemps que ne pas aimer quelqu'un ne voulait pas dire qu'il mentait.

— D'accord, Dan, vous pouvez partir. On va vous faire un prélèvement d'ADN. Claire va vous dire où aller.

McCallum se leva, rassembla les copies de ses élèves et les fourra dans sa vieille serviette de cuir. Claire lui ouvrit la porte.

— Attendez-moi une seconde dans le hall.

Il hocha la tête et sortit en traînant les pieds. Elle se tourna vers Archie.

— On n'a aucun ADN à comparer au sien.

— Il ne le sait pas. Fais un prélèvement et assure-toi qu'on ne le quitte pas d'une semelle entre le moment où il sort du lycée et le moment où il est au lit.

— Ce n'est qu'un incendie de bateau.

— C'est tout ce qu'on a.

Assise dans sa voiture garée sur le parking, Susan composa le numéro de portable de Justin Johnson.

— Ouais.

Elle se lança aussitôt dans l'explication qu'elle avait préparée.

— Salut, je m'appelle Susan Ward. On s'est rencontrés sur le parking de Cleveland. Ma bagnole avait un sabot, vous vous souvenez ?

— Je ne suis pas censé vous parler, répondit Justin après un long silence.

Et il raccrocha. Elle resta un moment à contempler son portable. *Putain, qu'est-ce que ça cache ?*

25

Susan s'était changée trois fois avant de partir pour l'appartement d'Archie. Quand elle se retrouva en face de lui, elle regretta de ne pas avoir choisi un autre look. Mais il l'avait vue et il était trop tard pour rebrousser chemin.

— Bonjour, merci de me recevoir.

Il était un peu plus de 20 heures et il portait toujours ce qu'elle supposa être sa tenue de travail : robustes chaussures marron, pantalon en velours côtelé vert foncé, chemise bleu pâle col ouvert sur un T-shirt. Elle jeta un coup d'œil à sa propre tenue : jean noir, vieux T-shirt Aerosmith sur une chemise longue Sean John, et bottes de moto. Quant à ses cheveux roses, elle les avait nattés. Son look avait fait merveille pour interviewer Metallica à leur sortie de scène, mais pour Archie, elle avait tout faux. Elle aurait dû mettre un truc plus intello, un pull peut-être.

Il ouvrit la porte en grand et s'écarta pour la laisser passer. Ce qu'elle lui avait dit au téléphone était vrai, elle avait besoin de l'interviewer. Son article sortait le lendemain et elle avait plein de questions. Mais elle voulait aussi voir l'antre d'Archie Sheridan, savoir qui il était. Elle essaya de ne pas montrer son étonnement en découvrant le vide dans lequel il vivait. Pas de livres. Rien sur les murs. Pas de photos de famille, de souvenirs de vacances, de CD ou de vieux magazines. À en juger par le sinistre canapé marron et le fauteuil en velours, il louait l'appartement meublé. Aucune touche personnelle. Rien. Quel père divorcé ne montrait pas de photos de ses enfants ?

— Depuis combien de temps habitez-vous ici ?

— Presque deux ans. C'est un peu vide, je sais.

— Dites, vous avez une télé quand même ?

— Dans la chambre, dit-il en riant.

Je parie que tu n'as pas le câble, pensa Susan. Elle fit semblant de regarder autour d'elle.

— Où mettez-vous vos affaires ? Vous avez forcément des trucs inutiles. Tout le monde en a.

— La plupart de mes trucs inutiles sont chez Debbie. Prenez place, dit-il en montrant le canapé d'un geste théâtral. Êtes-vous autorisée à boire pendant les interviews ?

— Oui, oui, j'ai le droit.

Elle remarqua que la table basse croulait sous les dossiers. Bien rangés en deux piles. Elle se demanda si Archie appartenait à cette catégorie de gens naturellement ordonnés ou s'il surcompensait. Elle s'assit sur le canapé et extirpa de son sac un exemplaire corné de *La Dernière Victime*. Elle le posa sur la table à côté des dossiers.

— Je n'ai que de la bière.

Elle n'avait pas acheté le livre à sa sortie, mais elle l'avait feuilleté. Le récit authentique et racoleur du kidnapping d'Archie Sheridan figurait en bonne place sur les gondoles de tous les supermarchés. Si la beauté faisait vendre les livres, les belles tueuses en série faisaient les best-sellers.

Il lui tendit une bouteille de bière quelconque et s'assit

dans le fauteuil. Elle vit son regard se poser sur le livre et s'en détourner. Elle le taquina à propos de la bière.

— Mon Dieu ! Un choix esthétique. Méfiez-vous. Vous pourriez vous trahir et dévoiler votre personnalité.

— Désolé. J'aime aussi le vin. Et l'alcool. Il se trouve que je n'ai que de la bière. Et puis je n'ai pas de marque préférée. Je prends ce que je trouve, sauf la pisse d'âne.

— Vous savez, il y a plus de brasseries indépendantes et de bars à bière à Portland que dans n'importe quelle autre ville du pays.

— Je l'ignorais.

Susan posa la main sur sa bouche.

— Excusez-moi, je suis une dingue de statistiques, ça fait partie des risques du métier.

Elle leva la bouteille pour porter un toast.

— À Portland. Entrée dans l'Union en 1851. 545 140 habitants. Deux millions en comptant l'agglomération.

— Je suis impressionné, dit-il avec un petit sourire.

Elle sortit son enregistreur et le posa sur la table à côté du livre.

— Ça vous ennuie si j'enregistre ?

— Oiseau fétiche ?

— Le héron bleu.

— Allez-y, enregistrez.

Elle attendait qu'il parle du livre. Lui attendait qu'elle pose une question. Le livre était sur la table. Gretchen Lowell, sous le titre en lettres d'or et en relief, leur lançait un regard de défi. Susan songea à s'excuser et à courir chez elle se changer.

Et puis merde !

Elle appuya sur REC et ouvrit son carnet. Elle avait espéré que le bouquin déstabiliserait Archie, provoquerait une réaction. Elle passa au plan B.

— J'ai parlé à votre femme ce matin.

— Mon ex-femme.

Bon, se dit-elle, *il n'a pas mordu à l'appât. Essayons quelque chose de plus direct.*

— Elle vous aime toujours.

Archie ne broncha pas. Il répondit sans la moindre hésitation.

— Je l'aime aussi.

— Formidable, j'ai une idée. Pourquoi vous ne vous remarieriez pas tous les deux ?

— Nos rapports sont compliqués par le fait que je suis émotionnellement retardé.

— Est-ce qu'elle vous a parlé de notre entretien ?

— Oui.

— Qu'a-t-elle dit ?

— Elle craignait d'avoir été trop franche à propos de… (il cherca les mots justes)… à propos de mes rapports avec Gretchen Lowell.

— Vos rapports ? Quel mot curieux.

— Pas vraiment. Flic-criminel. Kidnappeur-otage. Meurtrier-victime. Tout cela ce sont des rapports. Ça ne veut pas dire que nous sortons ensemble.

Archie s'appuyait contre le dossier du fauteuil. Jambes décroisées. Genoux écartés. Pieds sur la moquette. Bras sur les accoudoirs. Mais, il avait beau essayer d'avoir l'air naturel, Susan pensait qu'il n'était certainement pas détendu. Elle s'efforçait de l'observer sans le dévisager. Son port de tête, sa chemise froissée, les cernes sous ses yeux, son épaisse chevelure brune bouclée tout embroussaillée.

En vérité, Archie la perturbait. Et de cela elle n'avait pas l'habitude. En général, lors des interviews, c'est elle qui menait le jeu, mais, de plus en plus, lorsqu'elle se trouvait en compagnie d'Archie, elle avait terriblement envie d'une cigarette. Ou d'autre chose.

Il la regardait. C'était ça le truc dans les interviews. Chacun attendait que quelqu'un dise quelque chose. Comme lors d'un premier rendez-vous. *Alors, d'où êtes-*

vous ? Vous avez fait quoi comme études ? Il n'y a pas de Huntington dans votre famille ? Elle se jeta à l'eau.

— À votre avis, pourquoi Gretchen Lowell vous a-t-elle kidnappé ?

— C'est une tueuse en série. Elle voulait me tuer, dit-il d'une voix neutre.

Ils auraient pu être en train de parler de la pluie et du beau temps.

— Mais elle ne l'a pas fait.

— Elle a changé d'avis.

— Pourquoi ?

— Privilège féminin, dit-il en souriant légèrement.

— Je suis sérieuse.

Il reprit son expression neutre et enleva une poussière microscopique de la jambe de son pantalon.

— Je ne connais pas la réponse à cette question.

— Vous ne lui avez jamais demandé ? Tous ces dimanches ?

— Le sujet n'est jamais venu sur le tapis.

— De quoi parlez-vous ?

— De meurtres, lâcha-t-il en la regardant dans les yeux.

— Vous n'êtes pas très bavard.

— Vous ne posez pas les bonnes questions.

Elle entendait un enfant leur courir au-dessus de la tête. Archie ne semblait pas y prêter attention.

— Bon, d'accord, dit-elle lentement. Je crois que je voudrais savoir en quoi vous étiez différent. Je veux dire, même les tortures ont été différentes. Elle tuait les autres au bout de quelques jours. Vous, elle vous a gardé en vie. Donc vous étiez différent, pour elle, dès le départ.

— C'était moi qui menais l'enquête. Les autres, elle les prenait au hasard. Autant que je sache, hormis les complices qu'elle a tués, elle ne connaissait aucune des autres victimes. Elle et moi nous nous connaissions. Nous avions des rapports.

Susan souligna le mot *rapports* dans son carnet.

— Elle a infiltré l'enquête pour arriver jusqu'à vous. C'est pour cela qu'elle est venue à Portland frapper à votre porte ? C'est vous qu'elle voulait.

Archie décolla les bras des accoudoirs, croisa et décroisa les mains sur ses genoux. Il regardait le bouquin. Il regardait Gretchen Lowell. Paupières lourdes, sans ciller. Le regard de Susan allait du livre à Archie, d'Archie au livre. Comme si, une fois qu'il avait posé les yeux sur Gretchen, il ne pouvait plus s'en détourner.

— Ce n'est pas inhabituel chez les psychopathes de vouloir s'approcher des enquêtes. Ils adorent voir le drame se dérouler. Cela flatte leur complexe de supériorité.

Susan se pencha en avant, avant-bras posés sur les genoux, et s'approcha plus près d'Archie. Elle avait l'impression que c'était toujours elle qui faisait le premier pas.

— Elle a pris beaucoup de risques pour arriver jusqu'à vous, et ensuite elle ne vous a pas tué.

Il ne quittait pas le livre des yeux. Elle fut prise d'un désir brutal de l'attraper et de le balancer au travers de la pièce. Juste pour voir la réaction d'Archie.

— Je ne comprends pas, ça ne colle pas avec le personnage.

— Excusez-moi, dit-il soudain.

Il se leva brusquement et alla dans la cuisine. Elle se tordit sur son siège pour l'observer. Impossible de lire sur son visage ; mains sur les hanches, il lui tournait le dos, et semblait contempler un triste plan de travail en Formica blanc. Il finit par pousser un soupir et lâcher :

— Soyez gentille, enlevez ce livre de là.

Le livre. Qu'est-ce qui le bouleversait ? La photo de Gretchen, telle une star de cinéma sur la couverture, ou le contenu ?

— Excusez-moi, cria-t-elle en glissant le bouquin dans son sac. C'était juste une aide. Pour l'interview.

Il ne répondit pas, caressant tour à tour sa hanche et l'arrière de son cou. Elle aurait aimé qu'il se retourne, qu'elle puisse voir son visage, savoir ce qu'il pensait. Elle ne supportait pas de contempler tristement sa nuque bouclée et elle se mit à écrire dans son carnet. *Qu'est-ce qu'il me cache concernant Gretchen ?* Elle entoura plusieurs fois la question jusqu'à ce que son stylo transperce le papier.

Il dit quelque chose. Elle leva les yeux, mortifiée. Il se tenait à côté du frigo à présent, une bière à la main. Il avait indiscutablement dit quelque chose.

— Pardon ?

Elle tourna si brutalement la page sur laquelle elle venait d'écrire qu'elle arracha la feuille de la spirale.

— J'ai dit que vous pensez qu'elle a eu pitié.

Susan se contorsionna pour lui faire face, glissant les pieds sous elle. Ses bottes de moto s'enfoncèrent dans la mousse du canapé.

— Elle a fini par tuer tous ceux qu'elle a kidnappés. Vous, elle vous a tué, mais elle vous a ressuscité. En fait elle vous a sauvé la vie.

Il but une gorgée de bière. Elle n'était pas même certaine qu'il l'ait entendue. Il revint dans le salon, s'assit et posa soigneusement la bière devant lui sur la table basse. Tout ce qu'il faisait, il le faisait soigneusement. Comme quelqu'un qui craint de briser les choses auxquelles il tient. Il contempla ses mains croisées sur ses genoux, épaisses, parcourues de veines. Puis il se tourna vers Susan.

— Si Gretchen avait éprouvé de la pitié, elle m'aurait laissé mourir. Je voulais mourir. Si elle m'avait mis un scalpel dans la main, je me le serais planté dans le cou et j'aurais été heureux de me vider de mon sang, là, dans son sous-sol. Elle ne m'a fait aucune faveur en ne me

tuant pas. Elle adore voir souffrir les gens. Elle a juste
trouvé un moyen de prolonger mes souffrances et son
plaisir. Croyez-moi, c'était la chose la plus cruelle qu'elle
pouvait me faire. Si elle avait pu imaginer pire, je n'y
aurais pas échappé. Gretchen ne connaît pas la pitié.

Le chauffage se mit en route. Susan entendit un léger
ronflement avant de sentir le souffle de l'air chaud. Elle
avait la bouche sèche. Le gamin continuait de courir
au-dessus d'eux. Si elle avait habité là, elle aurait tué ce
sale gosse.

— Mais elle s'est retrouvée en prison. Ça ne pouvait
pas faire partie du plan.

— Tout le monde a besoin d'une stratégie de fin de
carrière.

— Elle aurait pu être condamnée à mort.

— Elle avait trop d'atouts en main.

— Vous voulez dire de corps ?

— Oui.

— À votre avis, pourquoi a-t-elle demandé de parler
uniquement avec vous ?

— Parce qu'elle savait que j'accepterais.

— Et pourquoi avez-vous accepté ? Quand votre
femme vous a obligé à choisir, pourquoi avoir choisi
Gretchen ?

— Mon ex-femme. Je l'ai fait pour les familles. Tout
le monde doit pouvoir faire son deuil. Et puis, c'est mon
boulot.

— Mais encore ?

Il approcha la bouteille froide de son visage et ferma
les yeux.

— C'est compliqué.

Elle jeta un coup d'œil à son sac. Le dos du livre
dépassait de la poche centrale où il voisinait avec quelques tampons, son portefeuille Paul Frank, une plaquette de pilules et une trentaine de stylos.

— Dites-moi, vous avez lu *La Dernière Victime* ?

— Mon Dieu, non !

Elle piqua un fard.

— Ce n'est pas mal. Enfin, vous savez, pour un thriller tiré d'une histoire vraie. Rien à voir avec du journalisme. J'ai appelé l'auteur. Elle m'a dit que vous aviez refusé de lui parler. Que votre ex-femme avait refusé aussi. Et votre médecin, et la police. Elle a basé son récit essentiellement sur ce qu'en a dit la presse, sur le compte rendu du procès et sur son imagination délirante. Il y a cette scène à la fin où vous persuadez Gretchen de se livrer. Vous la convainquez qu'elle peut s'amender et elle est vaincue par votre charme et votre grandeur d'âme.

Archie éclata de rire.

— Ça ne s'est pas passé comme ça ?

— Non.

— Vous vous en souvenez ?

Il se voûta soudain.

— Ça va ?

— La migraine.

Il sortit sa boîte à pilules de sa poche et y piocha trois comprimés blancs qu'il avala avec une gorgée de bière.

— Qu'est-ce que c'est ?

— Pour le mal de tête.

Elle lui lança un regard dubitatif.

— Vous ne vous souvenez vraiment pas de ces dix jours ?

Il cligna lentement des yeux et son regard se posa sur Susan. Il la dévisagea pendant une éternité. Puis ses yeux glissèrent jusqu'à un réveil digital posé sur une bibliothèque. Il n'était pas à l'heure, mais cela ne semblait pas le gêner.

— Je me souviens de ces dix jours mieux que des jours où mes enfants sont nés.

Le chauffage s'arrêta et la pièce redevint silencieuse.

— Dites-moi ce dont vous vous souvenez.

Sa voix se cassa comme celle d'un ado en pleine mue. Elle sentait qu'Archie la jaugeait. Elle arborait son sourire number one, celui qu'elle avait appris à utiliser des années plus tôt, celui qui faisait comprendre aux hommes que, quels que soient leurs problèmes, elle pouvait leur faire du bien. Archie resta de marbre.

— Pas encore. Il vous reste trois autres articles, non ? Vous ne voudriez pas gâcher le suspense.

Susan n'était pas disposée à lâcher le morceau.

— Et la théorie du complice ? Vous auriez dit qu'il y avait un autre homme. Quelqu'un qui n'a jamais été arrêté. Vous vous souvenez de cela ?

Archie ferma les yeux.

— Gretchen l'a toujours nié. Moi, je ne l'ai jamais vu. C'est plutôt une impression que j'ai eue. Mais je n'étais pas non plus dans le meilleur état mental.

Il leva la main et se massa la nuque.

— Je suis fatigué. On continuera une autre fois.

Elle se prit la tête à deux mains, faisant semblant d'être frustrée.

— On y viendra. Je vous le promets.

Elle arrêta l'enregistreur.

— Je peux utiliser vos toilettes ?

— Dans le couloir.

Elle se leva et se dirigea vers la salle de bains. Elle était aussi triste que le reste de l'appartement. Une baignoire équipée d'une douche et d'un pare-douche en verre dépoli. Un lavabo bon marché au-dessus d'un meuble en mélaminé. Deux vilaines serviettes grises pendant mollement d'un porte-serviettes en bois. Deux autres fraîchement lavées et pliées sur le réservoir des toilettes. La salle de bains était propre, mais sans plus, pas d'une propreté maniaque. Elle se regarda dans la glace. Merde, merde, et merde. Elle tenait le meilleur sujet de sa carrière. Alors pourquoi se sentait-elle si mal ? Et ses nattes, où avait-elle la tête ? Elle les dénoua, se peigna avec les doigts et attacha ses cheveux en arrière. L'éclairage lui donnait un teint de poulet cru. Elle se demanda comment Archie supportait de se voir chaque matin dans ce miroir, le visage blafard, dévoré par les rides. Pas étonnant qu'il soit un peu dérangé. Elle fouilla dans sa poche et en sortit du gloss à lèvres dont elle se barbouilla généreusement. Est-ce qu'il cherchait à se faire mettre de nouveau en congé maladie ? N'y avait-il rien d'autre ?

Elle tira la chasse et profita du bruit pour ouvrir l'armoire à pharmacie. Crème à raser. Rasoirs. Dentifrice et brosse à dents. Déodorant. Et surtout deux étagères bourrées de flacons en plastique pleins de médicaments. Elle les tourna pour lire les indications. Vicodine. Colace. Percocet. Zantac. Ambien. Xanax. Prozac. Grands flacons, petits flacons. *Rien qui puisse l'empêcher de faire son travail.* Il y avait assez de médicaments dans l'armoire pour tuer un éléphant. Merde ! S'il lui fallait toutes ces saloperies pour fonctionner, il était encore plus mal en point qu'elle ne le pensait. Et bien meilleur acteur.

Elle mémorisa les noms, remit les flacons en place, referma l'armoire et regagna le salon. Archie ne leva même pas les yeux vers elle.

— Si j'avais voulu que vous ne voyiez pas les médicaments, je les aurais cachés.

Elle chercha quoi dire. *Quels médicaments ?* Mais sans trop savoir pourquoi, elle n'avait pas envie de mentir.

— Vous en prenez beaucoup.

Il la suivit des yeux tout en restant immobile comme un cadavre.

— Je ne vais pas très bien.

Elle eut soudain l'impression agaçante que tout ce qu'elle avait découvert sur Archie correspondait exactement à ce qu'il voulait qu'elle sache. Chaque interview. Chaque piste. Dans quel but ? Peut-être était-il seulement fatigué de mentir. Peut-être voulait-il que tout le monde connaisse ses secrets afin de ne plus avoir à se donner autant de mal pour les cacher. La dissimulation pouvait parfois s'avérer épuisante. Elle fourra son enregistreur et son carnet dans son sac et sortit un paquet de cigarettes.

— Je baise mon patron. Il est marié.

— Je ne suis pas certain que cela me concerne.

Elle alluma sa cigarette et tira une longue bouffée.

— Non, mais dans la mesure où on partage…

— Bon.

26

Anne Boyd engloutit toutes les confiseries du minibar. Elle commença par les M&Ms, puis le Toblerone, pour finir par les M&Ms cacahuètes. Quand elle eut fini, elle lissa les emballages et les plaça à côté des photos des victimes qu'elle avait posées sur le lit de sa chambre d'hôtel. Les sucreries l'aidaient à réfléchir. Elle aurait tout le temps de se mettre au régime quand les gens cesseraient de s'entretuer.

Elle avait mémorisé le visage des jeunes filles, avant et après leur mort, mais elle trouvait utile de les voir toutes côte à côte. Les photos de classe. Les scènes de crime. Les clichés pris en famille. Elle avait esquissé un profil des victimes dans le rapport qu'elle avait fourni à Archie. Le tueur avait un type : des filles blanches, cheveux foncés, perturbées par la puberté. Chacune venant d'un lycée différent. *Quel est ton fantasme ?* Il tuait toujours la même fille. Puis il la violait de la manière la plus maîtrisée possible. Qui pouvait-il bien tuer ? Un flirt d'adolescence ? Sa mère ? Une fille qui lui avait brisé le cœur sans même le savoir ? Qui que ce soit, il s'agissait de quelqu'un qu'il n'avait pas été capable de maîtriser. Anne était de plus en plus persuadée que cet élément était la clé qui permettrait d'identifier l'assassin qu'ils pourchassaient.

Elle se laissa glisser du lit, ouvrit le minibar et trouva un Coca light. Le dernier. Ses enfants commençaient à lui demander quand elle allait rentrer. Ce qu'ils attendaient en fait, c'étaient les cadeaux qu'elle avait promis de rapporter du magasin d'usine Nike. Elle ne savait pas quand elle aurait le temps d'y aller.

En vérité elle ne voyageait plus beaucoup pour son travail, mais elle avait demandé qu'on lui confie cette affaire. Après l'Artiste elle avait envisagé de démissionner. Son profil s'était révélé complètement faux et avait failli coûter la vie à Archie Sheridan. Elle était sûre et certaine que le meurtrier était un homme et qu'il agissait seul. Conclusion directement sortie du manuel. Hélas, Gretchen Lowell avait lu les manuels et l'avait drôlement menée en bateau. Anne s'en voulait. C'était un excellent profiler, l'un des meilleurs du FBI qui possédait les meilleurs profilers du monde. Mais Gretchen avait sérieusement ébranlé sa confiance en elle, et la confiance, dans ce métier, c'était la clé de tout. Il fallait croire en ses capacités pour réussir à trouver les liens. Il fallait qu'elle trouve le lien. Le tueur fonctionnait à partir d'un fantasme précis. Un fantasme né des années auparavant. Quel était le facteur déclenchant ? Il en existait de toutes sortes : financier, relationnel, familial. Des problèmes au boulot, un décès, une naissance, une humiliation. Il provoquait la rencontre avec les victimes. Il les choisissait. Il organisait soigneusement les meurtres. Il se donnait beaucoup de mal pour faire disparaître les indices, mais pourtant il rendait les corps. Pourquoi ? Cette fois-ci, elle n'allait pas se planter. Elle ne pouvait pas réparer ce qui était arrivé à Archie, mais elle pouvait l'aider. Il avait besoin d'aide, elle en était absolument certaine.

Elle faisait ce métier depuis assez longtemps pour savoir que la seule façon de survivre, c'était d'évacuer la violence. Mais il fallait avoir quelque chose pour se distraire, une autre passion. Sinon, seul, on n'arrivait pas à s'en sortir. Elle se rendait compte qu'Archie se coupait des gens susceptibles de l'aider. Elle ne savait pas au juste ce qu'elle pouvait y faire.

Elle alla jusqu'à la fenêtre, tira le rideau et regarda Broadway. La circulation était dense en ce vendredi soir, et des cohortes de piétons sur leur trente et un descendaient l'avenue, de retour d'un concert au théâtre voisin. S'il y avait des Noirs parmi eux, Anne n'en aperçut aucun.

Elle remit le rideau en place et s'assit sur le lit pour regarder de nouveau longuement les photos une dernière fois avant de les retourner une par une. Le cadavre vieux d'une semaine de Lee Robinson, paquet jaune et noir enfoncé dans la boue. Le visage de Dana Stamp face contre terre dans les roseaux. Le corps de Kristy Mathers, couvert de sable humide et bizarrement désarticulé. Les photos de classe, d'anniversaire. Lorsqu'elle les eut toutes retournées, elle prit son portefeuille et en sortit un autre cliché : un bel homme de couleur, les bras sur les épaules de deux très beaux adolescents noirs. Tous trois riaient. Elle leur sourit et alluma son portable. Anthony, son fils aîné, répondit.

— M'man, t'es pas obligée d'appeler tous les jours.

C'était le soir, quand elle était seule, que son travail était le plus dur.

— Si, mon chéri. Je suis obligée.

— T'as acheté nos Nike ?

— C'est sur ma liste.

— À quelle place ?

Elle regarda les photos retournées sur le lit, parcourut la chambre du regard et s'arrêta à la fenêtre qui donnait sur l'agitation de la rue. Le tueur était là, quelque part.

— En deuze.

Une fois Susan partie, Archie finit sa bière et se remit au travail. Il commença par étaler le contenu des dossiers sur la table basse. Il avait tout rassemblé à la hâte en deux piles avant l'arrivée de la jeune femme. Pas pour ranger, mais il avait pensé qu'il n'était pas nécessaire qu'elle voie les photos de l'autopsie des trois gamines. Il avala trois Vicodine et s'assit sur la moquette beige à côté de la table. C'était en examinant des photos comme celles-là qu'il repérait la signature de Gretchen Lowell. Il ne savait trop ce qu'il cherchait pour l'instant, mais s'il y avait quelque chose à voir, il ne le voyait pas. La gamine du dessus chantait. Il ne parvenait pas à distinguer les paroles, mais il croyait reconnaître un air que fredonnaient autrefois ses enfants.

Il regarda la pendule digitale, fit le calcul. Il était un peu plus de 21 heures. Gretchen devait être dans sa cellule pour la nuit. L'extinction des feux n'intervenait qu'à 22 heures. C'était le moment où elle lisait. Il savait qu'elle empruntait des livres à la bibliothèque parce que chaque mois on lui envoyait la liste. Elle lisait des bouquins de psychanalyse, de Freud aux manuels universitaires et aux ouvrages de vulgarisation. Des romans contemporains difficiles, de ces livres qui obtenaient des prix et que la plupart des gens ne lisaient que pour pouvoir s'en vanter dans les soirées en ville. Elle lisait des histoires de crimes authentiques. *Pourquoi pas ?* se disait Archie. C'était son fonds de commerce. Le mois précédent elle avait emprunté *La Dernière Victime*. Il ne l'avait pas dit à Henry. Celui-ci n'aurait pas pu supporter de savoir qu'elle lisait le récit à deux sous de sa captivité, avec des photos obscènes des corps, d'Archie, d'eux tous. Il aurait confisqué le bouquin, l'aurait enlevé de la bibliothèque. Il aurait peut-être même mis à exécution sa menace de l'empêcher de continuer à voir Gretchen. Ça ne lui serait pas très difficile, une conversation d'homme à homme avec Amigo. Archie parvenait tout juste à les convaincre qu'il était opérationnel. Seules son insistance et la culpabilité liée à ce qu'il avait subi lui permettaient de leur imposer ses vues, mais il savait que sa marge de manœuvre était étroite.

Il regarda les corps blafards des gamines sur la table d'autopsie. La marque de strangulation dessinait un trait violacé sur leur cou. Un point positif au moins, se dit Archie : il commençait par les tuer, et il y avait de pires façons de mourir.

Au-dessus de sa tête le gosse continuait de sauter à pieds joints et un adulte le prit dans ses bras. Archie l'entendit se débattre et hurler.

27

Aujourd'hui quand Gretchen vient avec les pilules et lui arrache la bande adhésive, il parvient à articuler une phrase.

— Je vais les avaler.

Elle pose l'entonnoir sur le plateau et il ouvre la bouche et sort la langue comme un patient docile. Elle place une pilule sur sa langue et tient un petit verre d'eau contre ses lèvres desséchées afin qu'il puisse boire. C'est la première fois qu'il boit depuis son arrivée et l'eau lui semble bonne dans la bouche et la gorge. Elle vérifie sous sa langue pour s'assurer qu'il a bien avalé le médicament et ils répètent l'opération quatre fois. Quand ils ont terminé, il demande :

— Ça fait combien de temps que je suis ici ?

— Aucune importance.

Il entend un bourdonnement. Il croit tout d'abord que c'est dans sa tête, puis il reconnaît le bruit, des mouches. Le corps en décomposition sur le sol. Il repense à l'autre homme et, l'espace d'un instant, il redevient flic.

— Le type qui m'a porté dans le monospace ? Où est-il ? Vous l'avez tué, lui aussi ?

Gretchen fronce un sourcil perplexe.

— Mon chéri, tu délires.

196

— Il était là, avant.

— Il n'y a que nous, nous deux.

Il veut la faire parler, obtenir tous les renseignements possibles. Son regard parcourt la pièce aveugle. Les carreaux blancs. L'équipement médical.

— Où sommes-nous ?

Elle en a assez de ses questions.

— As-tu pensé à ce que je t'ai demandé ?

Il n'a aucune idée de ce dont elle parle.

— Quoi ?

— Ce que tu veux leur envoyer, dit-elle en maîtrisant son agacement. Ils se font du souci pour toi, mon chéri.

Elle lui caresse le bras d'une main légère, s'arrêtant au poignet attaché à la table par un lien de cuir matelassé.

— Tu es droitier, non ?

Archie doit réfléchir pendant qu'il est encore lucide, avant que les pilules ne fassent effet.

— Pourquoi, Gretchen ? Vous n'avez jamais envoyé de morceaux des autres corps.

Soudain une idée le frappe. Les victimes. Elle les tuait toujours dans les trois jours après leur enlèvement. Il pense tout haut :

— Ça fait quatre jours. Ils doivent commencer à croire que je suis mort. Vous voulez qu'ils sachent que je suis toujours en vie.

— Je te laisse le choix. À condition que tu le fasses maintenant.

La terreur envahit tout son corps mais il sait qu'il ne peut accepter ses conditions. S'il les accepte, il entre dans son jeu.

— Non.

— J'ai prélevé des dizaines de rates, murmure-t-elle, mais seulement sur des cadavres. Tu crois que tu pourras rester tranquille ?

Il commence à se recroqueviller.

197

— Gretchen, ne faites pas ça !

— On peut discuter, bien sûr, dit-elle en prenant une seringue sur le plateau. C'est de la succinylcholine, un produit paralysant utilisé en chirurgie. Tu seras incapable de bouger, mais tu resteras conscient, tu sentiras tout. À mon avis, c'est essentiel, tu ne crois pas ? Si tu perds une partie de ton corps, il faut que tu vives cette expérience. Si tu te réveilles une fois que tout est fini, comment pourras-tu avoir conscience d'être différent ?

Il ne pourra pas l'arrêter. Il sait qu'il n'y a pas moyen de la raisonner. Il ne peut que protéger les siens.

— À qui veux-tu l'envoyer ? Je pensais à Debbie.

Archie eut un sursaut d'horreur en imaginant la tête de sa femme découvrant le contenu du colis.

— Envoyez-le à Henry. S'il vous plaît, Gretchen, envoyez-le à Henry Sobol.

— Si j'accepte, il faudra que tu sois très gentil.

— Je ferai tout ce que vous voudrez. Je serai gentil.

— Le problème avec la succinylcholine, c'est qu'elle va te paralyser le diaphragme. Il va d'abord falloir que je t'intube.

Elle brandit un tube en plastique relié à une machine derrière elle. Avant qu'il ne puisse réagir elle lui enfile une plaquette en acier recourbée dans la bouche, lui écrase la langue et lui enfonce le tube dans la gorge. Le tube est gros, Archie a un violent haut-le-cœur et résiste.

— Déglutis, lui dit-elle en lui appuyant sur le front, plaquant sa tête sur la table.

Il sent ses doigts s'écarter, ses muscles se crisper tandis qu'il résiste au tube. Elle se penche sur lui et lui répète tendrement :

— Déglutis. Résister ne fera que rendre les choses plus difficiles.

Il ferme les yeux et s'oblige à surmonter les haut-le-

198

cœur et à avaler le tube qu'elle pousse plus avant dans sa trachée, au plus profond de son corps. Lorsqu'elle a terminé, l'air emplit ses poumons. En fait il se sent apaisé. Sa respiration se fait plus régulière, le rythme de son cœur ralentit. Il ouvre les yeux et la regarde planter la seringue dans sa perfusion et régler le goutte-à-goutte.

Soudain, un calme inquiétant l'envahit. La résignation qu'il a lue sur le visage des condamnés dans le couloir de la mort. Il ne contrôle plus rien, alors pourquoi résister ? Toute sensation abandonne son corps qui n'est plus qu'un poids mort. Il tente de bouger les doigts, la tête, les épaules, en vain. Quel soulagement ! Il a tellement lutté durant sa courte carrière pour vaincre le chaos, décourager la violence, empêcher les crimes. À présent il peut bien se laisser aller.

Elle lui sourit, et ce sourire lui fait comprendre qu'elle l'a manipulé. Il a demandé et obtenu une faveur de son bourreau. Pire encore, pense-t-il avec un détachement glacé, il lui en est reconnaissant.

Il ne peut que contempler les néons et les tuyaux du plafond, vaguement conscient qu'elle se lave les mains, prépare ses instruments, puis lui rase l'abdomen. Il sent le froid de la Bétadine sur sa peau, puis elle enfonce le scalpel dans sa chair. Celle-ci s'ouvre facilement sous la pression de la lame acérée qui glisse et tranche le muscle. Il tente de prendre de la distance, de se convaincre qu'il n'a pas mal. L'espace d'un instant il croit avoir réussi. Il va pouvoir résister, ce n'est pas pire que les clous. Puis elle insère le clamp et agrandit le trou qu'elle a fait dans son corps. La douleur est atroce, elle le déchire. Il veut crier, mais il ne peut pas, incapable d'ouvrir la bouche, de soulever les épaules. Il parvient à hurler dans sa tête, hurlement étranglé qu'il emporte avec lui avant de sombrer dans l'inconscience.

Elle le laisse dormir. Lorsqu'il se réveille son esprit

a construit un espace de lucidité. Il tourne la tête et la découvre juste à côté de lui, le visage appuyé sur ses deux poings posés l'un sur l'autre sur le lit. Ils se touchent presque, nez contre nez. Elle a enlevé le tube, mais sa gorge lui fait mal. Elle n'a pas dormi. Il s'en rend compte. Il voit les petites veines sous la peau blanche de son front. Il connaît ses expressions. Il commence à connaître son visage aussi bien que celui de Debbie.

— À quoi rêvais-tu ? lui demande-t-elle.

Des images colorées lui traversent l'esprit.

— J'étais en voiture, en ville, et je cherchais ma maison.

Sa voix est rauque, un murmure brisé.

— Je n'arrivais pas à la trouver. J'avais oublié l'adresse. Je tournais en rond.

Un pauvre sourire sans joie s'échappe de ses lèvres gercées. Une boule de douleur lui écrase la poitrine.

— Je me demande ce que cela veut dire.

— Tu ne les reverras jamais plus, tu sais.

— Je sais.

Il baisse les yeux vers le pansement qui couvre son abdomen. La douleur est moindre que celle qui lui arrache les côtes. Son torse n'est que plaie, sa peau couleur de fruit pourri, son corps a la consistance du sable mouillé. Il ne sent presque plus la puanteur du cadavre en décomposition. C'est une curieuse impression d'être en vie. L'idée l'intéresse de moins en moins.

— Ils l'ont reçue ?

— Je l'ai envoyée à Henry. Ils n'ont rien dit à la presse.

— Non, bien sûr.

— Pourquoi ?

— Ils voudront confirmation que c'est bien la mienne.

— J'ai joint ton portefeuille, dit-elle, perplexe.

— Ils voudront vérifier l'ADN. Ça prendra quelques jours.

Elle approche son beau visage tout contre le sien.

— Ils sauront que je l'ai prélevée alors que tu étais en vie. Ils trouveront des traces des drogues que je t'ai données.

— C'est important pour vous, n'est-ce pas ? Qu'ils sachent ce que vous me faites subir ?

— Oui.

— Pourquoi ?

— Je veux qu'ils sachent que je te torture. Je veux qu'ils le sachent et soient incapables de te retrouver. Plus tard, je te tuerai.

Elle pose une main sur son front comme le ferait une mère vérifiant la fièvre de son enfant.

— Mais je ne crois pas que je te rendrai, mon chéri. Je crois que je les laisserai se poser des questions. J'aime laisser les gens se poser des questions. La vie doit parfois réserver des surprises.

Il s'était accroupi sous la pluie auprès de tant de cadavres, tous disposés de manière si élaborée. Il s'était toujours demandé combien elle en avait tué. Les tueurs en série sévissaient souvent pendant des années avant que la police ne découvre leur *modus operandi*. Il voulait savoir. Il avait passé dix ans à ne vivre que pour connaître la réponse à deux questions : qui était l'Artiste et combien en avait-il tué ? À présent il connaît la réponse à la première question. Une part de lui a l'impression que s'il connaissait la seconde réponse, une porte se refermerait sur l'homme qu'il a été. Comme si plus elle se confiait à lui, plus il lui appartenait. Gretchen s'impatiente.

— Demande-moi combien de personnes j'ai tuées. Je veux te le dire.

Il pousse un soupir. L'effort lui arrache les côtes et il grimace. Elle attend, il perçoit son impatience. On dirait un enfant qui veut qu'on cède à ses caprices. C'est la seule façon de la faire partir.

— Combien de personnes avez-vous tuées, Gretchen ?

— Tu seras le numéro 200.

Il avala sa salive avec difficulté. *Bon Dieu ! Putain de Bon Dieu !* pense-t-il.

— Ça fait beaucoup.

— J'ai parfois obligé mes amants à tuer pour moi. Mais c'était toujours moi qui choisissais la victime. Ils tuaient à ma demande. Alors je crois que je peux les compter, qu'en penses-tu ?

— Je pense que vous pouvez.

— Tu souffres ? demande-t-elle, les yeux brillants.

Il hoche la tête.

— Raconte-moi.

Il s'exécute. Il lui raconte ses souffrances parce qu'il sait que cela va la satisfaire, et si elle est satisfaite, elle le laissera peut-être en paix. Elle le laissera peut-être se reposer et elle lui donnera ses pilules.

— Je ne peux pas respirer. Quand je respire la douleur me déchire les côtes.

— C'est comment ?

Il cherche les mots exacts.

— Comme des lames de rasoir. Comme si mes poumons étaient enveloppés dans des lames de rasoir qui s'enfoncent dans ma chair chaque fois que je respire.

— Et l'incision ?

— Ça commence à m'élancer. La douleur est différente, c'est plutôt une brûlure. Si je ne bouge pas, ça va. J'ai mal à la tête. Derrière les yeux. La blessure, là où vous avez planté le scalpel, j'ai l'impression que ça s'infecte. Et puis j'ai des démangeaisons. Partout. Je ne sens plus mes mains. Elles sont comme endormies.

— Tu veux ton médicament ?

Il sourit à la pensée des picotements et du brouillard bienfaisant apportés par les pilules. Sa bouche en salive.

— Oui.

— Tu les veux tous ?

— Non. Je ne veux pas des hallucinations. Je revois ma vie. Je les vois me chercher. Je vois Debbie.

— Rien que les amphétamines et la codéine ?

— Oui.

— Un peu plus de codéine ?

— Oui.

— Demande-la-moi.

— Pourrais-je avoir un peu plus de codéine ?

— Bien sûr, répond-elle dans un sourire.

Elle sort les pilules des flacons et va chercher de l'eau. Elle les lui met dans la bouche et le laisse boire. Elle ne vérifie pas s'il les a avalées, elle sait que c'est inutile.

Les médicaments ne feront pas effet avant un quart d'heure, alors il essaie de prendre du recul par rapport à la lente agonie de son corps. Elle reste assise à côté du lit, les mains sur les genoux. Elle le regarde.

— Pourquoi avez-vous choisi de devenir psychiatre ? demande-t-il après un long silence.

— Je ne suis pas psychiatre. J'ai juste lu quelques livres.

— Mais vous avez une formation médicale ?

— J'ai travaillé comme infirmière aux urgences. J'ai commencé des études de médecine, mais j'ai abandonné. J'aurais fait un docteur formidable, tu ne crois pas ?

— Je ne suis peut-être pas le mieux placé pour répondre.

Elle reste assise sans parler, mais elle s'agite.

— Tu veux connaître l'histoire de mon enfance pourrie ? demande-t-elle, pleine d'espoir. L'inceste ? Les violences ?

— Non, répond-il d'une voix pâteuse en secouant la tête. Plus tard, peut-être.

Il sent les premiers picotements lui envahir le visage et commencer à submerger tout son corps. *Reste ici, ne quitte pas cette pièce. Ne pense pas à Debbie. Ne pense pas aux enfants. Ne pense à rien. Reste dans cette pièce.*

Gretchen le regarde, l'air gourmand. Elle tend la main et lui touche affectueusement le visage. Il a appris à ses dépens que ce geste annonce quelque chose de terrible.

— Je vais te tuer, Archie, dit-elle doucement. J'y ai beaucoup pensé. Cela fait des années que je fantasme sur ta mort.

Elle lui caresse le lobe de l'oreille du bout des doigts. C'est bon. Il respire mieux à présent que la codéine soulage la douleur dans ses os brisés, dans sa chair meurtrie.

— Alors tuez-moi !

— Je veux utiliser la soude, dit-elle comme s'il s'agissait de choisir le vin pour un dîner. Je suis toujours allée trop vite. Je leur en ai fait boire trop d'un coup. La mort vient trop brutalement. Avec toi je veux prendre mon temps. Je veux te voir faire l'expérience de la mort. Je veux que tu la boives lentement. Une cuillerée par jour. Je veux voir combien de temps cela prend, voir ce que tu ressens. Je veux prendre mon temps, tout mon temps.

Il croise son regard. *Incroyable*, pense-t-il, *l'horreur meurtrière qui habite ce beau corps plein de réserve.*

— Est-ce que vous attendez ma bénédiction ? demande-t-il.

— Tu m'as promis d'être gentil. J'ai envoyé le colis à Henry. Comme tu me l'as demandé.

— Alors, ça fait partie du fantasme, il faut que je prenne le poison de mon plein gré ?

Elle hoche la tête et se mord la lèvre.

— Je vais te tuer, Archie. Je peux te découper et envoyer les morceaux un par un à tes enfants. Ou on peut faire les choses à ma façon.

Il réfléchit aux différentes possibilités. Il sait qu'elle lui offre des choix impossibles et comprend qu'il n'existe qu'une conclusion. Elle veut le dominer, le dominer complètement. Son seul atout est de garder l'illusion qu'il maîtrise encore un peu quelque chose.

— D'accord, mais à une condition.

— Laquelle ?

— Quatre jours. Je ne pourrai pas aller plus loin. Si dans quatre jours je ne suis pas mort, vous devrez trouver une autre façon de me tuer.

Elle acquiesce, ses yeux bleus brillent de plaisir.

— On peut commencer tout de suite ?

Il l'observe, son corps frétille d'excitation. Il hoche la tête en signe d'assentiment. Aussitôt elle se lève d'un bond et va jusqu'à la tablette le long du mur. Elle remplit un verre d'eau, prend un gobelet plein d'un liquide doré et revient vers lui.

— Ça va brûler. Il faudra résister au réflexe de vomissement. Je vais te pincer le nez et tu boiras l'eau juste après la soude, pour la faire descendre.

Elle remplit une cuiller à café de liquide et l'approche de son menton. L'odeur familière lui soulève le cœur.

— Tu es prêt ?

Il n'a aucune notion des conséquences. Ce n'est pas lui qui se trouve dans le sous-sol en compagnie de Gretchen Lowell. C'est quelqu'un d'autre. Il ouvre la bouche. Elle lui pince le nez et introduit la cuiller tout au fond de sa gorge pour y verser le poison. Il avale. Elle approche le verre d'eau de ses lèvres et il boit goulûment autant qu'il peut. Une brûlure atroce le submerge. Il la sent lui ravager la gorge, lui enflammer l'œsophage et, en une seconde, il se retrouve prisonnier de son être physique, son système nerveux aux abois. Tous les muscles de son visage se contractent et il se mord la langue pour ne pas vomir. Puis, au bout d'un moment, la douleur passe et il retombe pantelant sur le lit, la tête entre les mains de Gretchen.

— Allons, allons, dit-elle pour l'apaiser. Tu t'en es bien sorti.

Elle lui caresse les cheveux et l'embrasse plusieurs fois sur le front. Puis elle fouille dans sa poche et en ressort trois gros comprimés blancs ovales.

— Un peu plus de codéine ? À partir de maintenant, tu peux en avoir autant que tu veux.

28

Susan avait passé le samedi à écrire et, à présent que le deuxième article était sorti, elle se prélassait dans un bain de mousse pour fêter cela. Le Grand Écrivain avait un transistor dans la salle de bains, mais elle n'aimait pas écouter la radio dans la baignoire. C'était le moment où elle réfléchissait. La musique la distrayait trop facilement. Elle trempait depuis près d'une demi-heure et l'eau avait refroidi. Elle ouvrit l'eau chaude avec le pied et la laissa couler jusqu'à ce que le bain fût aussi chaud qu'elle pouvait le supporter. Sa peau devint rose et elle eut bientôt le visage en feu. Elle adorait cela. La chaleur, la seule sensation vraie.

Elle sursauta quand le téléphone sonna. Jamais elle ne prenait un bain sans avoir son portable et le sans-fil à portée de la main, mais elle était tellement détendue qu'elle fut quand même surprise. En essayant d'attraper le combiné posé sur le bord du lavabo, elle renversa son verre de vin à moitié plein. Il explosa sur le carrelage, éclaboussant la salle de bains de vin rouge.

— Merde et merde ! cria-t-elle en se saisissant de l'appareil.

Elle avait déjà cassé cinq des huit verres à vin du Grand Écrivain. Celui-ci était le sixième. Elle avait une façon de se déplacer dans le monde qui se révélait dangereuse pour les objets fragiles. Elle faillit laisser tomber le téléphone dans l'eau savonneuse en se renversant dans la baignoire.

— Ian ?

— Non, ma chérie, c'est moi.

Susan tenta de ne pas laisser percer sa déception.

— Oh ! bonjour, Felicity.

— J'ai lu ton article.

— Ah bon ?

— Leaf, au club, m'a donné le journal.

Susan sentit son corps frémir de plaisir. Elle n'aimait pas attirer l'attention de sa mère sur son travail. Elle n'aimait pas s'avouer que son avis comptait.

— Écoute, ma chérie. Je sais que tu connais ton boulot, mais tu ne crois pas que tu exploites ces malheureuses filles ?

Le frémissement s'arrêta. Susan sentit ses dents grincer, ses molaires frotter les unes contre les autres, une couche d'émail sauter. Incroyable le don qu'avait Felicity pour dire ce qu'il ne fallait pas.

— Je te laisse, Felicity. Je suis dans le bain.

— À cette heure-ci ?

— Ouais, écoute, dit-elle en frappant l'eau du plat de la main.

— Bon, à plus tard.

Susan raccrocha et se laissa aller en arrière jusqu'à ce que l'eau chaude lui emplisse les oreilles. Puis elle attendit que les battements de son cœur se calment. Felicity et elle avaient été proches jusqu'à la mort de son père, jusqu'à ce que Felicity devienne invivable. Ou peut-être qu'elle-même devienne invivable, difficile à dire. Elles se querellaient surtout à propos de la baignoire. À l'époque Susan aimait prendre deux ou trois bains par jour. C'était le seul endroit où elle n'avait pas froid.

Susan sourit toute seule. *Archie Sheridan*. Elle devait

bien admettre qu'elle avait secrètement espéré que ce serait lui au bout du fil. C'était tout à fait son genre. Célibataire, fiable, mais absolument pas disponible. Et merde ! Elle n'était rien d'autre qu'une cause perdue, une incurable romantique. La connaissance de soi, ce n'était pas rien, non ? Quand elle sortit de la baignoire dix minutes plus tard et entreprit de ramasser les morceaux de verre éparpillés sur le carrelage, elle était tellement perdue dans ses pensées qu'elle s'en enfonça un dans le doigt. Elle attrapa un des gants de toilette blancs du Grand Écrivain et l'enroula autour de sa petite blessure. En attendant que le sang cesse de couler, elle appela Archie pour faire le point sur l'enquête. Il ne l'invita pas. Le temps de raccrocher, le gant de toilette était tout taché. Encore un truc qu'elle avait bousillé.

Les pruniers devant l'ancienne maison de Gretchen étaient en fleur. Cela se passait toujours ainsi. Un jour les arbres paraissaient morts, squelettiques, comme après un incendie ; le lendemain ils étaient chargés de bourgeons rose pâle, et fiers de leur beauté.

— Vous voulez rester ici, monsieur ? demanda le chauffeur.

— Juste un moment.

Le soleil brillait au travers de la vitre du taxi et Archie appuya la tête contre la fenêtre, heureux de sentir la chaleur contre sa peau. La maison était vaguement géorgienne, un peu comme une plantation miniature. Les fenêtres étaient flanquées de hauts volets blancs en bois. Une allée pavée partait du trottoir et menait à un escalier de briques, puis un petit chemin en pente douce grimpait jusqu'à la maison. C'était une belle demeure. Archie l'avait toujours pensé.

Bien sûr elle n'avait jamais appartenu à Gretchen. Elle n'avait pas menti lorsqu'elle lui avait dit l'avoir louée à une famille partie passer l'automne en Italie. Elle l'avait retenue sur Internet sous un faux nom, comme elle l'avait fait pour la maison de Gresham.

— Vous êtes en filature ?

— Je suis flic.

Le chauffeur de taxi émit un grognement.

Archie avait passé la matinée avec Henry à étudier les témoignages des citoyens. Il y en avait des milliers : lettres, transcriptions d'appels sur la hot-line, même des cartes postales. Un travail fastidieux qu'Archie aurait pu déléguer, mais cela l'occupait. Et puis il y avait une chance, une maigre chance, que, quelque part dans ce monceau de papiers, il trouve le renseignement dont ils avaient besoin.

Au bout de six heures ils avaient épluché près de deux mille tuyaux. Sans en apprendre davantage sur l'Étrangleur de Cinq Heures.

— On est samedi, lui avait dit Henry. Rentre chez toi.

Il avait acquiescé sans dire à son ami qu'à mesure que le dimanche approchait, il avait beaucoup de mal à se concentrer sur autre chose que Gretchen.

Donc il contemplait la maison comme pour y découvrir un détail qui donnerait un sens à tout ce qui s'était passé depuis la dernière fois qu'il en avait franchi la porte. Un break Audi noir rutilant s'engagea dans l'allée et s'arrêta devant le garage. Une femme brune et deux gamins aux cheveux noirs en descendirent. Elle fit le tour de la voiture, ouvrit le hayon et tendit un sac de courses au plus âgé des enfants avant d'entrer dans la maison, le plus jeune sur ses talons. Puis elle revint prendre un autre sac et se dirigea vers le taxi.

— C'est elle que vous filez ? demanda le chauffeur.

— Je ne file personne.

La femme venait droit sur eux, décidée à leur parler, peut-être à leur demander : *Qu'est-ce que vous fabriquez devant chez moi ?* L'idée le traversa de demander au taxi de démarrer, mais la femme s'approchait et il ne voulait pas la perturber davantage en disparaissant dans un nuage de gaz d'échappement. Il resta donc dans la voiture devant la maison. C'était une rue résidentielle. Il ne manquait pas d'explications à sa présence, il n'aurait qu'à en choisir une. Il baissa la vitre au moment où elle franchissait les derniers mètres et fit de son mieux pour avoir l'air respectable. Il y réussit plus ou moins.

— Vous êtes Archie Sheridan, non ?

Elle l'avait reconnu, il lui restait peu de marge de manœuvre. Elle lui adressa un sourire inquiet. Elle portait un caleçon et une grande liquette noire décorée d'un symbole sanscrit blanc. Une tenue de yoga. Ses cheveux noirs bouclés étaient noués en queue-de-cheval. Elle devait avoir une quarantaine d'années, mais ne les faisait pas. Seul le soleil permettait d'apercevoir les fines rides autour de sa bouche et de ses yeux.

Il hocha la tête. Archie Sheridan. Désespéré. Sans laisse. À votre service.

Elle lui tendit la main. Ses avant-bras étaient longs et musclés.

— Je m'appelle Sarah Rosenberg. Vous me donnez un coup de main pour porter ?

Il la suivit jusque dans la cuisine, les bras chargés de provisions. Il ne se souvenait plus de la dernière fois qu'il avait ainsi porté des courses. Cela lui rappelait sa famille, les joies de la normalité. Mais bien sûr, il y avait la maison. Elle n'avait pas changé. L'entrée, le couloir, la cuisine. Il avait l'impression d'être entré dans un rêve. Le plus âgé des enfants, un jeune ado, avait entrepris de déballer les courses et un grand plan de travail était jonché de nourriture : poireaux, pommes, fromages raffinés.

— Je te présente le détective Sheridan. Mon fils, Noah.

Le gamin fit un signe de tête et prit les courses des bras d'Archie.

— Certains des copains de mon frère ne veulent pas venir ici. Ils ont peur d'elle. Comme si elle était encore ici. Comme si elle allait les enlever.

— Je suis navré, répondit Archie.

Il sentait la présence de Gretchen partout autour de lui, son souffle dans son cou, comme si elle était là, à côté de lui. La pièce qu'elle utilisait comme bureau se trouvait de l'autre côté du couloir. Il se rendit compte qu'il serrait très fort la boîte à pilules dans sa poche et s'obligea à relâcher la tension de sa main.

— Ça n'a pas beaucoup changé, précisa Sarah en rangeant la nourriture dans un grand réfrigérateur chromé. La police nous a dit que ça s'était passé dans mon bureau. Elle avait déplacé quelques bricoles, mais pour l'essentiel, c'est resté comme quand vous étiez ici. Vous voulez jeter un coup d'œil ?

— Oui, j'aimerais bien, répondit Archie sans réfléchir.

Sarah lui fit signe de la tête d'y aller seul et il lui en fut reconnaissant. Il les abandonna dans la cuisine et gagna la pièce où Gretchen l'avait drogué. Les lourds rideaux de velours vert étaient tirés, mais le soleil dardait quelques rais acérés par l'interstice entre les deux. Archie alluma le lustre et avala deux cachets.

La moquette avait été remplacée. Peut-être les gars du labo avaient-ils découpé la tache de café ? Peut-être trop de flics avaient-ils marché dans trop de boue ? Peut-être avaient-ils simplement refait la pièce ? Le grand bureau en bois se trouvait à l'autre extrémité de la pièce, contre le mur, et non plus devant la fenêtre là où Gretchen l'avait installé. À part cela, rien n'avait changé. Les livres entassés sur deux rangs sur les étagères, l'antique pendule aux aiguilles arrêtées qui marquait toujours 15 h 30, les fauteuils rebondis recouverts de tissu rayé.

Il se laissa tomber dans le fauteuil où il s'était assis ce jour-là avec Gretchen. Tous les détails lui revenaient à présent. La robe noire à manches longues qu'elle portait, le cardigan de cachemire jaune paille. Il avait admiré ses jambes quand elle s'était assise, observation innocente et évidente. Il n'était qu'un homme après tout, et elle était superbe. On pouvait bien lui pardonner cela.

— Je vous ai vu plusieurs fois dans la rue, dit Sarah depuis la porte.

— Pardonnez-moi. C'est que votre maison…, votre maison…, c'est le dernier endroit où je me suis senti bien.

— Vous avez vécu une épreuve terrible. Vous voyez quelqu'un ?

Archie ferma les yeux et appuya la tête contre le dossier du fauteuil.

— Mon Dieu, dit-il en souriant, vous êtes psychiatre ?

— Psychologue en fait. J'enseigne à Lewis et Clark. C'est comme ça que Gretchen Lowell nous a trouvés. Nous avions mis une annonce sur le panneau d'affichage. Mais j'ai aussi une clientèle privée. Si vous êtes intéressé, j'aimerais beaucoup vous avoir comme patient.

C'était donc pour cela qu'elle l'avait invité à entrer. Un patient qui avait subi ce qu'il avait subi, ce devait être passionnant pour un psy.

— Merci, je vois quelqu'un.

Il contempla l'endroit de la moquette où il s'était effondré, incapable de bouger, et soudain tout devint clair, affreusement clair.

— Tous les dimanches.

— Ça vous aide ?

— Ses méthodes ne sont pas très orthodoxes, mais je crois qu'elle vous dirait que ça marche.

— Tant mieux.

Archie jeta un dernier coup d'œil dans la pièce, puis regarda sa montre.

— Il faut que je parte. Merci de m'avoir fait entrer. C'était très gentil.

— J'ai toujours aimé cette pièce. Quand les rideaux sont ouverts on voit les pruniers.

— Oui, dit Archie, avant d'ajouter, comme s'ils partageaient une vieille amie commune : Gretchen aussi aimait la vue.

29

Archie savait que Debbie l'appellerait après avoir lu le deuxième article. Peu importait que ce soit avant 7 heures un dimanche matin. Elle savait qu'il serait debout. Un tueur rôdait en ville et le temps pressait. Même s'il ne pouvait rien faire qu'attendre un élément nouveau, il lui semblait que dormir serait un aveu de défaite. Pour l'instant, assis sur le canapé, il lisait les e-mails intimes de Lee Robinson. Rien de tel que de découvrir les pensées privées d'une jeune ado pour se sentir un connard de voyeur. Il était levé depuis assez longtemps pour avoir déjà bu du café et avalé deux œufs mal cuits. Non par faim, mais pour avoir quelque chose dans l'estomac avant de prendre sa Vicodine. Il s'autorisait toujours quelques comprimés supplémentaires le dimanche.

— Tu l'as lu ? demanda Debbie.

— Non, raconte-moi.

Il s'appuya contre le dossier et ferma les yeux.

— Elle parle de Gretchen. De ce qu'elle t'a fait.

Personne ne sait la moitié de ce qu'elle m'a fait.

— Bon. Il y a des photos ?

— Une de toi et une de Gretchen.

Il ouvrit les yeux. Il y avait des Vicodine sur la table. Il les rangea en une petite ligne, comme des dents.

— Laquelle de Gretchen ?

— La photo d'identité.

Archie la connaissait. La première fois que Gretchen avait eu affaire à la police. Elle avait été arrêtée à Salt Lake City en 1992 pour un chèque en bois. Dix-neuf ans, les cheveux mi-longs et emmêlés, l'air surpris, le visage émacié. Il s'autorisa un petit sourire narquois.

— Bien. Elle déteste cette photo. Elle va être furax. Autre chose ?

Il prit un cachet et le roula entre ses doigts.

— Susan Ward insinue des détails sordides tirés des spéculations sur ta captivité.

— Bien.

Il mit une Vicodine dans sa bouche et laissa le goût de craie amer lui imprégner la langue avant d'avaler le comprimé avec une gorgée de café tiède.

— Tu la manipules, ce n'est pas honnête de ta part.

Debbie parlait à voix basse et Archie pouvait presque sentir son souffle dans son cou.

— C'est moi que je manipule. Elle, ce n'est qu'un instrument.

— Tu penses aux enfants ?

Les opiacés rendaient son crâne mou, comme celui d'un bébé. Il se palpa l'arrière de la tête. Ben était tombé de la table à langer quand il avait dix mois, et il avait eu une fracture du crâne. Ils avaient passé la nuit entière aux urgences. Non, il se reprit. Debbie avait passé la nuit entière. Lui était parti tôt le matin, on l'avait appelé. On avait découvert une nouvelle victime de l'Artiste. Une des multiples fois où il avait quitté Debbie pour Gretchen. Il se souvenait de chacune des scènes de crime. Du moindre détail. Mais il ne se souvenait pas du temps que Ben avait passé à l'hôpital. Ni où se trouvait exactement sa fracture.

— Tu es toujours là ? demanda la voix désincarnée de Debbie. Dis quelque chose, Archie.

— Lis-leur les articles, ça les aidera à comprendre.

— Ils vont être morts de trouille... On dirait que tu planes, ajouta-t-elle après une pause.

Il avait l'impression d'avoir de l'eau chaude, du coton et du sang dans la tête. Il prit une autre Vicodine et la frotta entre ses doigts.

— Je vais bien.

— C'est dimanche. Tu n'as pas besoin de planer quand tu vas la voir.

— Elle aime bien quand je plane, dit-il en souriant au comprimé.

C'était la vérité. Il regretta ses paroles à peine sorties de sa bouche. Le silence se fit pesant et il sentit Debbie le laisser s'éloigner d'elle encore un peu plus.

— Je vais raccrocher maintenant, dit-elle.

— Excuse-moi, répondit-il, mais elle n'était plus là.

Quand le téléphone sonna, quelques minutes plus tard, il pensa qu'elle rappelait et il décrocha à la première sonnerie. Ce n'était pas Debbie.

— Ici Ken, à Salem. J'ai un message pour vous. De la part de Gretchen Lowell.

C'est reparti, se dit-il.

30

Près de deux heures plus tard, Susan se réveilla la tête prise dans un étau et le cœur au bord des lèvres. Elle avait fini la bouteille de pinot sans rien manger. Pourquoi s'imposait-elle pareilles épreuves ? Elle s'assit doucement dans le lit puis gagna la salle de bains à petits pas. Elle se servit un grand verre d'eau, avala trois Ibuprofen, et se brossa les dents. Le pansement sur son doigt était tombé pendant la nuit et elle examina sa petite blessure. Une vilaine croûte rouge en forme de croissant s'était formée dessus. Elle suçota son doigt une minute, le goût cuivré du sang dans sa bouche, jusqu'à ce que la blessure devienne quasi invisible.

Toujours nue, elle alla mettre le café en route dans la cuisine et revint s'asseoir sur le canapé du Grand Écrivain. Il était trop tôt pour que le jour éclaire la fenêtre exposée au nord, mais elle apercevait le ciel bleu derrière l'immeuble d'en face. De longues ombres noires menaçantes se profilaient dans la rue et sur le trottoir en contrebas. Pour elle, le soleil avait toujours représenté un mauvais présage. Elle terminait sa deuxième tasse de café quand on sonna à la porte.

Elle s'enveloppa dans son kimono et alla ouvrir.

C'était Henry Sobol. Son crâne chauve rasé de près luisait sous l'éclairage du palier.

— Miss Ward, avez-vous quelques heures à nous consacrer ?

— Pour quoi faire ?

— Archie vous expliquera. Il nous attend dans la voiture. Je n'ai pas réussi à trouver la moindre place pour me garer. Votre quartier grouille de bobos en goguette.

— Oui, et ils sont féroces. Donnez-moi le temps de m'habiller.

— Je vous attends ici, dit-il en s'inclinant cérémonieusement.

Elle referma la porte et alla se changer dans la chambre. Elle se rendit compte qu'elle souriait. C'était bon signe. Une avancée dans l'affaire. Davantage de matière pour ses articles. Elle enfila un jean troué moulant, un chemisier à manches longues rayé noir et blanc qui, à son avis, faisait français, et donna un coup de brosse à ses cheveux roses. Elle attrapa une paire de santiags dans son placard, récupéra son enregistreur et son carnet, glissa le flacon d'Ibuprofen dans son sac et sortit.

La Crown Victoria banalisée d'Henry attendait devant l'immeuble. Archie, assis côté passager, feuilletait quelques dossiers posés sur ses genoux. Le soleil d'hiver paraissait presque blanc dans le ciel limpide et la voiture étincelait sous ses rayons. Susan, contrariée, monta à l'arrière. Encore une autre putain de belle journée.

— Bonjour, soupira-t-elle en mettant des lunettes de soleil surdimensionnées. Que se passe-t-il ?

— Vous avez écrit à Gretchen Lowell, dit Archie d'un ton neutre.

— Ouais.

— Je vous avais demandé de ne pas le faire.

— Je suis journaliste. J'essaie de rassembler des faits.

— Eh bien ! votre lettre et vos articles l'ont intriguée. Elle voudrait vous rencontrer.

Le mal de tête de Susan disparut instantanément.

— Sans blague ?

— Vous vous sentez de taille ?

Elle se pencha en avant entre les deux sièges, le visage rouge d'enthousiasme.

— Vous plaisantez ? Quand ? Maintenant ?

— C'est là que nous allons.

— Eh bien ! allons-y.

Peut-être qu'elle pourrait en tirer un livre après tout. Archie se tourna vers elle, l'air tellement sérieux et défait qu'il réussit à chasser momentanément sa bonne humeur.

— Gretchen est un cas psychiatrique. Vous ne l'intéressez que dans la mesure où elle peut vous manipuler. Si vous venez, il faudra faire ce que je vous dirai, et faire preuve de retenue.

— Je suis connue pour ma discrétion.

— Je sens que je vais le regretter, dit Archie à Henry.

Celui-ci sourit, fit glisser ses lunettes de soleil d'aviateur de son front sur son nez, et démarra.

— Comment avez-vous su où j'habitais, détective ?

— Je l'ai détecté.

Elle était contente que Ian ne se soit pas trouvé là. Il n'y avait guère d'endroit où se cacher dans l'appartement, et si Henry l'avait vu, il l'aurait sûrement dit à Archie. Il avait beau savoir qu'elle couchait avec son patron, elle ne souhaitait pas le lui rappeler. En fait elle espérait qu'il l'oublierait.

— C'est une chance que j'aie été scule. Comme ça j'ai pu tout laisser tomber et venir avec vous.

Elle crut voir Henry sourire. Quant à Archie, il ne détourna pas les yeux du dossier qu'il était en train de lire. Elle sentit le feu lui monter aux joues.

La prison se trouvait à une heure de route. Elle croisa les bras, s'appuya contre le dossier et s'efforça de s'intéresser au paysage. Pas pour longtemps.

— Dites, vous saviez que Portland avait failli s'appeler Boston ? Deux colons ont joué le nom à pile ou face. L'un était de Portland, dans le Maine, l'autre de Boston. Devinez qui a gagné ?

Personne ne répondit. Elle se mit à tripoter les franges de son jean.

— C'est ironique, parce qu'on appelle souvent Portland le Boston de la côte Ouest.

Archie continuait de lire. *Pourquoi ne pouvait-elle s'empêcher de parler ?* Elle se jura de ne plus prononcer un mot à moins que l'un des deux ne lui adresse la parole. Le reste du voyage fut silencieux.

Le pénitencier de l'État de l'Oregon était un ensemble de bâtiments grisâtres d'origines diverses entourés d'un mur hérissé de barbelés à la sortie de l'autoroute. Il accueillait des détenus des deux sexes dans ses quartiers de haute sécurité et de sécurité ordinaire. Il abritait aussi le seul couloir de la mort de l'État. Susan était passée devant des dizaines de fois en revenant de la fac, mais elle n'avait jamais eu la possibilité de le visiter, et pour dire vrai elle n'en rêvait pas non plus. Henry se gara près de l'entrée, sur le parking réservé aux véhicules de police. Un homme d'une quarantaine d'années, vêtu d'un pantalon kaki soigneusement repassé et d'une chemise de golf, les attendait sur les marches de l'un des bâtiments, appuyé contre la rampe, les bras croisés.

Il avait les traits lisses, le cheveu rare et un estomac qui tendait le tissu de sa chemise. Un portable dans un élégant étui de cuir était accroché à sa ceinture. Un avocat, se dit Susan. Il s'avança vers eux.

— Comment va-t-elle aujourd'hui ? lui demanda Archie.

— De mauvais poil, comme tous les dimanches.

Il avait la goutte au nez et s'essuya avec un mouchoir blanc en tissu.

— C'est la journaliste ?

— Ouais.

Il tendit une main pleine de microbes à Susan qui la serra après une hésitation. Il avait la poignée de main ferme et précise.

— Oliver Hardy. Assistant du procureur.

— Oliver Hardy ? répéta Susan, amusée.

— Oui, dit-il sans broncher. Et mon meilleur copain s'appelle Stan Laurel. Plaisanterie terminée.

Elle dut se dépêcher pour suivre le groupe qui parcourait le bâtiment, enfilait les couloirs et grimpait les escaliers avec la facilité de gens venus si souvent qu'ils auraient pu se déplacer les yeux fermés. Ils franchirent deux postes de sécurité. Au premier un gardien vérifia leur identité, rentra leur nom dans un ordinateur et leur tamponna la main. Henry et Archie tendirent le bras sans même interrompre leur conversation. Un gardien arrêta Susan qui arrivait derrière eux. Il était petit et maigre. Dans son uniforme marron, les poings sur les hanches, il ressemblait à une figurine d'Action Man.

— Vous n'avez pas lu les instructions ? demanda-t-il à Susan en articulant lentement comme s'il s'adressait à un enfant.

Il était plus petit qu'elle et il devait lever la tête pour lui parler. Elle se crispa.

— C'est bon, Ron, lança Archie en se retournant. Elle est avec moi.

Le petit gardien se mordilla la joue un moment, glissa un regard à Archie, puis hocha la tête et se recula.

— Personne ne lit les instructions, maugréa-t-il.

— Qu'est-ce que j'ai fait de mal ? demanda Susan.

— Ils n'aiment pas que les visiteurs portent des jeans.

Les détenus portent un uniforme bleu, ça pourrait prêter à confusion.

— Sûrement pas déchiré avec la même classe que le mien.

— Vous seriez étonnée. Les prisonnières sont très inventives.

Ils arrivèrent ensuite à un détecteur de métaux. De nouveau les hommes passèrent sans encombre, mais Susan se vit intimer l'ordre d'attendre par une gardienne plutôt ronde.

— Vous portez un soutien-gorge ?

— Pardon ? répondit Susan en rougissant.

La gardienne lui lança un regard las.

— Pas de soutien-gorge à armature. Ça déclenche le détecteur.

Était-ce le fruit de son imagination ou tous les regards étaient-ils soudain braqués sur sa poitrine ?

— Oh ! non. Je ne porte qu'une chemise en dentelle. J'ai un mal fou pour trouver des soutiens-gorge à ma taille. Petits bonnets et épaules larges, vous comprenez ?

La gardienne avait des seins énormes. De vrais melons. Elle avait probablement beaucoup de mal elle aussi à trouver des soutiens-gorge. Elle dévisagea Susan un moment, puis écarquilla les yeux et soupira.

— Vous portez un soutien-gorge à armature ?

— Bien sûr que non.

— Alors passez sous ce foutu détecteur, et dépêchez-vous !

— Nous y sommes, dit Archie.

Il ouvrit une porte métallique grise anonyme et Susan entra, suivie d'Henry et de l'avocat. C'était une salle de surveillance aux murs nus dotée d'une impressionnante glace sans tain qui révélait une autre pièce. Comme à la télé. Susan était ravie. La salle était petite, basse de plafond, et une longue table métallique pliante coincée près de la fenêtre laissait à peu près autant de place pour bouger que l'allée d'un avion. Un jeune Latino était assis sur un tabouret devant un écran d'ordinateur et un téléviseur qui relayait les images des caméras de surveillance. Il avait soigneusement installé un repas Taco Bell sur la table : serviettes en papier, Tabasco, un taco à demi entamé et un autre en attente. La pièce baignait dans une odeur de haricots frits et de sauce bon marché.

— Je vous présente Rico, dit Archie.

— Je suis le sous-fifre, répondit Rico en souriant.

— Je croyais que c'était Henry le sous-fifre.

— Non. Lui, c'est l'équipier. Le sous-fifre, c'est moi.

— Attendez-moi ici. Je reviens dans une minute.

Sur quoi Archie fit demi-tour et sortit.

— Je vous présente la Reine du Mal, dit Rico à Susan en montrant la pièce de l'autre côté de la glace.

Susan s'approcha et put, pour la première fois, bien regarder Gretchen Lowell. Elle était assise, là. L'image même de la force tranquille. Son uniforme bleu avec le mot *détenue* imprimé dans le dos paraissait incongru. Bien sûr Susan avait vu sa photo. Les médias s'étaient régalés à publier des photos de Gretchen, tant elle était belle. Belle et tueuse en série. La combinaison parfaite. *Toutes les femmes canon ne sont-elles pas capables de tuer ?* semblaient demander les images. Mais Susan pouvait constater qu'elle était encore plus superbe en chair et en os. Elle avait un visage en forme de cœur terminé par un menton délicat, de grands yeux bleu pâle, des pommettes larges, un nez aquilin, des traits parfaitement symétriques, un teint immaculé. Ses cheveux, très blonds au moment de son arrestation, étaient à présent plus foncés et ramenés en arrière en une queue-de-cheval qui mettait en valeur son long cou aristocratique. Elle n'était pas jolie. Le mot ne convenait pas. *Jolie* suggérait un côté adolescent. Gretchen possédait une beauté mûre, sophistiquée, pleine d'assurance. Plus que la beauté, elle irradiait le pouvoir de la beauté. Susan était sous le charme.

Fascinée, elle l'observait derrière la glace sans tain quand Archie entra dans la pièce, tête baissée, un dossier sous le bras. Il se retourna pour fermer la porte métallique et resta un moment face à celle-ci, comme pour se reprendre. Puis il inspira, se redressa, et se tourna vers Gretchen, souriant de l'air engageant de l'homme qui retrouve une vieille amie pour prendre un café.

— Bonjour, Gretchen.

— Bonjour, mon chéri.

Elle inclina la tête et sourit. L'animation soudaine rendit ses traits plus rayonnants encore. Il ne s'agissait pas du sourire factice d'une reine de beauté, mais de l'expression d'un authentique plaisir. Ou, se dit Susan, si elle fait semblant, elle est vraiment très forte pour imiter le sourire reine de beauté. Gretchen posa les mains sur la table et Susan vit qu'elle était menottée. En tendant le cou elle put même voir qu'elle avait aussi les pieds entravés. Un sourire espiègle fit briller les grands yeux bleus de Gretchen.

— Tu m'as apporté un cadeau ?

— Je la ferai venir dans une minute.

Susan frémit en comprenant qu'ils parlaient d'elle. Archie s'approcha de la table, ouvrit délicatement le dossier qu'il portait et étala cinq photos devant Gretchen.

— Laquelle est-ce ? demanda-t-il.

Gretchen soutint son regard, un masque de parfaite sympathie sur le visage. Puis, avec un imperceptible clignement des yeux, elle posa la main à plat sur l'une des photos.

— Celle-ci, dit-elle dans un grand sourire. On peut s'amuser maintenant ?

— Je reviens tout de suite.

Il retourna dans la salle de surveillance et brandit la photo que Gretchen avait choisie. Une jeune Latina, vingt ans peut-être, les cheveux noirs coupés court, le sourire idiot. Elle avait passé un bras autour de quelqu'un qui avait été découpé de la photo et elle faisait le signe de la paix.

— C'est elle, dit-il simplement.

— Qui ? demanda Susan.

Rico tourna sur son tabouret.

— Gloria Juarez. Dix-neuf ans. Étudiante. Disparue dans l'Utah en 1995. Gretchen nous a donné son nom ce matin. Elle a dit qu'elle nous dirait où se trouve le corps si nous vous amenions jusqu'à elle.

— Pourquoi moi ?

— À cause de moi, répondit Archie. Elle n'avait plus donné un nom depuis presque six mois. J'ai pensé qu'une série d'articles dans le *Herald* la ferait bouger un peu. Elle est facilement jalouse. J'ai pensé que si elle apprenait que je devenais suffisamment intime avec une journaliste pour parler de certaines choses, elle réagirait en me donnant...

Il s'arrêta, comme pour peser soigneusement ses mots.

— ... en me donnant une... une preuve d'affection.

Susan parcourut la petite pièce du regard. Tous les yeux étaient braqués sur elle, guettant sa réaction.

— Un... un corps.

— Ouais. Elle n'a parlé à personne d'autre que moi depuis un an. Il ne m'était même pas venu à l'esprit qu'elle voudrait vous voir.

On l'avait manipulée. Elle sentit une gêne désagréable l'envahir. Archie s'était servi d'elle. Elle fit un pas en arrière pour s'éloigner de lui. Elle lui avait fait confiance et il en avait profité. C'était une sensation bizarrement familière. Personne ne disait rien. Elle prit une boucle de cheveux et tira dessus en l'enroulant sur son doigt jusqu'à se faire mal. Jerry, l'avocat, se frictionna la nuque et éternua. Rico contemplait son repas. Henry, appuyé au mur, bras croisés, attendait un mot d'Archie. Tous savaient, ce qui rendait les choses pires encore.

Susan regarda Gretchen derrière la glace sans tain. Elle fixait la table. Un exemple de retenue. Un être génétiquement supérieur. Pourquoi fallait-il qu'elle ait l'air aussi parfaite ?

— C'est pour ça que vous avez accepté les articles ? Vous avez pensé que cela l'amènerait à vous révéler l'emplacement d'autres corps ?

Archie s'avança vers elle.

— Plus elle croira que je partage des choses avec vous, plus elle voudra renforcer son pouvoir, plus elle me donnera de corps.

Son regard se posa brièvement sur Gretchen avant de revenir à Susan.

— Elle a mentionné vos articles. Elle lit ce que vous écrivez. C'est pour cela que je vous ai choisie.

Sous ses paupières lourdes, ses yeux étaient remplis d'excuse, de détermination, et d'autre chose. Une expression curieuse, une sorte de gêne fugace. Soudain elle comprit. *Mon Dieu, il plane.*

— Aidez-moi, pria-t-il.

Il se shootait aux médicaments. Il savait qu'elle avait compris. Le trip sur ordonnance. Il souffrait, mais ne proposa aucune explication. Il rit.

— Et merde ! dit-il en se frottant les yeux.

Il appuya son front contre la glace et regarda Gretchen. Personne ne prononça un mot. Susan crut entendre le tic-tac d'une montre. L'avocat se moucha. Archie finit par se retourner vers Susan.

— Jamais je n'aurais dû vous amener ici. Désolé.

— Que me veut-elle ?

Il la regarda, se passa la main sur la bouche, puis dans les cheveux.

— Elle veut vous jauger. Voir ce que vous savez.

— Ce que je sais… sur vous ?

— Ouais.

— Que voulez-vous que je lui dise ?

— La vérité, dit-il en la regardant droit dans les yeux. Elle possède un formidable détecteur de conneries. Et si vous allez là, elle va vous baiser. Ce n'est pas quelqu'un de gentil. Et elle ne va pas vous aimer.

Susan s'efforça de sourire.

— Je suis pourtant charmante.

Le visage taillé à la serpe d'Archie était sérieux, on ne peut plus sérieux.

— Elle va se sentir menacée et elle cherchera à vous faire mal. Il faut que vous compreniez cela.

Susan posa la main à plat sur la glace, doigts écartés, de telle sorte que la tête de Gretchen se retrouve entre son pouce et son index.

— Je pourrai écrire tout cela ?

— Je ne peux pas vous en empêcher.

— Exact.

— Mais pas de stylo.

— Pourquoi ?

Il regarda Gretchen au travers de la glace. Susan vit ses yeux s'attarder sur elle, sur son cou, ses bras, ses mains. Cela lui fit penser à la façon dont un homme caresse sa maîtresse du regard.

— Parce que je ne veux pas qu'elle vous le plante dans la gorge.

31

— Gretchen, je vous présente Susan Ward. Susan, voici Gretchen Lowell.

Susan eut l'impression qu'il n'y avait pas assez d'oxygène dans la pièce. Elle resta plantée bêtement un moment à se demander si elle devait tendre la main à Gretchen. Puis elle se souvint des menottes. *Reste calme*, se répéta-t-elle pour la dixième fois en trente secondes. Elle tira une chaise afin de s'asseoir en face de Gretchen. La chaise racla le sol et elle se sentit pataude et maladroite. Son cœur battait la chamade. Elle s'assit en évitant de croiser le regard de Gretchen, gênée de porter un ridicule jean troué, regrettant de ne pas avoir demandé une minute pour se recoiffer. Archie s'assit à côté d'elle. Elle se força à regarder la détenue. Gretchen lui sourit. Elle était encore plus belle de près.

— Comme tu es mignonne, un vrai personnage de dessin animé.

Susan n'avait jamais eu si honte de ses cheveux roses, de ses vêtements de gamine, de sa poitrine plate.

— J'ai aimé vos articles, poursuivit Gretchen avec une légère inflexion dans la voix qui empêchait Susan de savoir avec certitude si elle était sincère ou ironique.

La jeune femme posa son enregistreur sur la table et ordonna à son cœur de se calmer.

— Vous permettez que j'enregistre ? demanda-t-elle en s'efforçant de paraître professionnelle.

La pièce empestait le désinfectant, le nettoyant industriel. Toxique. Gretchen inclina la tête vers la vitre derrière laquelle Susan savait que les autres les observaient.

— Tout est enregistré, dit-elle.

— Je vous en prie, insista Susan.

Gretchen acquiesça d'un haussement de sourcils et Susan appuya sur REC. Elle sentit Gretchen l'absorber. Elle se sentait comme une maîtresse surprise par la superbe femme de son amant. Rôle qui lui convenait à merveille et dont l'ironie ne lui échappa pas. Elle jeta un coup d'œil à Archie pour savoir quoi faire, comment se comporter. Assis au fond de sa chaise, les mains nouées sur les genoux, il ne quittait pas Gretchen des yeux. Il y avait une forme de complicité entre eux, comme s'ils se connaissaient depuis toujours. Debbie avait raison, c'était terrifiant.

— Elle t'aime bien, mon chéri.

Il sortit une boîte à pilules en cuivre de sa poche et la posa devant lui.

— Elle est journaliste, dit-il en faisant tourner la petite boîte sur la table dans le sens des aiguilles d'une montre. Elle est sympa avec les gens pour leur faire dire des choses. C'est son boulot.

— Tu lui racontes des choses ?

— Oui, dit-il, les yeux fixés sur la boîte.

— Mais pas tout.

— Bien sûr que non.

Gretchen parut satisfaite de sa réponse et concentra son attention sur Susan.

— J'attends vos questions.

— Mes questions ?

Gretchen montra l'enregistreur. Elle portait ses menottes comme des bracelets, de beaux et précieux bijoux destinés à être admirés et enviés.

— C'est pour cela que vous êtes venue, non ? Avec votre petit gadget et votre front plissé. Pour m'interviewer. Impossible d'écrire des articles sur Archie Sheridan sans me parler. J'ai fait de lui ce qu'il est aujourd'hui. Sans moi il n'aurait jamais eu cette carrière.

— J'aime à penser que j'aurais trouvé un autre psychopathe mégalo, dit Archie dans un soupir.

Gretchen l'ignora.

— Allez-y. Demandez-moi ce que vous voulez.

Le cerveau de Susan tournait à vide. Elle avait préparé des dizaines de fois dans sa tête ce qu'elle demanderait à Gretchen Lowell si elle en avait l'occasion. Mais elle n'avait jamais vraiment cru qu'elle aurait cette chance. À présent elle avait l'électro-encéphalogramme plat et la bouche pâteuse. Elle se secoua. *Reprends-toi. Trouve une question. N'importe laquelle. Demande la première chose qui te passe par la tête.*

— Pourquoi avez-vous enlevé Archie Sheridan ?

Gretchen arborait un teint éclatant. Susan se demanda si les exfoliants étaient autorisés en prison. Peut-être qu'elle stockait les fraises de la cantine pour s'en faire des masques. Elle se pencha en avant.

— Je voulais le tuer, dit-elle joyeusement. Je voulais le torturer de la manière la plus subtile et la plus douloureuse possible jusqu'à ce qu'il me supplie de lui trancher la gorge.

— Il vous a supplié ? articula péniblement Susan.

— Tu veux répondre à celle-là, mon chéri ?

— Oui, je l'ai suppliée, répondit Archie sans une hésitation.

— Mais vous ne l'avez pas tué.

Gretchen haussa les épaules et écarquilla les yeux.

— Changement de programme.

— Pourquoi lui ?

— Je m'ennuyais. Et puis il semblait porter un réel intérêt à mon travail. J'ai pensé que cela lui ferait plaisir de le voir de près. Puis-je vous poser une question ?

Susan se tortilla sur sa chaise, cherchant désespérément la réponse adéquate, mais Gretchen n'attendit pas. La question était destinée à Susan, et pourtant toute son attention était dirigée vers Archie. Celui-ci contemplait sa boîte à pilules.

— Vous avez rencontré Debbie ? Comment va-t-elle ?

Elle parlait d'une voix tendre, comme si elle demandait des nouvelles d'une vieille amie. *Oh, Debbie ! Elle va super bien ! Elle vient de s'installer à Des Moines. Mariée. Deux gosses. Elle t'embrasse.*

Susan regarda de nouveau Archie. Lui ne regardait plus sa boîte, il regardait Gretchen. Mais, à part les yeux, pas un de ses muscles n'avait tressailli. La boîte métallique brillait dans sa paume. La tension soudaine qui venait de s'abattre dans la pièce tordit l'estomac de Susan.

— Je crois qu'il vaut mieux que je ne réponde pas à cette question.

Elle avait parlé d'une toute petite voix. Elle se sentit redevenir adolescente. Comme si elle avait quatorze ans. Une désagréable bouffée de chaleur l'envahit.

— Il y a un cimetière à la sortie d'une autoroute dans le Nebraska, reprit tranquillement Gretchen. Nous avons enterré Gloria au-dessus d'une des tombes. Tu veux savoir où c'est ?

Pendant une minute, personne ne bougea, puis Archie finit par regarder Susan. Il avait le regard vitreux. *Maintenant je comprends pourquoi tu te shootes*, pensa la jeune femme.

— Tout va bien. Vraiment. Elle jouit de voir à quel

point elle a détruit ma vie. On en parle tout le temps. Elle ne s'en lasse jamais, ça ne cesse de l'amuser.

Archie reposa la boîte sur la table, doucement, comme si elle était blessée. Susan se demandait à quel jeu tordu ces deux-là jouaient. Elle espérait qu'il contrôlait mieux la situation qu'il n'y paraissait. Elle haussa les épaules. Il l'avait cherché.

— Debbie vous hait. Elle vous hait d'avoir assassiné l'homme qui était son mari. Elle pense qu'il est mort, qu'Archie est devenu quelqu'un d'autre.

Gretchen paraissait contente, les yeux brillants, les pommettes saillantes.

— Mais elle l'aime toujours ?

— Oui, répondit Susan en se mordant les lèvres.

— Et lui l'aime toujours aussi. Mais il ne peut pas être avec elle. Il ne peut pas non plus être avec ses deux adorables enfants. Vous savez pourquoi ?

— À cause de vous, suggéra Susan.

— À cause de moi. Et toi non plus tu ne seras jamais avec lui, mon poussin. Parce que je l'ai brisé pour les autres femmes.

— Vous m'avez détruit pour tous les êtres humains, dit Archie d'un ton las.

Il remit la boîte dans sa poche, recula sa chaise et se leva.

— Où vas-tu ? demanda Gretchen d'une voix qui trahissait sa soudaine inquiétude.

Susan observa son changement d'attitude. Son visage se durcit. Susan crut voir des pattes d'oie au coin de ses yeux. Elle se pencha en avant vers Archie, comme pour combler l'espace qui les séparait.

— Je fais une pause. Je ne suis pas sûr que nous soyons très productifs aujourd'hui. Venez, ajouta-t-il en direction de Susan.

Il fit un pas en arrière et Gretchen, toujours menottée, tendit les bras et lui saisit la main.

— Le nom sur la tombe est Emma Watson. Le cimetière se trouve sur la SR 100, dans une petite ville du nom de Hamilton, à trente kilomètres à l'ouest de Lincoln.

Archie ne réagit pas. Il restait là, sa main dans celles de Gretchen. Sans se libérer. Comme quelqu'un prisonnier d'un câble à haute tension. Susan ne savait que faire. Elle jetait des regards affolés en direction de la fenêtre d'observation quand soudain Henry fit irruption dans la pièce. En trois enjambées il fondit sur la table et abattit sa grosse patte sur le poignet de Gretchen. Il serra jusqu'à ce qu'elle grimace de douleur et laisse retomber la main d'Archie.

— C'est contraire au règlement, cria Henry, la mâchoire crispée. Tu le touches encore une fois et je te jure que j'arrête ces putains de conneries. Cadavres ou pas. Pigé ?

Il était rouge de colère et son pouls battait sous la peau épaisse de son cou. Gretchen ne recula pas, ne dit pas un mot, elle se contenta de le regarder, les lèvres humides de salive, les narines frémissantes, ses yeux le mettant au défi de la frapper. Soudain, elle n'était plus belle du tout.

— Tout va bien, dit Archie d'une voix calme, parfaitement maîtrisée. Je n'ai rien.

Mais Susan remarqua que ses mains tremblaient. Henry regarda Archie, soutint un instant son regard, puis tourna sa tête rasée vers Gretchen. Il n'avait toujours pas relâché le poignet fragile de Gretchen, et Susan pensa une seconde qu'il allait le casser. Sans desserrer son étreinte il s'adressa à son ami :

— Les flics du Nebraska sont en route pour le cimetière. On devrait en savoir plus d'ici une heure.

Puis il ouvrit la main, laissa retomber le poignet de Gretchen, et quitta la pièce sans lui accorder un regard. Elle lissa ses cheveux blonds de ses mains menottées.

— Je crois que ton ami ne m'aime pas beaucoup.

— Vous lui avez envoyé ma rate.

— Et il ne me laissera pas l'oublier.

Elle se tourna vers Susan, toute de grâce et de sérénité, comme si rien ne s'était passé.

— Vous disiez ?

Susan était au bord du malaise. Elle se sentait mal. Est-ce que vomir serait un signe de faiblesse ?

— Pardon ?

— Vous me posiez des questions, mon poussin. Pour vos articles.

Soudain elle sut quoi demander.

— Quel est votre film préféré ?

Prends ça. Trouve-moi une réponse tordue à ça.

Gretchen répondit du tac au tac :

— *Bande à part*. Godard.

Voilà qui était inattendu. Susan lança un regard interrogateur à Archie, sans même chercher à cacher la confusion qui déformait ses traits.

— C'est le film préféré du détective Sheridan.

— Vous pouvez l'appeler Archie, lança Gretchen gaiement. Je l'ai vu à poil.

— Vous avez parlé de Godard tous les deux ? demanda Susan.

— Jamais.

Et la boîte à pilules réapparut.

— Curieuse coïncidence, n'est-ce pas. Vous avez d'autres questions ?

Susan étudia Gretchen. Elle avait entendu des bruits selon lesquels elle aurait tué environ deux cents personnes. Elle n'y avait jamais cru. Jusqu'à présent.

— L'Étrangleur de Cinq Heures ? Vous avez une idée du genre d'individu que nous recherchons ?

Gretchen éclata de rire. Un rire de gorge, comme celui de Bette Davis, plein de sexe et de cancer du

235

poumon. Elle avait dû passer des années à s'entraîner, mais le résultat en valait la peine.

— Vous voudriez que j'entre dans sa tête pour vous aider? Désolée, Zoé. Je ne peux rien pour vous.

— Vous êtes tous les deux des meurtriers.

— Nous ne sommes pas pareils.

— Vraiment?

— Explique-lui, Archie.

— Il n'aime pas tuer. Gretchen adore ça.

— Vous voyez? Les pommes et les oranges.

— Mais vous n'avez pas tué le détective Sheridan.

— Si, je l'ai tué.

Un large sourire s'épanouit sur le visage de Gretchen, découvrant ses dents parfaites. Jamais Susan n'avait vu sourire aussi glaçant. Elle ressentit soudain une infinie tendresse pour Archie qu'elle regretta aussitôt car elle comprit que Gretchen l'avait lue dans ses yeux.

— Est-ce qu'il t'a déjà repoussée, mon poussin? Ça doit être dur pour toi. Tu n'as pas l'habitude. Tu t'imagines que le sexe, c'est le pouvoir. Mais ce n'est pas vrai.

— Gretchen, prévint Archie.

— Sais-tu ce qui est plus intime que le sexe? demanda-t-elle en lançant un sourire vicieux à Archie. Le sais-tu? La violence.

Susan sentit soudain que sa bouche se desséchait.

— Vous ne savez rien de moi.

— Tu es attirée par les hommes plus âgés. Les figures d'autorité. Les hommes qui possèdent plus de pouvoir que toi. Les hommes mariés. Et pourquoi cela, mon poussin?

Gretchen inclina la tête et Susan vit une pensée lui traverser l'esprit.

— Quel âge avais-tu exactement quand ton père est mort?

Susan en eut le souffle coupé. Est-ce qu'elle avait marqué le coup physiquement? Elle serra les poings de toutes ses forces sous la table jusqu'à ce que la douleur arrête les larmes qu'elle craignait de ne pouvoir retenir. Puis elle se leva, calmement, pensa-t-elle, et se pencha en avant, les mains sur la table.

— Allez vous faire foutre, allez vous faire foutre, espèce d'ordure de psychopathe.

Gretchen se contenta de sourire.

— Arrête cette colère d'ado post-pubère. Qui as-tu baisé en fin de compte ? Ton prof d'anglais ? Ton prof de théâtre ?

Susan ne pouvait plus respirer. Elle sentit une larme glisser le long de sa joue et cela la rendit furieuse contre elle-même. Elle mit une main devant sa bouche pour essayer de s'empêcher de parler, trop tard.

— Comment avez-vous… ?

Archie se tourna lentement et la regarda, les yeux écarquillés, le front plissé.

— Le prof de théâtre de Cleveland ? Reston ?

— Non, bredouilla Susan.

— Susan, dit Archie d'une voix calme, si vous avez eu des rapports sexuels avec Paul Reston quand vous étiez mineure, il faut me le dire tout de suite.

Une lueur de triomphe s'alluma dans les yeux bleus de Gretchen. Jeu, set et match.

Susan se mit à rire, un horrible rire nerveux, un gloussement éperdu à demi étouffé, puis les digues cédèrent. Des larmes brûlantes lui inondèrent les joues et, humiliée, courbée en deux, manquant d'air, elle chercha à tâtons le bouton d'ouverture de la porte et s'enfuit dans le couloir.

32

Elle fit quelques pas en titubant, les bras serrés contre sa poitrine, puis ses jambes l'abandonnèrent et elle s'effondra contre le mur. L'instant d'après Archie était près d'elle. Il posa une main sur son épaule, un geste de réconfort dénué de toute charge sexuelle. Elle n'avait pas l'habitude et se détourna, pressant son front contre les parpaings du mur pour cacher ses larmes et son visage congestionné, barbouillé de rouge à lèvres. Archie la contourna et vint s'appuyer contre le mur avant de plonger les mains dans ses poches et d'attendre. Une porte qui claque, une cavalcade, et Henry débloula dans le couloir suivi d'un garde et de l'avocat. Mon Dieu, ils avaient tout vu, elle aurait voulu mourir.

— Lâchez-nous une seconde, leur lança Archie.

Ils battirent en retraite et regagnèrent la salle de surveillance, sauf le garde qui jeta des regards gênés autour de lui avant de se glisser dans la pièce où se trouvait toujours Gretchen. Lorsqu'ils furent seuls, Archie demanda :

— Quand est-ce que ça a commencé ?

Le mur, couvert d'une peinture grise brillante, lui fit penser à un ciel d'hiver lorsque les nuages semblent solides, comme un dais de cendres.

— Quand j'avais quinze ans. J'ai arrêté quand je suis partie à la fac.

Elle rassembla sa dignité, se redressant de toute sa taille, le menton levé.

— J'étais précoce et consentante.

— Légalement, ça ne tient pas.

Elle vit le visage d'Archie changer de couleur en essayant de dissimuler sa frustration, les poings serrés dans les poches de son pantalon.

— Vous auriez dû le dire. Vous avez pensé que toutes les victimes sont des gamines de quinze ans ? Et toutes violées.

Susan se recroquevilla sur elle-même.

— Il ne m'a pas violée. Je voulais vous le dire, mais ça ne m'a pas paru important. Vous l'auriez harcelé. Il aurait perdu son boulot. En plus vous avez dit qu'il avait un alibi.

— Le détournement de mineur est un crime. S'il n'y avait pas prescription, j'irais l'arrêter immédiatement. Quelqu'un était au courant ? Vos parents ?

— Felicity ? dit Susan en riant tristement. Elle ne savait rien. Elle aurait probablement été d'accord. Elle a toujours détesté les conventions.

Archie la regarda d'un air sceptique, soudain elle comprit qu'elle se trompait.

— Non, elle aurait été révoltée. Elle aurait tout fait pour qu'il aille en tôle. Mais elle ne savait rien. Je ne lui ai rien dit.

Elle frappa le mur de ses poings jusqu'à ce que le ciment lui écorche la peau.

— Je crois que je lui en voulais de ne pas avoir deviné.

— Il y avait d'autres filles ?

— Pas que je sache.

— Je ne peux pas oublier cette conversation, Susan.

Il faut que je fasse un rapport. Je ferai tout ce que je pourrai pour qu'il soit viré.

— C'était il y a dix ans, plaida-t-elle. Je l'ai dragué. Mon père venait de mourir et j'avais besoin de réconfort. Paul était mon prof préféré, ce n'était pas sa faute, et je n'étais plus vierge.

— Il était adulte. Il n'aurait pas dû.

Susan entreprit de se redonner visage humain. Elle essuya ses larmes et coinça ses mèches emmêlées derrière ses oreilles.

— Si vous le dénoncez, je nierai. Et Paul aussi.

Elle se mordit la lèvre si fort qu'elle crut la faire éclater.

— Je voulais juste expliquer.

— Expliquer quoi ?

Elle détourna les yeux, les doigts écartés comme pour attraper les mots justes. Elle avait les jointures rouges d'avoir frappé le mur.

— Pourquoi je suis comme je suis. Tout ce qu'elle a dit. C'est vrai.

Archie la regarda dans les yeux.

— Gretchen dit beaucoup de choses dans l'espoir qu'une ou deux vont faire mouche et vous faire souffrir. Croyez-moi, je le sais. Ne lui donnez pas ce pouvoir. Et ne le donnez pas à Reston non plus. C'est un salaud. Les adultes ne devraient pas coucher avec des gamines. Ceux qui le font ont de gros problèmes.

Il se pencha vers elle, si près qu'un instant elle eut envie de blottir sa tête contre son épaule.

— Et ces problèmes sont les leurs, pas les vôtres.

— C'est de l'histoire ancienne.

Archie lui prit délicatement les poignets et lui écarta les mains, découvrant son visage baigné de larmes.

— Il faut que j'y retourne maintenant, et ça va durer un moment. Pourquoi n'iriez-vous pas m'attendre dehors ?

— Je ne peux pas rester dans la salle de surveillance ?

Il leva la main et essuya une larme qui s'attardait sur la joue de la jeune femme.

— Gretchen va me faire des aveux. Tous les détails sur la façon dont elle a torturé Gloria. Il n'est pas nécessaire que vous entendiez cela si vous n'y êtes pas obligée.

Il lui donna une dernière tape sur l'épaule et partit rejoindre Gretchen. Elle le regarda s'éloigner, un bras tendu, caressant les parpaings du bout des doigts.

Elle se demanda s'il se shootait tout le temps, ou juste le dimanche, et elle décida que ce n'était pas le moment de poser la question.

Le garde sortit dès qu'Archie entra dans la pièce. Gretchen n'avait pas bougé, détendue, les mains menottées croisées sur un genou, apparemment fort peu troublée ou impressionnée par l'éclat de Susan. Le petit enregistreur était toujours sur la table, là où la journaliste l'avait laissé. Il continuait de tourner. Archie tira la chaise métallique et s'assit en face de Gretchen. Puis, évitant de croiser son regard, il tendit la main, arrêta l'appareil, et le glissa dans la poche intérieure de sa veste. Il avait encore la trace des larmes de Susan sur les doigts.

— Vous pouvez me dire comment vous avez su pour Reston ?

Elle le regarda d'un air innocent.

— Coup de chance.

— Vous êtes intuitive, pas médium.

Elle roula des yeux et lui adressa un demi-sourire las.

— Elle a raconté l'histoire de la mort de son père dans le *Herald* il y a un an environ. Et puis regarde-la. Ses cheveux roses. Ses vêtements. Elle a fait un arrêt de croissance. Ça sent l'abus sexuel à plein nez. Sa façon de te regarder, ce besoin d'un père qui la serre dans ses bras et la protège. C'était évident. Je n'avais plus qu'à trouver le bon prof. En général, mon chéri, c'est le prof d'anglais ou le prof de théâtre.

Le sang lui battait les tempes. Il se frotta les yeux avec le pouce et l'index.

— C'est une coïncidence, mais ça pourrait avoir un lien avec l'affaire sur laquelle je travaille.

— Tu es fatigué.

Elle ne risquait pas de se tromper.

— Plus que vous ne l'imaginez.

— Tu devrais peut-être augmenter ton traitement antidépresseur.

— Pour l'ordonnance, je m'en remettrai à Fergus, merci.

Elle posa les coudes sur la table et appuya son menton sur ses mains menottées, puis elle jeta un coup d'œil à la fenêtre d'observation avant de concentrer son attention sur Archie.

— J'ai sorti son petit intestin. J'ai fait une incision de deux centimètres dans la paroi abdominale, puis je lui ai sorti l'intestin centimètre par centimètre avec un crochet en le décollant du péritoine au fur et à mesure. Il faut un crochet assez gros pour attraper l'intestin, parce que ça glisse, mais il ne faut pas le perforer.

Durant ses confessions, elle ne détournait pas le regard. Elle gardait les yeux rivés sur Archie, toujours. Jamais elle ne regardait ailleurs pour faire revenir un souvenir, jamais elle ne semblait révulsée par ce qu'elle avait fait, jamais elle ne lui laissait un instant de répit.

— Sept mètres. C'est ce qu'on dit. Je n'ai jamais réussi à en sortir plus de trois.

Elle sourit et se passa la langue sur les lèvres.

— C'est beau, tu sais. Si rose, si fin. Comme un

enfant qui attendrait de venir au monde. Et puis l'odeur métallique du sang. Tu t'en souviens, mon chéri ?

Elle se pencha en avant, les joues rouges de plaisir.

— Quand elle m'a suppliée d'arrêter, j'ai commencé à la brûler.

Il s'efforçait de ne pas entendre, de se fermer, d'ignorer les images qu'elle essayait de lui imposer. Il la regardait. Elle était si belle. Si seulement il avait pu réussir à ne plus l'entendre, il aurait pu profiter du spectacle. Il aurait pu se contenter de rester assis et d'admirer une femme superbe. Mais il devait se montrer prudent. Éviter que ses yeux quittent son visage et s'attardent sur son cou, son décolleté, ses seins.

Elle le savait, bien sûr. Elle savait tout.

— Tu m'écoutes ? demanda-t-elle, un sourire aguicheur aux lèvres.

— Oui, j'écoute, dit-il en sortant la boîte de pilules de sa poche et en la posant sur la table.

33

Susan se détacha de Ian et se laissa rouler sur le dos. Aussitôt rentrée elle l'avait appelé, et moins d'une heure après il était là. Elle avait englouti son sexe dans sa bouche avant même de lui dire bonjour. Elle ne connaissait rien de mieux que faire l'amour pour soulager le stress, et si Gretchen Lowell n'était pas d'accord, elle pouvait aller se faire foutre.

Il récupéra ses lunettes sur la table de chevet et demanda :

— Alors ça a été ?

Elle n'envisagea pas une seconde de lui parler de Reston, ni de la manière dont Gretchen l'avait percée à jour sans même en avoir l'air.

— Ça aurait pu mieux se passer.

Elle fourragea dans sa table de chevet jusqu'à ce qu'elle trouve un joint à moitié fumé dans une soucoupe. Elle l'alluma et inspira profondément. Elle aimait fumer nue. Elle se sentait libre.

— Tu n'as jamais pensé que tu fumais trop ?

— On est en Oregon. L'herbe est notre principal produit d'exportation. Je soutiens nos agriculteurs, dit-elle en souriant.

— Tu n'es plus à la fac, Susan.

— Justement. À la fac tout le monde fume, c'est complètement banalisé. Mais fumer de la dope après la fac, ça demande un certain niveau d'engagement. D'ailleurs ma mère continue d'en fumer.

— T'as une mère ?

— Je te présenterais bien, mais elle se méfie des hommes qui ne portent pas la barbe.

Ian trouva son caleçon à côté du lit et l'enfila. Il ne paraissait pas trop déçu de ne pas connaître Felicity.

— Cette reine de beauté tueuse en série t'a appris quelque chose ?

Susan sentit une vague de nausée l'envahir en repensant à sa confrontation avec Gretchen, mais elle réussit à la repousser.

— Il t'a fallu un moment pour demander.

— Je la jouais cool. Comme si ton corps m'intéressait davantage que l'article le plus sensationnel que j'aie jamais publié.

Ravie du double compliment, Susan prit une pose à la *Playboy*, reins cambrés, seins en avant, une main sur la hanche.

— Comme si ?

— Alors, qu'est-ce que t'as appris ?

Elle sentit son estomac se nouer. Elle roula sur le ventre en travers du lit et tira une couverture sur sa nudité.

— Que je suis nulle comme journaliste. Je l'ai laissée me déstabiliser complètement.

— T'as quand même de quoi écrire un article, non ? Tu as affronté le regard froid de la mort, ce genre de truc.

Elle se redressa sur les coudes, le pétard pendant au bord du lit. Un petit bout de cendre se détacha et vint atterrir en douceur sur l'un des tapis persans du Grand Écrivain. Elle le regarda tomber sans esquisser le moindre geste pour le ramasser.

— Ah ouais ! elle a donné un autre corps. Une étudiante du Nebraska.

Elle revit le sourire de la fille. Son bras autour de l'épaule d'une amie disparue au hasard du découpage de la photo. Elle se secoua mentalement et tira une autre bouffée du joint.

— Ils l'ont trouvée enterrée dans une vieille tombe dans un cimetière à l'écart de l'autoroute.

L'herbe arrondissait les angles et elle sentait le stress de la journée abandonner son corps. Et avec le stress, le besoin d'avoir Ian à ses côtés.

— Tu ne crois pas que tu devrais rentrer ?

Il s'était réinstallé sur le lit, les pieds croisés.

— Sharon est à la mer. Je ne peux pas rester la nuit ?

— Il faut que je me lève de bonne heure demain matin. Claire Masland vient me chercher.

— Tu sais que c'est une gouine ?

— Pourquoi ? Parce qu'elle a les cheveux courts ?

— Je disais ça comme ça.

— Rentre chez toi, Ian.

Il bascula, posa les pieds par terre et chercha ses vêtements. Il enfila une de ses chaussettes noires.

— Je croyais t'avoir dit de laisser tomber l'affaire Molly Palmer, dit-il en enfilant l'autre chaussette tout en évitant de regarder Susan.

Molly Palmer ? Elle fut interloquée.

— Bon, tu m'as eue, dit-elle en levant les mains pour faire semblant de se rendre. J'ai laissé deux ou trois messages à Ethan Poole.

— Je te parle de Justin Johnson, répliqua-t-il d'un ton agacé.

Il fallut un moment à Susan pour comprendre. *Justin Johnson ?* Puis la lumière se fit. *Putain de merde !* Elle avait toujours pensé que Justin était lié à l'affaire de l'Étrangleur de Cinq Heures. Elle s'était trompée d'affaire. Il n'avait rien à voir avec Lee Robinson, rien à voir avec Cleveland.

— Qu'est-ce que Justin Johnson a à voir avec Molly Palmer ?

— Tu ne sais pas ? dit-il en riant.

Elle se sentait stupide, et encore plus stupide de se sentir stupide.

— Que se passe-t-il, Ian ?

Il se leva et enfila son jean noir.

— Ethan a donné tes messages à Molly. Elle a appelé l'avocat du sénateur. L'avocat a appelé Howard Jenkins...

Il remonta sa fermeture Éclair, boutonna son jean, puis se baissa pour ramasser sa ceinture et entreprit de la faire glisser dans les passants du pantalon.

— ... Jenkins m'a appelé. Je lui ai dit que tu ne travaillais plus sur cette histoire, mais apparemment la mère du petit Justin a engagé un privé pour le surveiller. Elle pense qu'il deale. Et qui se pointe au lycée pour lui parler ? Susan Ward du *Herald*. Ils ont reconnu tes cheveux roses.

Il enfila une Converse noire et la laça.

— Maintenant tout le monde s'imagine que tu es sur cette histoire et que le scandale va éclater.

Deuxième Converse.

— Alors l'avocat accouche d'une idée brillante : il te glisse un mot avec le numéro du dossier judiciaire de Justin. Il pense que si tu apprends que le petit salopard a un casier, tu seras moins tentée de croire ses histoires.

— Sérieux ? Le mec était vraiment avocat ?

Ian se redressa, à moitié habillé.

— Tu vas nous faire virer tous les deux. Tu sais ça, hein ?

Susan se mit à quatre pattes, puis s'assit, oubliant la couverture qui tomba sur sa taille.

— Qu'est-ce que Justin sait de Molly Palmer?

— C'était le meilleur ami du fils du sénateur. Inséparables quand ils étaient gosses. Molly les gardait tous les deux. Je suppose qu'il a vu ou entendu des choses qu'il n'aurait pas dû. Tu connais peut-être le nom de jeune fille de la mère de Justin, Overlook?

Susan se sentit défaillir.

— Comme les propriétaires du *Herald*?

— C'est une cousine.

— Lodge est coupable, n'est-ce pas?

— Sans aucun doute, mais ce n'est pas une histoire qui risque de faire le tour de la ville.

Il tendit le bras et prit une cassette dans la poche de sa veste de laine grise.

— Tiens, dit-il en la lançant sur le lit.

— Qu'est-ce que c'est?

— L'enregistrement du 911. À ta place je me concentrerais sur l'histoire qu'on va publier et j'embrasserais le gars qui me l'a apportée.

Elle prit la cassette et la retourna dans sa main.

— Merci.

— Ne me remercie pas, remercie Derek. Il a passé une journée entière à la chercher.

Ian tira sur son T-shirt de l'école de journalisme de Columbia pour le défroisser et ajouta :

— Je crois qu'il en pince pour toi.

Elle tira une autre bouffée de son joint et aspira la fumée.

— Eh bien! le jour où je voudrai baiser un ancien champion de foot BCBG, je saurai à qui appeler.

— Qui appeler, la corrigea Ian.

Une fois Ian parti, Susan s'assit en tailleur sur le lit. Le pire, c'était que l'histoire de Molly Palmer comptait vraiment. Il ne s'agissait ni d'exploitation ni de publicité.

Ce n'était pas une de ces histoires jetables. Elle pouvait changer des choses. Une adolescente avait été abusée, et l'homme responsable faisait tout pour couvrir les faits. Un homme de pouvoir. Un homme élu par des gens qui avaient le droit de savoir qu'il était capable d'abuser de ce pouvoir pour violenter une gamine de quatorze ans. Bien sûr elle avait peut-être un compte personnel à régler. Pour l'instant elle venait à la fois de débusquer l'affaire Molly Palmer et de la perdre. Justin se trouvait à Palm Springs, ou ailleurs. Molly refusait de parler et Ethan ne la rappelait pas. Elle voulait coincer le sénateur Lodge. Elle le voulait beaucoup plus que Ian ne l'imaginait. Peu lui importait de perdre son job. Elle allait faire payer quelqu'un. Elle regarda la cassette, l'enregistrement de Gretchen. Et alors un désir soudain l'envahit, désir qui lui était totalement inconnu. Elle se moquait des prix, des articles. Elle se moquait d'écrire un livre. Elle se moquait d'impressionner Ian ou pas. Pour la première de sa vie professionnelle, elle voulait être une bonne journaliste.

Elle alla à pas de loup jusqu'au salon et mit la cassette dans le lecteur. Elle avait lu la transcription des dizaines de fois, mais c'était pourtant excitant de découvrir la réalité. Elle appuya sur PLAY.

— 911. Quelle est la nature de votre urgence ?

— Je m'appelle Gretchen Lowell. Je vous appelle pour le compte du détective Archie Sheridan. Vous savez qui je suis ?

— Euh… oui.

— Bon. Votre détective doit être transporté d'urgence dans un centre de traumatologie. Je suis au 2339 Magnolia Lane, à Gresham, au sous-sol. Il y a une école deux rues plus loin où vous pourrez poser un hélicoptère. Si vous arrivez dans les vingt minutes, il a une chance de ne pas mourir.

Susan se frictionna les bras. Elle avait la chair de

poule. Gretchen paraissait si calme. Lorsqu'elle l'avait imaginée dans sa tête, sa voix était plus paniquée, plus inquiète. En fait, elle se rendait, elle jetait l'éponge. Elle aurait pu être tuée. Pourtant sa voix ne trahissait aucune émotion. Elle ne bafouillait pas, ne cherchait pas ses mots. Elle était directe, précise, professionnelle. On aurait dit qu'elle avait répété.

Archie ne demanda pas à Henry de l'accompagner chez Reston. C'était dimanche soir et il avait déjà assez mauvaise conscience de le traîner chaque week-end au pénitencier, même s'il savait que son ami ne l'aurait pas laissé y aller seul. Il voulait aussi, dans la mesure du possible, protéger la vie privée de Susan. Il se fit donc déposer chez lui. Il se sentait fatigué et apathique à cause des cachets, et il se fit du café. Ensuite il vérifia sa boîte vocale. Aucun message, Debbie n'avait pas rappelé. Il ne pouvait pas lui en vouloir. C'était une erreur de lui parler le dimanche. Il s'était promis de compartimenter sa vie, de ne pas mélanger Debbie et Gretchen. Sinon ça ne pourrait pas marcher. Mais il était égoïste. Il avait besoin de Debbie, d'entendre sa voix, de se souvenir de son ancienne vie. Pourtant il faudrait que cessent ces coups de téléphone. Tous deux le savaient. Ils ne faisaient que prolonger la douleur de leur cauchemar émotionnel. Il allait arrêter, mais pour l'instant il s'en sentait incapable.

Il appela Claire. Aucune avancée. La hot-line restait muette. Même les mauvais plaisants prenaient leur dimanche. Cela faisait quatre jours qu'ils avaient découvert le corps de Kristy Mathers, ce qui voulait dire que le tueur allait se remettre en chasse. Il resta assis dans sa cuisine et but la moitié de la cafetière, ne s'arrêtant que le temps de remplir sa tasse. Quand il se sentit revigoré il avala deux Vicodine et appela un taxi.

Reston habitait Brooklyn, un quartier au sud de

Cleveland. Les petites maisons victoriennes et les duplex des années quatre-vingt s'y pressaient dans un fouillis d'arbres et de fils téléphoniques. Un quartier agréable et sûr.

Archie demanda au chauffeur d'attendre, puis il descendit et entreprit de grimper les marches moussues qui menaient en haut de la petite colline jusqu'à la maison basse de Reston. C'était la fin de l'après-midi et, alors que les maisons de l'autre côté de la rue brillaient encore au soleil, de longues ombres rayaient celle de Reston et ses voisines. Il était sur la terrasse et peignait une porte posée sur deux tréteaux. Il portait des vêtements de travail, un pantalon maculé de peinture, un vieux pull gris et une casquette de baseball des Mariners. Il avait l'air détendu, prenant manifestement plaisir à sa tâche. Il leva les yeux en apercevant Archie, mais sans cesser de peindre. Bien sûr il savait que cet homme était flic. Archie avait un look de flic, peu importait comment il était habillé. Il n'en avait pas toujours été ainsi. Au début tout le monde était étonné d'apprendre ce qu'il faisait. Il ne savait pas trop quand le changement était intervenu. Simplement, un jour, il avait remarqué qu'il rendait les gens nerveux.

Arrivé sur la terrasse il s'assit sur la dernière marche et s'appuya contre le poteau carré, à deux mètres de l'endroit où Reston était penché sur sa porte. Une vieille glycine, les branches grosses comme des poignets d'homme, grimpait le long du poteau.

— Vous avez lu *Lolita* ? demanda Archie.

Reston plongea son pinceau dans un pot de peinture blanche et le fit glisser sur la porte. Les odeurs de peinture masquaient toutes les autres.

— Qui êtes-vous ?

— Détective Sheridan, dit Archie en montrant son badge. J'ai quelques questions à vous poser à propos d'une de vos anciennes élèves, Susan Ward.

Le prof jeta un coup d'œil au badge. Personne ne prenait jamais la peine de le regarder de près.

— Elle vous a dit que nous avions couché ensemble ?

— Ouais.

Reston soupira et se baissa pour placer les yeux au niveau de la porte. Il remit une couche en croisant rapidement la peinture.

— C'est officiel ?

— Je suis officier de police. Je ne fais pas dans l'officieux.

— Elle est perturbée.

— Vraiment ?

Un peu de peinture avait coulé et Reston fit glisser le pinceau sur le bois jusqu'à ce que la surface soit parfaitement lisse.

— Vous êtes au courant pour son père ? Il est mort pendant son année de seconde. Ça a été très dur pour elle. J'ai essayé de l'aider, et je crois qu'elle a mal compris l'intérêt que je lui portais. Elle a fantasmé.

— Vous dites que vous n'avez jamais eu de rapports sexuels ?

Reston expira, regarda un moment dans le jardin, puis replaça soigneusement le pinceau sur le pot. Celui-ci était posé sur une page du *Herald*, si bien que le filet de peinture qui s'égouttait du pinceau formait une petite mare sur le journal. Il fit face à Archie.

— Bon, d'accord, je l'ai embrassée. Une fois. Une erreur de jugement. Je n'ai jamais recommencé. Quand je l'ai repoussée, elle a lancé une rumeur. J'aurais eu une liaison avec une autre élève. J'aurais pu me faire virer. Mais il n'y avait aucun fondement. Il n'y a pas eu d'enquête. Tout le monde savait que c'étaient des bobards. Susan était…

Il sembla fouiller l'air de la main pour trouver le mot juste.

— … Susan était… abîmée. Elle était déchirée après la mort de son père et elle se vengeait. Mais je l'aimais bien. Je l'ai toujours bien aimée. C'était une gamine charmante, révoltée, bourrée de talent. Je comprenais sa douleur et j'ai fait tout ce que j'ai pu pour l'aider.

— Quelle incroyable générosité !

— Je suis un bon prof, pour ce que cela vaut. Et ça ne vaut plus grand-chose de nos jours.

— Il vous est arrivé d'embrasser Lee Robinson ?

Reston fit un pas en arrière, bouche bée.

— Mon Dieu, non ! Je la connaissais à peine. J'étais en répétition quand elle a disparu. Tout ça a été vérifié.

Archie hocha la tête comme pour lui-même et adressa un sourire à Reston.

— Bon, d'accord. Pourrais-je avoir un verre d'eau ?

C'était une ficelle un peu grosse pour aller jeter un coup d'œil à l'intérieur, mais si le prof refusait, cela voudrait dire qu'il avait quelque chose à cacher. Il dévisagea Archie un moment, puis se leva, secoua quelques saletés de son pantalon maculé, tapa ses pieds sur le paillasson et fit signe à Archie de le suivre. Ils traversèrent un petit dressing, la salle à manger et le salon pour gagner la cuisine. Archie fut frappé par l'ordre extrême qui régnait partout : pas de pagaille, chaque chose à sa place, plans de travail impeccables, pas de vaisselle dans l'évier.

— Vous avez été marié ? demanda Archie.

Reston prit un verre dans un placard et le remplit au robinet. Au-dessus de l'évier était accrochée la photo encadrée d'une pin-up blonde.

— Elle m'a quitté et m'a pris tout ce que j'avais, dit-il en tendant le verre à Archie.

— Vous avez une copine ?

— Pas pour l'instant. Ma dernière liaison s'est terminée brutalement.

— Vous l'avez tuée ?

— C'est censé être drôle ?

— Non.

Archie but une autre gorgée, puis vida son verre et le tendit à Reston qui le rinça immédiatement et le rangea dans le lave-vaisselle. Le détective remarqua une deuxième pin-up sur l'autre mur de la cuisine. Elle portait un short minuscule, un chemisier moulant et était perchée sur d'invraisemblables hauts talons, dos cambré, sourire racoleur aux lèvres.

— Vous aimez les blondes ?

— Pour l'amour du ciel, cria Reston en se passant une main nerveuse dans les cheveux, qu'est-ce que vous me voulez ? Je suis prof. J'ai répondu à vos questions. J'ai déjà été interrogé par deux flics. Je vous ai fait entrer chez moi. Vous allez m'arrêter ?

— Non.

— Alors merde, foutez-moi la paix !

— D'accord, dit Archie en repartant en sens inverse.

En traversant la maison, Reston sur ses talons, Archie chercha des indices pour mieux comprendre l'homme et essayer d'y voir plus clair. L'habitation avait une centaine d'années, mais était décorée années cinquante. Les éclairages d'origine avaient été remplacés par des éléments en chrome style conquête de l'espace qui paraissaient aussi rétro que futuristes. Le mobilier de la salle à manger semblait fait de plastique épais. Sur la table un bouquet de jonquilles trônait dans un vase rouge. Archie n'aurait su dire si tout cela avait coûté cher ou venait tout droit de chez Ikéa, mais l'ensemble ne manquait pas de classe. Le salon faisait moins magazine de décoration. Le canapé aurait pu être récupéré dans une brocante. Son galon doré s'était détaché par endroits et pendait lamentablement. Un fauteuil couvert de velours vieux rose et une ottomane complétaient le décor. On aurait dit que quelqu'un s'était proposé pour aider Reston à refaire la décoration mais que le projet n'avait pas abouti. L'ensemble était toutefois moins moche que la sinistre location d'Archie. La bibliothèque était d'origine et il promena son regard sur les étagères. Juste quelques livres, parfaitement alignés. Mais Archie aurait reconnu cette reliure entre mille : *La Dernière Victime*. Cela ne voulait rien dire. Beaucoup de gens avaient acheté ce livre.

— Écoutez, Susan était très aguicheuse au lycée. Il se peut qu'elle ait couché avec un prof. C'est fort possible. Mais je vous dis que ce n'était pas moi.

— D'accord, répondit Archie en pensant à autre chose, ce n'était pas vous.

— Où on va ? demanda le chauffeur de taxi.

— Attendez un peu.

Le taxi était non fumeur mais il empestait l'odeur de tabac froid et de désodorisant. Personne ne respectait jamais les règles. Archie dégaina son portable et appela Claire.

— Je veux que les alibis de Reston soient vérifiés et qu'il soit surveillé. Et quand je dis surveillé, je veux être prévenu même s'il ne fait qu'envisager de sortir de chez lui.

— J'envoie Heil et Flannigan.

— Parfait, lâcha Archie en s'enfonçant dans la banquette en skaï poisseux du taxi. Je les attends.

Le temps qu'il rentre chez lui, il faisait nuit. Toujours pas de messages. Il décida de ne pas refaire de café et opta pour une bière. Est-ce que Susan mentait ? Non. Est-ce qu'elle avait pu se convaincre elle-même que son histoire était vraie ? Peut-être. Dans un cas comme dans l'autre, Gretchen avait raison. Il trouvait vaguement réconfortant qu'elle soit capable de percer n'importe qui à jour. Ce n'était pas lui qui souffrait d'une faiblesse intrinsèque. Il regarda le visage heureux de Gloria

Juarez. Un nouveau mystère résolu, c'était déjà ça. Il lui toucha le front et recula. Quarante-deux photos étaient épinglées sur le mur de sa chambre. Des photos d'identité, des clichés familiaux, des photos de classe qui le dévisageaient. Quarante-deux familles en attente d'une réponse. Une mise en scène atroce, horrible, mais il s'en moquait. Il avait besoin de les voir toutes pour se donner une raison d'aller à la prison semaine après semaine. C'était ça ou reconnaître que Gretchen exerçait sur lui une attraction plus que trouble.

Le sang lui battait les tempes et son corps se faisait lourd et fatigué. Mais une nouvelle semaine allait commencer, les filles allaient retourner au lycée, et le tueur allait se remettre en chasse.

Il vida les comprimés sur la table de toilette et les aligna par type. Puis il enleva sa chemise, son maillot de corps et son pantalon, jusqu'à se retrouver assis sur le bord du lit, entièrement nu. Il y avait un grand miroir carré au-dessus de la table dans lequel il voyait le haut de son buste. Les cicatrices qui avaient longtemps été de grossiers sillons violacés étaient à présent d'un blanc quasi translucide. Il commençait à les considérer comme faisant partie intégrante de son corps. Ses doigts trouvèrent le cœur et caressèrent la chair boursouflée et sensible, lui envoyant des frissons le long des cuisses.

Il s'allongea et laissa le souvenir de l'odeur de Gretchen l'envahir. Le parfum de lilas, son haleine contre son visage, ses doigts sur sa peau. Sa main descendit plus bas. Il avait longtemps résisté. Jusqu'à ce que Debbie et lui se séparent. Puis il s'était retrouvé seul, incapable de ne pas penser à Gretchen. Chaque fois qu'il fermait les yeux elle était là, sa présence fantomatique le réclamait, sa beauté lui coupait le souffle. Jusqu'au jour où il avait fini par céder et l'avait attirée à lui, sur lui. Il savait qu'il avait tort, que c'était pervers. Mais il était malade, il avait besoin d'aide, et personne ne pouvait l'aider. Alors quelle importance ? Tout cela était virtuel.

Devant lui, les cachets le narguaient. Il n'y en avait pas assez pour le tuer, mais il en avait d'autres dans la salle de bains. Parfois, la nuit, cette pensée lui procurait un réconfort glacial.

34

Susan avait grincé des dents toute la nuit. Elle s'en rendit compte dès son réveil car elle pouvait à peine bouger les mâchoires ou ouvrir la bouche, et ses dents lui faisaient mal comme si elle avait mâché des graviers pendant des heures. Elle se mit une compresse chaude sur le visage jusqu'à ce que ses muscles endoloris se détendent et que la douleur la quitte. Mais la chaleur lui laissa le visage rouge et brûlant.

Il faisait à peine jour et, dans le journal, les prévisions météo alignaient une série de soleils souriants sur des carrés de ciel bleu. D'ailleurs des lambeaux de ciel bleu apparaissaient derrière les immeubles en briques, verre et acier de Pearl District. Susan s'en moquait. Les gens n'appréciaient la pluie qu'une fois qu'elle avait cessé.

Assise sur son lit, elle observait les piétons qui se pressaient dans la rue, leur gobelet de café à la main. Elle aurait dû être au travail. Le prochain article devait sortir le lendemain. Mais le magnétophone qu'Archie avait récupéré n'avait pas quitté sa table de chevet, et elle n'avait pas encore écouté l'enregistrement de sa rencontre avec Gretchen. Le seul fait d'y penser lui retournait l'estomac.

Claire sonna à 8 heures précises. Anne Boyd l'accompagnait. En dépit des prévisions estivales, Susan portait ce qu'elle considérait comme sa tenue de flic-reporter : pantalon noir, élégant chemisier noir et trench marron tout simple. Peu lui importait qu'il fasse presque vingt degrés, elle aimait ce manteau. Claire, à son habitude, était habillée comme si elle partait aux sports d'hiver. Quant à Anne, elle portait un chemisier rayé noir et blanc, un pantalon noir et ses bottes léopard. Une douzaine de bracelets en or lui enserrait les poignets.

— J'adore vos bottes, lui dit Susan.

— Pas étonnant, elles sont fabuleuses.

— Toutes les deux, vous allez vous entendre, soupira Claire avant de présenter les deux femmes l'une à l'autre.

Puis elles descendirent rejoindre la Chevy Caprice de service de la détective.

L'idée était de vérifier le dispositif de sécurité des cinq lycées publics. Beaucoup de parents avaient gardé leurs filles à la maison et on avait conseillé aux élèves de ne pas aller au lycée ou d'en revenir à pied, ou en tout cas, de ne pas le faire seule. Toute la ville était sur les dents. La tension était si palpable que Susan avait l'impression que les gens attendaient qu'une autre gamine soit enlevée afin de pouvoir suivre l'enquête à la télévision. Un bon kidnapping suivi d'un meurtre constituait un excellent spectacle, à condition que cela n'empêche pas de regarder quelque chose de plus intéressant.

Elles passèrent d'abord à Roosevelt High. Claire avait acheté une tasse de café au kiosque à côté de chez Susan, et l'arôme flottait dans la voiture, faisant saliver la journaliste. Elle sortit son carnet et le posa sur ses genoux. Elle détestait être à l'arrière, elle se revoyait enfant. Elle défit sa ceinture de sécurité afin de pouvoir se pencher entre les deux sièges pour mieux poser ses questions.

— Tss-tss, la gronda Claire, la ceinture.

Elle soupira, se cala au fond du fauteuil et remit sa ceinture. Les sièges avant étaient en tissu bleu clair, mais la banquette arrière était en skaï. Plus facile à nettoyer si quelqu'un venait à vomir.

— Alors ce type, demanda-t-elle à Anne, vous pensez que c'est un malade ?

— Si vous voulez mon avis, il doit avoir un ou deux problèmes.

— Il va tuer une autre gamine ?

Anne se retourna pour regarder Susan, l'air sceptique.

— Pourquoi s'arrêterait-il ?

Roosevelt était un grand bâtiment en briques posé sur une vaste pelouse verte et orné de colonnes blanches et d'un clocher. Il n'était pas sans rappeler Monticello.

— On aurait dû le baptiser Jefferson, plaisanta Susan.

— Je vais vérifier que tout va bien. Vous m'attendez ici ? demanda Claire.

Susan sauta sur l'occasion d'être seule avec Anne.

— Pas de problème.

Elle défit sa ceinture et se pencha entre les deux sièges pour se retrouver à quelques centimètres d'Anne. Claire descendit du véhicule et s'approcha de l'une des voitures de police.

— Alors, vous croyez qu'il travaille dans un des lycées ?

Anne pêcha un Coca light au fond de son sac et l'ouvrit. Un petit jet de liquide brun gicla.

— Je n'en sais rien. Et ne commencez pas à me culpabiliser à cause du Coca. Je n'en bois qu'un par jour. Ça me donne un coup de fouet le matin.

— Je trouve le Coca light absolument délicieux, surtout chaud, mentit Susan. Ça vous plaît, le boulot de profiler ?

Anne sourit et avala une gorgée de son soda.

— Oui. Chaque jour le travail est différent. Et la plupart du temps, je suis bonne.

— Comment êtes-vous arrivée là ?

— J'ai fait médecine. Je voulais être pédiatre. Je les trouvais super. C'étaient les toubibs les plus sympas de l'hôpital. Pas d'ego. Ils ne travaillaient pas pour le fric.

— Donc vous vouliez être pédiatre pour fréquenter d'autres pédiatres ?

Anne rit et fit tinter ses bracelets.

— Au départ, oui. Le jour de ma première garde en tant que pédiatre, j'ai diagnostiqué un lymphome chez une gamine. Stade quatre. Sept ans, absolument adorable. Une de ces gosses hypersensibles. J'étais bouleversée, et quand je dis bouleversée, je veux dire à en pleurer.

Anne se tut un moment, perdue dans ses pensées. Susan entendait le chuintement de son Coca. Puis elle haussa les épaules et reprit.

— Alors j'ai choisi psychiatrie. Les parents de mon mari vivent en Virginie. Il a trouvé un boulot là-bas et, quand j'en ai cherché un, Quantico recrutait des femmes pour les former aux sciences occultes. Il s'est trouvé que j'étais douée.

— Profiler, cela semble un choix curieux si vous vouliez vous tenir à distance de la mort.

— Pas de la mort. De la douleur.

Elle se lécha le pouce et le passa sur une minuscule goutte de Coca qui avait éclaboussé son pantalon noir. Elle regarda par la vitre. Un gamin fila comme une flèche sur son skate. Elle se retourna vers Susan.

— Les victimes dont nous nous occupons sont mortes. Notre travail consiste à empêcher d'autres morts. Nous arrêtons les tueurs. Et je n'ai aucune pitié pour eux.

Susan pensa à Gretchen Lowell.

— Qu'est-ce qui amène quelqu'un à commettre ce genre de crime ?

— On a fait une étude auprès de détenus condamnés pour cambriolage. On leur a tous posé la même question : Est-ce que vous préféreriez vous trouver face à un chien ou face à un type brandissant un revolver. Vous savez ce que la majorité a répondu ? Le type au revolver. Un chien n'hésitera pas. Un chien vous sautera à la gorge. À tous les coups. Huit fois sur dix on peut arracher le flingue des mains du type, ou réussir à s'enfuir. Vous savez pourquoi ?

— Parce que c'est difficile de tirer sur quelqu'un.

Les yeux d'Anne lançaient des éclairs.

— Exactement. Et c'est ce surmoi qui est détraqué chez notre tueur. Je ne crois pas qu'il travaille dans les lycées, mais je l'espère, car si c'est le cas, nous l'attraperons. Sinon, je ne sais pas.

— Et comment ça se détraque ?

Elle esquissa un petit geste avec sa canette.

— La nature, l'éducation, les deux. À vous de choisir.

Susan s'approcha davantage.

— Mais quelqu'un d'extérieur peut le détraquer, ce surmoi, n'est-ce pas ? C'est ce qu'a fait Gretchen Lowell. Comment elle a fait ça ? Comment a-t-elle amené des hommes à tuer pour elle ?

— C'est la reine de la manipulation. C'est souvent le cas chez les psychopathes. Et puis elle a choisi des hommes particulièrement vulnérables.

— Elle les a torturés ?

— Non. Beaucoup plus infaillible. Le sexe.

Soudain Claire apparut à la portière, toute rouge.

— Ce salaud a enlevé une autre gamine cette nuit.

35

La famille d'Addy Jackson habitait une maison en adobe d'un étage sur une colline lotie au bout d'une rue animée du sud-est de Portland. Avec son crépi rose et son toit de tuiles rouges, elle paraissait aussi déplacée au milieu des ateliers d'artisans du quartier qu'entourée comme à présent de voitures de police. Susan remarqua un hélicoptère noir orné du sigle de Channel 12 qui tournait au-dessus du site.

Claire grimpa quatre à quatre les marches en ciment qui serpentaient à flanc de colline pour gagner la maison des Jackson. Anne et Susan suivaient, et Susan tant bien que mal. Il commençait à faire trop chaud pour le trench, mais elle le gardait afin d'avoir son carnet à portée de main dans une des poches. Elle avait l'estomac noué à l'idée de débarquer au milieu d'une tragédie familiale et elle ne voulait pas apparaître comme un vautour en se promenant avec son carnet qui semblait proclamer : *Salut, c'est moi la presse, je viens exploiter votre douleur.* Pour atténuer son malaise croissant elle se répéta : *Je suis une journaliste sérieuse.* Une journaliste. Sérieuse.

La maison grouillait de flics. Elle aperçut Archie dans le salon, accroupi à côté d'un couple effondré qui se tenait la main sur un petit canapé. Les parents le regardaient comme s'il était seul au monde, comme si lui seul pouvait les sauver. Susan se souvint de sa mère regardant le cancérologue de son père avec cette même expression. Il était en phase terminale, lui aussi.

Elle détourna les yeux. La pièce était splendide, meublée en style mission, avec des vitraux et des velours Arts déco. On avait méticuleusement décapé et reverni la frise en bois qui courait autour des niches de la bibliothèque et au-dessus des portes. Quand elle regarda de nouveau Archie, il disait quelque chose aux parents, la main posée sur le bras de la mère, avant de se lever et de se diriger vers l'entrée.

— Elle a disparu ce matin, dit-il dans un murmure. Ils l'ont vue pour la dernière fois hier soir vers 22 heures. La fenêtre de la chambre a été forcée. Ils n'ont rien entendu. La chambre est à l'étage. Aucun vol à signaler. Les gars de la scientifique sont là-haut.

Il avait l'air plus en forme que la veille, plus vif. C'était bon signe. Et puis Susan repensa à ce qu'avait dit Debbie, qu'il dormait comme un bébé après avoir vu Gretchen.

— Comment savait-il où se trouvait sa chambre ?

Un flic portant le gilet de la police scientifique passa et Archie s'écarta de son chemin.

— Les rideaux étaient ouverts, la lumière allumée. Elle faisait ses devoirs. Peut-être qu'il la guettait. Peut-être qu'il la connaît.

— On est sûr que c'est notre type ? demanda Anne, le visage fermé. Ça ne colle pas.

Archie leur fit signe de le suivre dans la salle à manger où il décrocha une photo encadrée pour la tendre à Anne. Elles découvrirent une adolescente aux cheveux châtains et aux yeux écartés.

— Mon Dieu, s'exclama Claire à mi-voix.

— Pourquoi changerait-il son *modus operandi* ? s'interrogea Anne.

— Je comptais sur vous pour me le dire, répliqua Archie.

— Trop de sécurité autour des lycées, suggéra Anne. Il craint de ne pouvoir approcher de ses victimes. Peut-être qu'il l'a suivie jusque chez elle. Mais ça paraît risqué. Il s'affole. Dans l'ensemble c'est plutôt bon signe. Il devient moins prudent. On brûle.

Susan bascula en arrière sur ses talons pour regarder dans le salon où les parents se tenaient toujours immobiles sur le canapé. En face d'eux un détective perché sur l'accoudoir d'une ottomane prenait des notes dans un carnet.

— À quel lycée allait-elle ? demanda Claire.

— À son *alma mater*, dit Archie en désignant Susan.

— Cleveland ?

Susan se sentit défaillir. Une épouvantable certitude l'envahit. Elle sut qu'Archie avait interrogé Paul. Forcément.

— Vous ne croyez pas que…

— Ce n'est pas Reston. Il est sous surveillance depuis hier soir 18 heures. Il n'est pas sorti de chez lui.

Elle sentit sa mâchoire se crisper. Archie avait fait surveiller Paul. Il le traitait en suspect à cause de son pitoyable numéro à la prison. Elle se donna mentalement des coups de pied pour n'avoir pas su fermer sa grande gueule. Elle n'aurait pas dû laisser Gretchen la percer à jour. Elle n'aurait jamais dû accepter d'écrire ces articles. À présent, plus moyen d'arrêter ce qu'elle avait déclenché.

— Vous surveillez Paul ? À cause de ce que je vous ai dit ?

— C'est lui qui correspond le mieux au profil. Mis à part son aptitude infaillible à avoir un alibi à l'heure du crime. Claire, vérifie la surveillance sur Evan Kent.

Ensuite appelle Cleveland. Assure-toi que personne n'est arrivé ce matin couvert de sang et portant une cagoule, on ne sait jamais.

Claire hocha la tête, décrocha son portable de sa ceinture et sortit passer les coups de fil.

Susan regarda Archie à la dérobée.

— Vous êtes allé le voir ?

Il referma son stylo et le glissa dans sa poche.

— Bien sûr. Que pensiez-vous que j'allais faire ?

— Qu'est-ce qu'il a dit ?

— Il a nié.

Elle se sentit rougir et sa voix trembla quelque peu.

— Il se protège. Je vous avais dit qu'il nierait.

— C'est ce que vous m'aviez dit, en effet.

— Kent est chez lui, annonça Claire, mais Dan McCallum n'est pas venu au lycée ce matin.

— Il a combien de retard ? demanda Archie en consultant sa montre.

— McCallum ? dit Susan. Impossible.

— Son premier cours commençait il y a dix minutes, répondit Claire en ignorant Susan. Il n'a pas prévenu qu'il était malade. Le lycée a appelé chez lui. Pas de réponse.

— Ça me paraît louche, dit Archie.

36

McCallum habitait un modeste bungalow années cinquante en briques posé au milieu d'un vaste jardin entretenu avec un soin méticuleux. Deux rangées de rosiers qui recommençaient à bourgeonner après l'hiver bordaient l'allée pavée qui menait à une terrasse cimentée. Seule touche personnelle, la porte rouge vif. Une sonnette qui devait avoir rendu l'âme peu après la construction de la maison était condamnée par une bande adhésive fatiguée. Un *Herald* dans son emballage plastique attendait sur le seuil. Archie frappa si fort à la porte qu'il crut se démettre une phalange. Il appela :

— Dan ?

Puis il frappa de nouveau. La porte était équipée d'une grande fenêtre, mais un rideau la masquait et Archie ne put qu'entrevoir l'intérieur de la maison. Il fit signe aux Hardy Boys de passer par la porte de derrière. Henry se tenait un peu en retrait sur les marches. Claire, qui attendait à côté d'Archie et de Susan, arborant un gilet jaune floqué *Engagez-vous* en lettres noires sur le dos, s'était glissée près d'elle. Archie lui fit signe de se reculer. Puis il dégaina son arme et frappa de nouveau.

— Dan, c'est la police, ouvrez.

Rien. Il essaya d'entrer. La porte était fermée à clé. Un tabby gris apparut et vint se frotter contre ses jambes.

— Bonjour, ma belle, dit-il.

C'est alors qu'il remarqua les traces que l'animal laissait derrière lui. Il s'agenouilla et les examina. Des marques rouge pâle sur le vert foncé brillant de la terrasse.

— Du sang, dit-il à Claire. Vas-y.

Il se redressa et se recula tandis que Claire, se protégeant le visage derrière son bras, frappait violemment la fenêtre de la porte avec la crosse de son pistolet. La vitre explosa en cinq morceaux qui se détachèrent de l'encadrement et tombèrent à l'intérieur dans un fracas épouvantable. Une odeur que tous reconnurent les frappa aussitôt, une odeur de mort. Archie passa le bras et ouvrit la porte. Il se précipita, arme levée.

Il portait un Smith et Wesson .38 Spécial. Il préférait le revolver, plus fiable et qui demandait moins d'entretien, au pistolet automatique. Il n'aimait pas les armes. Il n'avait jamais été contraint d'utiliser la sienne en dehors du stand. De plus il ne voulait pas passer la moitié de son temps assis dans sa cuisine à nettoyer son arme de service. Malgré tout un .38 était moins puissant qu'un 9 mm, et il sentit soudain sa loyauté faiblir.

— Dan, c'est la police. Êtes-vous là ? Nous allons entrer.

Aucune réponse.

La porte ouvrait directement sur un salon qui menait à la cuisine. Archie aperçut les empreintes du chat sur le lino.

— Restez là, ordonna-t-il à Susan.

Puis il fit un signe de tête à Claire et à Henry.

— Prêts ?

Ils hochèrent la tête et il fonça. Archie adorait ce genre de situation. Tous ses cachets ne pouvaient rivaliser avec une poussée naturelle d'adrénaline et d'endorphines. Il sentait une énergie vitale s'emparer de son corps. Sa respiration et son rythme cardiaque s'accéléraient, ses muscles se tendaient. Jamais il ne sentait autant tous ses sens en éveil. Il traversa la maison, enregistrant le moindre détail. Une bibliothèque occupait le côté opposé du salon. Les étagères croulaient sous les livres et tout un fatras : vieilles tasses à café, paperasses, et ce qui ressemblait à du courrier fourré dans le moindre recoin disponible. Quatre fauteuils dépareillés entouraient une table basse carrée où s'entassaient plusieurs couches de journaux. Des gravures de voiliers encadrées et placées l'une au-dessus de l'autre occupaient l'autre côté. Archie parcourut le couloir, dos collé au mur, Claire si près derrière lui qu'il entendait sa respiration. Henry suivait. De nouveau Archie cria :

— Dan, c'est la police.

Aucune réponse.

Revolver levé, il entra dans la cuisine et vit aussitôt d'où provenaient les empreintes sanglantes. Dan McCallum était mort, affalé, la joue sur la table en chêne, la tête baignant dans une mare de sang. Il avait un bras allongé et l'autre replié, le revolver dans la main. Il faisait face à Archie, yeux grands ouverts, mais il n'y avait pas l'ombre d'un doute qu'il était mort depuis des heures.

— Putain de merde, soupira Archie.

Il remit son arme dans son holster, noua ses mains sur sa nuque et se mit à tourner en rond pour évacuer sa frustration. Si McCallum était leur tueur, tout était fini. Mais où se trouvait la gamine ? Il revint à la réalité concrète.

— Appelle les renforts, dit-il à Claire.

Il l'entendit parler dans sa radio derrière lui tandis qu'il s'approchait du corps. Prenant garde de ne pas marcher dans la flaque de sang qui s'était formée sur le lino, il s'accroupit près du cadavre. Il reconnut tout de suite l'arme de McCallum : un .38. Après une blessure

269

au cerveau comme celle-là, le cœur peut continuer de pomper pendant encore une ou deux minutes, ce qui expliquait l'abondance du saignement.

Une fois il avait trouvé le corps d'un homme qui avait donné un coup de poing dans une vitre après une dispute avec sa femme. Il s'était sectionné l'artère du bras et était mort d'hémorragie parce que la femme s'était enfuie et qu'il était trop fier pour appeler une ambulance. Le sang avait giclé dans toute la cuisine et il s'était vidé malgré les torchons qu'il avait essayé d'utiliser comme garrots. Sa femme était revenue le lendemain matin et avait appelé le 911. Archie avait trouvé l'homme mort, écroulé contre un des meubles de cuisine. Le sang avait éclaboussé les rideaux jaunes, les murs blancs, et maculé tout le carrelage. Il n'aurait jamais pensé qu'un corps pouvait en contenir autant. On se serait cru dans *Massacre à la tronçonneuse*.

Une autre cuisine. Il se pencha davantage pour examiner la blessure près de la bouche où la balle était entrée, et celle par où elle était sortie à l'arrière de la tête. Une balle de .38 traverse le crâne tandis qu'une balle de .22 rebondit à l'intérieur. Les yeux noisette de McCallum le dévisageaient, pupilles dilatées, paupières rétractées par la mort. Sa mâchoire s'était crispée en une grimace réprobatrice. La peau de son visage était toute bleue, comme s'il avait posé la tête sur la table pour se reposer après une vilaine bagarre. Il portait un pantalon de survêtement rouge et ce qui semblait être un T-shirt des Cleveland Warriors. Aux pieds, des chaussettes de sport blanches imprégnées de sang. Il n'y avait pas de tasse de café sur la table.

Archie s'intéressa de nouveau au corps. Les empreintes du chat indiquaient qu'il s'était promené sur la table, y laissant des traces de sang mêlées de fins poils gris. Les cheveux bruns au-dessus de la tempe gauche de McCallum étaient mouillés et aplatis là où l'animal semblait l'avoir léché. Pauvre bête ! Les traces partaient de la table et allaient jusqu'à une chatière au bas de la porte de derrière.

Il se releva. Ce n'était plus aussi facile qu'autrefois. Henry avait ouvert la porte de derrière et les Hardy Boys attendaient en compagnie de Susan.

— Remuez toute la maison. Si on a de la chance, elle sera encore ici.

À dire vrai il n'y croyait guère.

— Et appelez la fourrière. Il va bien falloir que quelqu'un s'occupe de ce chat.

37

Susan avait l'impression que tous les flics de la ville avaient fondu sur la petite maison de McCallum. Un cordon jaune fluo entourait le jardin pour tenir à distance la foule des curieux. Un peu plus loin les reporters s'installaient pour faire vivre l'action en direct aux téléspectateurs. Susan, assise sur un banc en fer forgé sur la terrasse, le portable collé à l'oreille, fumait une cigarette tout en expliquant la situation à Ian lorsque les enquêteurs trouvèrent le vélo de Kristy Mathers.

Un flic qui fouillait le garage l'avait découvert, caché sous une bâche bleue, appuyé contre le mur. Un vélo de fille jaune avec une selle banane et la chaîne cassée. Les autres flics accoururent, se grattant la tête, l'air sombre, tandis que les photographes de presse volaient des images digitales et que les voisins prenaient des clichés avec leurs portables.

Susan pensa à Addy Jackson en se demandant où elle se trouvait, et elle se sentit mal. Elle était sûrement morte, à demi enterrée dans la boue de quelque rivière. Devant la maison, lui tournant le dos, Charlene Wood de Channel 8 émettait en direct. Susan n'entendait pas ce qu'elle disait, mais elle imaginait sans peine les descriptions racoleuses et l'hystérie des médias locaux.

Depuis peu elle trouvait l'humanité bien triste. Au bout d'un moment, Archie quitta ses collègues et s'approcha d'elle.

— Vous ne couvrez pas cela ? demanda-t-il en s'asseyant à ses côtés sur le banc.

— Non, c'est de l'info. Il faut un reporter. Ils envoient Parker.

Elle plia les genoux, les remonta contre sa poitrine, et les entoura de ses bras. Puis elle tira une bouffée de sa cigarette.

— Alors il s'est tué ?

— On dirait.

— Je n'ai pas vu de lettre.

— La plupart des suicidés n'en laissent pas. Vous seriez étonnée.

Il se frotta la nuque et regarda dans le jardin.

— Je ne sais trop quoi dire.

— Je l'ai vu l'autre jour, à Cleveland, fit tristement Susan.

— Il a dit quelque chose ?

— Des banalités.

Elle secoua la cendre de sa cigarette à l'extérieur de la terrasse.

— Vous polluez ma scène de crime.

— Oh, merde ! Désolée.

Elle écrasa sa cigarette sur une page de son carnet, replia soigneusement le papier, et mit le tout dans son sac. Elle avait conscience qu'Archie l'observait, mais elle ne pouvait se résoudre à le regarder. Elle se concentra sur ses mains. La peau, autour de la petite blessure due au verre, était rouge, comme si elle s'infectait.

— Vous ne voulez pas me le demander ?

— Quoi ?

Elle porta le doigt à sa bouche et le suçota un moment. Un goût fugace de peau salée et de sang séché.

— Si c'est vraiment arrivé.

Il secoua la tête dans un mouvement à peine perceptible.

— Non.

Bien sûr. Il se montrait délicat. Elle regretta d'avoir écrasé sa cigarette. Elle avait besoin de tripoter quelque chose. Elle s'empara de la ceinture de son trench.

— McCallum dirigeait l'équipe des Olympiades du Savoir. J'ai abandonné la veille de la finale. J'étais la seule qui s'y connaissait en géographie.

Archie hésitait.

— Cette histoire avec Reston. Je vais mettre le lycée au courant. Il ne devrait plus enseigner, pour le moins.

— J'ai menti. J'ai tout inventé.

— Non, Susan, non, dit Archie en fermant les yeux.

— Oubliez tout, le supplia-t-elle. Je me sens déjà tellement stupide. Je suis tellement nulle quand il s'agit des hommes. J'avais le béguin pour lui. J'ai tout inventé. Je voulais que ça arrive. Il ne s'est rien passé.

Elle soutint son regard, l'air implorant.

— Oubliez tout, d'accord ? Je suis une fouteuse de merde, vous n'avez pas idée.

Il secoua la tête.

— J'ai tout inventé.

Il resta immobile.

— Archie, je vous en prie, croyez-moi. C'est tout faux. Je suis une menteuse.

Elle martela chaque mot, chaque syllabe, pour qu'il comprenne.

— J'ai toujours menti.

— D'accord, dit-il en hochant lentement la tête.

Elle avait merdé, comme d'habitude.

— Ne vous en faites pas, je suis une cause perdue, dit-elle en essayant de sourire pour cacher ses larmes. Ma mère pense qu'il me faudrait un gentil garçon avec une voiture hybride.

Il sembla réfléchir à ses paroles.

— La consommation d'essence est un élément important dans le choix d'un compagnon, dit-il en lui souriant doucement. Il faut que je retourne au travail, mais je vais vous faire raccompagner.

— C'est bon, j'ai appelé Ian.

Il se leva et la regarda.

— Vous êtes sûre que ça va ?

Elle lorgna en direction du ciel bleu.

— Vous croyez qu'on va bientôt être débarrassé de ce soleil ?

— Il va pleuvoir, répondit Archie. Il pleut tout le temps.

38

Archie attendait dans le jardin derrière la maison, en compagnie d'Anne et d'Henry, quand le maire arriva avec une demi-page de notes manuscrites, armé pour la conférence de presse. Comme le jardin du devant, celui-ci était tondu au millimètre. Ça devait être un sacré esclavage de garder une pelouse aussi impeccable pendant la saison pluvieuse. Une petite cabane en aluminium occupait un coin dans le fond. La police l'avait vidée et entassé son contenu tout autour. Une clôture en bois surmontée d'un treillis entourait la propriété. Archie vit le maire le repérer et se diriger vers lui. Il portait costume noir et cravate, ses cheveux argentés soigneusement mis en plis. Amigo n'avait jamais eu de mal avec la tenue officielle. Les premiers mots qui sortirent de sa bouche furent :

— C'est notre homme ?

— On dirait, répondit Archie.

Amigo sortit une paire de Ray-Ban de la poche intérieure de son manteau et les mit.

— Où est la fille ?

— Sans doute dans la rivière.

— Merde ! jura le maire à mi-voix.

Il prit une profonde inspiration, hocha plusieurs fois

la tête comme s'il écoutait des paroles encourageantes que lui seul pouvait entendre.

— Bon. Concentrons-nous sur l'essentiel, il est hors d'état de nuire.

Il regarda Archie par-dessus ses lunettes de soleil.

— T'as une mine de déterré, Archie. Va donc te passer de l'eau sur le visage avant qu'on commence.

Archie se força à sourire. Il adressa un regard désabusé à Henry et à Anne et rentra dans la maison. Arrivé dans la cuisine, une voix l'interpella :

— C'est vous, Sheridan ?

Il dut s'arrêter et respirer plusieurs fois lentement pour s'habituer à l'odeur pestilentielle.

— Ouais, c'est moi.

Un jeune homme de couleur, dreadlocks tombant sur les épaules, combinaison en Tyvek par-dessus ses vêtements de ville, était assis sur la table de la cuisine. Il balançait les jambes tout en écrivant sur un bloc-notes.

— Je m'appelle Lorenzo Robbins.

— Vous êtes légiste ?

— Ouais. Écoutez, je voulais juste vous parler de quelques problèmes concernant votre macchabée.

— Quelques problèmes ?

Robbins haussa les épaules et écrivit quelque chose.

— Un .38 n'est pas un petit flingue.

— Exact, répondit lentement Archie.

— Il y a du recul. Avec ce genre de blessure au système nerveux central, on s'attend à deux choses : soit le flingue saute à un mètre. Soit le mec fait un spasme, et sa main se fige sur l'arme, d'accord ?

Il tendit un poing serré pour illustrer ses propos.

Archie se tourna pour regarder McCallum, toujours allongé la tête sur la table. Le revolver avait disparu, parti dans un sac en plastique.

— La main se crispe ?

— Ouais. Si la mort est récente, on peut savoir. La

main est rigide, pas le corps. Mais quand je suis arrivé, la *rigor mortis* était déjà installée. Il se peut qu'un spasme *post-mortem* ait maintenu l'arme dans sa main. Possible. Malgré tout, les mains crispées sur les flingues, c'est plutôt rare. Un truc qu'on voit au cinéma.

— Ce qui veut dire ?

— Peut-être rien. Il a une jolie marque de canon sur la peau. Le coup a sans aucun doute été tiré à bout touchant. L'ennui, c'est qu'il n'y a aucune trace de poudre sur la main. Il y en a sur le flingue, pas sur la main.

— Êtes-vous en train de me dire que ce n'était pas un suicide ? Que quelqu'un l'a tué et lui a mis l'arme dans la main ?

— Non, je dis que les mains crispées sur les flingues, c'est plutôt rare, et qu'il n'avait pas de trace de poudre sur la main. C'est probablement un suicide. On va l'ouvrir et jeter un coup d'œil. Je vous donne juste mes premières impressions. Ça rend les choses plus excitantes.

— Merde et merde, marmonna Archie, rejetant la tête en arrière dans un geste de frustration.

Le plafond était blanc. Un globe unique pendait au milieu de la pièce. La lumière était éteinte.

— Vous avez éteint ? demanda Archie.

— Vous me prenez pour un bleu ? Là, vous vous gourez.

Archie se retourna d'un bond, passa la tête par la porte de derrière et cria :

— Quelqu'un a éteint la lumière ici ?

Les flics se regardèrent. Aucun ne broncha. Archie referma la porte et regarda Robbins.

— Donc, si l'on admet l'hypothèse que personne n'a merdé et touché à ce bouton…

— Il ne s'est probablement pas flingué dans le noir. Le soleil se couche vers 18 heures. Ça voudrait dire qu'il l'a fait avant, mais pas de beaucoup.

Il sourit. Sa peau foncée faisait paraître ses dents encore plus blanches.

— Peut-être qu'un des milliers de flics qui sont passés ici a éteint.

Archie sentit une remontée acide lui chatouiller la langue. Addy Jackson était allée se coucher à 22 heures.

— Ça va ? lui demanda Robbins.

— Formidable. Je ne me suis jamais senti mieux.

Il trouva un Zantac au fond de sa poche et se le fourra dans la bouche. Son goût douceâtre de craie fut masqué par l'odeur de la chair en décomposition.

39

— Comment ça va ? demande Archie.

La codéine lui a fait du bien. Il est à peine conscient à présent. Sur son abdomen les cicatrices sont rouges, et dures de pus. La douleur de l'infection le brûle, mais il s'en moque. Il se moque aussi de l'odeur de putréfaction qui sature l'atmosphère. La sueur colle à ses mains poisseuses, ses membres sont inertes, mais il sent son corps libre et chaud, son sang gélatineux. Il y a Archie. Et il y a Gretchen. Et il y a le sous-sol. C'est comme s'ils étaient dans l'antichambre de la mort. Alors il fait la conversation.

Elle est assise à côté de son lit, une main sur la sienne.

— Tu étais là quand tes enfants sont nés ?

— Oui.

Son regard se perd au loin, elle essaie d'articuler ses pensées.

— Je pense que ça doit être comme ça. Intense et beau, et désespéré.

Elle se penche vers lui jusqu'à ce qu'il sente son souffle sur sa joue et elle approche ses lèvres de son oreille.

— Tu crois qu'ils étaient le fruit du hasard. Tu te

trompes. Il y a toujours une alchimie. Je la sentirais tout de suite.

Son souffle lui chatouille le lobe de l'oreille, sa main enserre la sienne.

— Une connexion physique. Une étincelle de mort.

Elle regarde leurs mains enlacées. Le poignet d'Archie toujours attaché par le lien de cuir.

— Comme s'ils l'avaient voulu. Je pourrais les arracher de la surface de la Terre. Tenir leur vie entre mes mains. Ce qui me stupéfie, c'est que les gens se lèvent, vont travailler, rentrent chez eux, et ne tuent jamais personne. J'ai de la peine pour eux, ils ne sont pas vivants. Jamais ils ne sauront vraiment ce que c'est qu'être humain.

— Pourquoi avoir utilisé ces hommes ?

Elle le regarde d'un air aguicheur.

— C'était meilleur quand mes amants le faisaient. J'aimais les regarder tuer pour moi.

— Parce que vous aviez du pouvoir sur deux personnes à la fois.

— Oui.

Archie laisse tomber son regard sur le cadavre. Il ne peut voir la tête, rien qu'une main. Il a vu la chair noircir et gonfler jusqu'à devenir méconnaissable, oiseau mort au bout d'une manche.

— Qui est par terre ?

Elle jette un coup d'œil indifférent au cadavre.

— Daniel. Je l'ai trouvé sur Internet.

— Pourquoi l'avoir tué ?

— Je n'avais plus besoin de lui. Je t'avais, toi. Tu es spécial, mon chéri. Tu ne comprends pas cela ?

— Le numéro 200. Le deux centième !

— C'est beaucoup plus que cela.

Il croit commencer à la comprendre. Plus il s'éloigne de sa vie, plus les choses deviennent claires. Est-elle née ainsi ? L'a-t-on rendue ainsi ?

— Qui vous a fait boire de la soude caustique, Gretchen ?

Elle rit, d'un rire faux, peu convaincant.

— Mon père ? C'est ça la réponse ?

— Est-ce que je vous fais penser à lui ?

Il croit la voir tressaillir.

— Oui.

— Arrêtez cela. Appelez les secours, plaide-t-il en vain.

— Je ne suis pas ce que je suis à cause de lui. Je ne suis pas violente.

— Je sais, dit Archie. Vous avez besoin d'être aidée.

Elle s'empare du scalpel toujours taché du sang d'Archie et l'appuie contre sa poitrine. Puis elle commence à graver. Il ne sent presque rien. La lame est acérée et elle ne taille pas en profondeur. Il regarde son horrible peau meurtrie se fendre sous l'acier, le sang s'oxygéner, puis couler, rouge et brillant, de la blessure. Unique sensation, le sang qui coule sur ses flancs, traçant des traînées écarlates qui coagulent sous son corps et imprègnent le drap blanc empesé de sueur. Il la regarde dessiner sur sa chair, le front plissé par la concentration.

— Voilà, dit-elle. Un cœur.

— C'est pour qui ? demande-t-il. Je croyais que vous vouliez enterrer le corps, les laisser chercher.

— C'est pour toi, mon chéri. C'est mon cœur, énonça-t-elle gaiement.

Elle jette un regard attristé à l'abdomen gonflé d'Archie.

— Bien sûr, ça va s'infecter. C'est à cause de Daniel. Son cadavre a contaminé l'atmosphère. Je n'ai pas les bons antibiotiques contre les staphylos. Ceux que je te donne vont ralentir l'infection, mais je n'ai rien d'assez puissant pour l'éliminer.

— Vous vous faites du souci pour moi ?

— Tu dois lutter. Il faut que tu restes en vie.

— Pour que vous puissiez me tuer avec la soude ?

— Oui.

— Vous êtes folle.

— Je ne suis pas folle. Je suis saine d'esprit. Si tu meurs avant que je l'aie décidé, je tuerai tes enfants, mon chéri. Ben et Sara.

Elle brandit le scalpel, on dirait une extension de son corps, un doigt supplémentaire.

— Ben est en maternelle à Clark Elementary, non ? Je le découperai en rondelles. Tu feras ce que je veux. Tu resteras en vie tant que je te le dirai, compris ?

Archie hoche la tête.

— Dis-le.

— Oui.

— Je ne cherche pas à être méchante, je suis inquiète, c'est tout. Demande-moi ce que tu veux. Je te dirai tout ce que tu veux savoir sur les meurtres.

Sa gorge et son abdomen le font souffrir. Avaler lui provoque des douleurs atroces.

— Ça ne m'intéresse plus, Gretchen.

Elle hésite. Elle paraît presque choquée.

— Tu es le patron de la Brigade Spéciale créée pour moi. Tu ne veux pas entendre mes aveux ?

Archie ne la voit plus, son regard se perd vers le plafond, les tuyaux, les néons.

— J'essaie de combattre l'infection.

— Tu veux regarder les infos ? Je pourrais descendre la télé.

L'idée de voir sa veuve à la télévision le remplit de terreur.

— Non.

— Allons. Il y a une veillée pour toi aujourd'hui. Ça te remontera le moral.

Il cherche quelque chose pour faire diversion.

— Non. Faites-moi boire la soude, implore-t-il.

Il ne fait pas semblant. Il est à bout de forces.

— S'il vous plaît. C'est ça que je veux.

— C'est vrai ? Tu veux ?

Elle sourit de satisfaction. Il insiste.

— Je veux boire la soude. Donnez-la-moi.

Elle se lève et s'active aux préparatifs en chantonnant doucement. Grâce à la codéine il est dans un doux brouillard et observe tout avec détachement. Quand elle revient, ils répètent l'exercice de la veille. Cette fois la douleur est plus forte et il vomit sur le lit.

— C'est du sang, constate Gretchen, satisfaite. Le poison te dévore l'œsophage.

Très bien, pense-t-il, *très bien*.

Il est en train de mourir. Elle l'a mis sous morphine, sous perfusion, il n'arrive plus à garder les pilules. Il tousse du sang. Il ne se souvient plus quand elle l'a quitté pour la dernière fois. Elle reste là, assise, un linge blanc à la main, pour éponger le sang quand il tousse, ou la salive qu'il ne peut avaler. Il sent la puanteur du cadavre et entend la voix de Gretchen, mais c'est tout. Aucune autre sensation. Pas de douleur. Pas de goût. Son champ de vision s'est rétréci à quelques dizaines de centimètres autour de sa tête. Il a conscience de sa présence quand elle le touche, ses cheveux blonds, sa main, son avant-bras nu. Le parfum de lilas a disparu.

Elle s'approche à le toucher et lui tourne doucement la tête pour qu'il la voie. Son visage miroite et disparaît sous les néons.

— C'est l'heure.

Il cligne lentement des yeux. Il baigne dans une douce obscurité, épaisse et chaude. Il ne comprend même pas ce qu'elle a dit jusqu'à ce qu'il sente la cuiller dans sa bouche. Cette fois il ne parvient pas à avaler le poison. Elle lui verse de l'eau dans la gorge pour le faire descendre, mais il vomit tout. Son corps tout entier est saisi de spasmes, une vague de douleur noire le submerge,

284

du bas-ventre aux épaules. Il lutte pour respirer et la panique redonne conscience à son corps. Tous ses sens se réveillent. L'horreur. Il se met à hurler.

Gretchen lui maintient la tête contre le lit. Elle appuie son front contre sa joue. Il veut lui écarter la main, il crie de toutes ses forces. Il expulse toute la peur et la douleur de son corps. L'effort lui déchire la gorge et ses cris s'étouffent, se muent en une nausée stérile. Quand sa respiration redevient normale, Gretchen le regarde et essuie lentement la sueur, le sang, et les larmes qui souillent son visage.

— Je suis désolé, dit-il bêtement en haletant.

Elle l'observe un moment puis s'éloigne. Elle revient avec une seringue hypodermique.

— Je crois que tu es prêt à présent, dit-elle en lui montrant la seringue. C'est de la digitaline. Ça va arrêter ton cœur. Tu vas mourir.

Elle lui caresse doucement le visage du dos de la main.

— Ne t'inquiète pas, je reste avec toi jusqu'à ce que tout soit fini.

Il est soulagé. Il la regarde injecter la digitaline dans sa perfusion et s'asseoir à côté de son lit de mort, une main sur la sienne, l'autre sur son front.

Il ne pense pas à Debbie, ni à Ben ni à Sara, ni au détective Archie Sheridan, ni à l'Artiste. Il se concentre sur Gretchen. Il n'y a qu'elle. Son unique bouée. S'il parvient à rester concentré, il n'aura pas peur. Les battements de son cœur s'accélèrent, de plus en plus vite, il ne peut plus les suivre, si étranges, si déroutants. Ce n'est plus son cœur, c'est un homme, affolé, pris de panique, désespéré, qui frappe à une porte, au loin, très loin. Le visage de Gretchen est la dernière chose qu'il voit quand la douleur brutale s'empare de son cou et de sa poitrine. La pression augmente. Puis une brûlure blanche, aveuglante, atroce, et enfin, la paix.

40

Ian se gara devant l'immeuble de Susan. Elle retira une touffe de poils roux de son pantalon noir et la roula un moment entre ses doigts avant de la laisser tomber sur le tapis de sol. La Subaru de Ian sentait le désinfectant et les corgis de sa femme. Des jeunes dans le vent étaient affalés au soleil devant le Starbuck du coin, très occupés à fumer et à feuilleter de vieux magazines. Ils travaillaient comme serveurs, ou galeristes, ou ne travaillaient pas, mais ils semblaient disposer de beaucoup de temps libre. Susan les enviait. Ils lui rappelaient ces bandes de lycéens super sympas qu'à l'époque elle ne fréquentait pas pour préserver sa réputation. Elle leva les yeux vers la vieille brasserie dont les grandes fenêtres bâillaient comme d'immenses bouches. La façade en pierre paraissait gênée par tout le verre et l'acier qui l'entourait.

— Tu veux monter ?

Ian grimaça une excuse :

— J'ai des articles à relire.

— Plus tard alors ? insista Susan, gommant l'urgence de sa voix.

— Sharon a des invités. Je dois rentrer directement

du bureau. Elle fait un rôti avec des blettes. J'ai promis de m'occuper du fromage.

— Des blettes et du fromage ? Ça doit être important.

— Demain ?

— Laisse tomber.

— Non, répondit Ian, mal à l'aise. Je te parle des articles. Tu me donnes le suivant demain, d'accord ?

Elle récupéra un autre poil de chien sur son pantalon et le jeta par terre.

— Oui, bien sûr.

— Avant midi. Promis ?

— Pas de problème.

Elle descendit de la voiture et entra dans son immeuble.

Archie regagna le jardin derrière la maison. Le maire avait disparu, sans doute en train de préparer sa conférence de presse dans un coin tranquille. Les Hardy Boys, mains sur les hanches, attendaient devant le garage, Anne et Claire bavardaient près de la cabane. Il vit Henry sortir du garage, le chat de McCallum dans les bras, et il lui fit signe.

— Ils ont relevé des empreintes sur le vélo ?

L'animal nicha son museau dans le cou d'Henry et se mit à ronronner.

— Oui. Rien.

— Rien du tout ?

Le chat regarda Archie d'un œil soupçonneux.

— Il a été nettoyé. Pas l'ombre d'une empreinte.

Archie se mordilla la lèvre et se retourna vers la maison. Cela n'avait pas de sens. Pourquoi se donner la peine de nettoyer un vélo, pour ensuite continuer à tuer et le garder ? Si on veut faire disparaître des preuves, pourquoi conserver ce qui équivaut à un pistolet fumant ?

— Pourquoi il aurait fait ça, à ton avis ?

— Un maniaque de la propreté ?

— Des empreintes sur le flingue ?

— Pas encore, répondit Henry en gratouillant machinalement la tête du félin. Ils s'en occuperont au labo, quand ils auront enlevé les morceaux de cervelle.

Le chat entreprit de lécher le cou d'Henry.

— T'as vu la fourrière ?

— Non.

Archie sauta de la terrasse et se dirigea vers Claire et Anne. Deux gamins, peu impressionnés par la police, les hélicoptères et l'armada de véhicules de presse, se coursaient de l'autre côté de la clôture. Leur mère, plantée au milieu de son jardin, les bras croisés, profitait du spectacle. Était-ce dingue de penser que McCallum était innocent ? Anne et Claire étaient en pleine conversation, mais il n'avait pas de temps à perdre en amabilités. Il avait besoin des talents de profiler d'Anne. Et il savait qu'elle avait besoin de se sentir encore utile.

— Est-ce que McCallum colle ?

Surprises par l'interruption, les deux femmes cessèrent de parler. Claire écarquilla les yeux. Anne ouvrit la bouche avant d'incliner légèrement la tête.

— Oui…

Elle se tut, les rides autour de ses yeux se creusèrent et elle ajouta :

— Sauf qu'il ne correspond pas tout à fait.

— Pas tout à fait ?

— Si vous étiez une gamine de quinze ans et qu'il vous proposait de vous raccompagner, est-ce que vous accepteriez ? On dirait un crapaud. Les élèves ne l'aimaient pas beaucoup. Et comment aurait-il connu les filles des autres lycées ?

Archie repensa au bel agent de service, Evan Kent.

— Mon Dieu, s'exclama Claire. Tu crois qu'il ne s'est pas suicidé ?

Ils se regardèrent, songeurs.

Du coin de l'œil Archie aperçut le chat gris qui traversait le jardin. Il haussa les sourcils comme pour s'excuser.

— Je ne sais pas. Je ne sais pas.

Il repéra Mike Flanagan et l'appela. Il avait demandé aux Hardy Boys de lever la surveillance sur Reston quand il avait découvert le corps de McCallum. À présent il s'en voulait.

— D'autres absents à Cleveland aujourd'hui ?

Flanagan mâchait du chewing-gum, on aurait dit qu'il avait tété un tube de dentifrice à la menthe. Un truc qu'on enseignait à l'école de police : mâcher du chewing-gum pour masquer l'odeur de mort.

— Non, répondit-il, mais l'agent d'entretien que vous avez demandé à Josh de filer vient de monter dans un train pour Seattle avec un sac à dos et un étui à guitare. Et puis il y a un truc un peu bizarre. On a fouillé la maison, et pour un prof impopulaire, on peut dire qu'il aimait ses élèves.

— Qu'est-ce que ça veut dire ?

Flanagan développa un autre chewing-gum et se le fourra dans la bouche.

— Dans la bibliothèque, il a tous les annuaires du lycée de ces vingt dernières années. Pour un type qui soi-disant détestait son boulot…

Archie interrogea Anne du regard. Elle fronça un peu les sourcils et se tourna vers Flanagan.

— Montrez-moi.

— Ensuite, dit Archie en se passant la main devant la bouche, je veux que vous et Jeff repreniez la surveillance de Reston.

Flanagan sursauta.

— Et Kent ?

— Ce n'est pas lui, répondit Archie.

— Et pourquoi ?

— Parce que je le dis.

Flanagan enroula son chewing-gum autour de sa langue.

— On ne l'a pas quitté d'hier soir 18 heures à ce matin 9 h 30. Je vous le dis, Reston n'est pas sorti de chez lui la nuit dernière. Il n'a pas pu enlever cette fille.

— Faites-moi plaisir, soupira Archie.

— On ne fait que ça, murmura Flanagan en s'éloignant.

— J'ai entendu, lui cria Archie.

Il rejoignit le maire en pleine concertation avec un collaborateur.

— Je crois qu'on devrait annuler la conférence de presse.

Amigo blêmit.

— Et pourquoi ça ?

— Ça va te paraître dingue, dit Archie calmement. Il faut que tu me fasses confiance. Je suis on ne peut plus sensé, mais j'ai des doutes sur la culpabilité de McCallum.

— Dis-moi que c'est une blague, répondit le maire en enlevant ses lunettes dans un geste théâtral pour souligner ses paroles.

— Je crois qu'il y a une chance raisonnable que ce soit une mise en scène.

Amigo se pencha vers Archie et murmura :

— Je ne peux pas annuler la conférence. L'affaire est publique. Un prof est mort. On a retrouvé le vélo d'une gamine assassinée dans son garage. Les journalistes sont en direct. À la télé.

Il avait insisté douloureusement sur le mot *télé*.

— Eh bien, couvre-nous !

Les veines dans le cou du maire se mirent à gonfler et à palpiter.

— Nous couvrir ?

Archie caressa le capot de la Ford Escort garée dans l'allée devant le garage.

— La voiture est trop petite. Comment il aurait fait entrer la fille et le vélo dans une compacte, dis-moi ?

Le maire se mit à frotter un objet imaginaire entre ses doigts.

— Qu'est-ce que je suis censé dire ?

— T'es un homme politique, Bob, merde. Tu as toujours été un homme politique. Tâche de trouver une façon de leur dire qu'on ne sait pas ce qui se passe, en leur faisant croire qu'on sait ce qui se passe.

Archie lui serra le bras sur le mode *Je sais que tu peux le faire*, et s'éloigna.

41

Assise sur le canapé, son ordinateur sur les genoux et un verre de vin rouge à portée de main, Susan se mit à écrire l'histoire de Gretchen Lowell. En ce qui la concernait, l'affaire de l'Étrangleur de Cinq Heures s'était terminée avec le suicide de McCallum. Elle était certaine qu'on trouverait le corps d'Addy Jackson quelque part. Il l'avait tuée et s'en était débarrassé comme des autres. Elle attendait, enfouie dans la boue, qu'un jogger malchanceux ou une troupe de boy-scouts la découvre. L'image du cadavre à demi enterré de la gamine lui traversa l'esprit et elle sentit les larmes lui brûler les yeux. Merde ! Il ne fallait pas qu'elle se laisse perturber, ce n'était pas le moment. Elle effaça l'image, aussitôt remplacée par celle du corps nu et meurtri de Kristy Mathers sur le sable noir de Sauvie Island. Puis par celle des parents d'Addy regardant Archie, les yeux pleins d'espoir et de désespoir, l'implorant de retrouver leur fille. Et aussi celle de son propre père.

Son portable se mit à vibrer sur la table basse. Appel non identifié. Elle le prit et répondit :

— Oui ?

— Je m'appelle Molly Palmer. Je vous appelle pour

vous dire que je ne veux pas vous parler. Je n'ai rien à dire.

— Ce n'était pas votre faute, dit rapidement Susan. Il était adulte. Il n'a aucune excuse.

Un rire nerveux. Un silence.

— Il m'a appris à jouer au tennis. Vous pouvez mettre ça dans votre article. C'est la seule chose aimable que je puisse dire sur son compte.

Susan tenta d'empêcher la déception de percer dans sa voix. Molly était essentielle. Si elle parvenait à la faire parler, le journal serait obligé de publier l'histoire. Sinon, elle n'aurait aucun élément, et le sénateur s'en tirerait.

— Videz ce que vous avez sur le cœur, Molly. Si vous ne le faites pas, ça va vous ronger. Vous empoisonner la vie. Je le sais, ajouta-t-elle en entortillant une mèche de cheveux autour de son index.

— Écoutez, dit Molly d'une voix qui se voulait convaincante. Rendez-moi un service. Cessez d'appeler Ethan. Cette histoire commence à lui foutre la trouille. Je ne vois plus grand monde de cette époque-là. Je ne veux pas le perdre aussi.

— Je vous en prie.

— C'est de l'histoire ancienne. Au revoir.

Susan garda un moment le téléphone collé à son oreille, écoutant le silence. De l'histoire ancienne. Et sans Molly ça le resterait. Elle serra le poing pour évacuer la frustration. Ian l'aurait convaincue de déposer. Parker aussi. Elle, elle la tenait et elle l'avait perdue. Elle raccrocha le téléphone, respira profondément, s'essuya le nez et les yeux d'un revers de main, puis se reversa du vin. Rien de plus rassurant qu'un verre plein. Elle envisagea d'appeler Ethan encore une fois. Manifestement il avait transmis ses messages à Molly. Mais elle repensa à la douleur dans la voix de la jeune femme et à son souhait qu'on lui fiche la paix, qu'on oublie le passé.

Et puis merde ! Quel mal y avait-il à cela ? Elle reprit le portable et composa le numéro d'Ethan. Boîte vocale. Imagine ça !

— Salut, c'est moi, Susan Ward. Écoute. Je viens d'avoir Molly. Je veux que tu lui dises que je la comprends. J'ai eu une liaison…

Elle se reprit.

— … enfin un truc avec un prof quand j'avais quinze ans. J'ai passé beaucoup de temps à le justifier, mais tu sais quoi, Ethan ? ce n'est pas justifiable. Ça ne l'est pas. S'il te plaît, dis ça à Molly. Elle comprendra. Et moi je ne t'appellerai plus…

Qui essayait-elle de tromper ? Pendant quelques jours au moins.

Elle reposa le téléphone et installa l'ordinateur sur ses genoux. Il fallait qu'elle boucle son article sur Gretchen Lowell qui était bien vivante, elle, et qui l'avait mise en furie. Elle était persuadée que si elle réussissait à coucher l'histoire de Gretchen sur le papier, elle réussirait, d'une manière ou d'une autre, à comprendre Archie, McCallum, et tout le reste. Elle sentait l'histoire, encore informe et floue, autour d'elle dans la pièce. Il suffisait de rassembler les éléments et de les mettre en forme. Elle avala une rasade de vin. Il provenait de la réserve du Grand Écrivain qu'elle avait trouvée, cachée au fond d'un placard, sous un tas d'exemplaires de son dernier roman. Elle songea qu'il ne dirait rien. Les circonstances l'exigeaient. Parfumé, long en bouche, le vin était superbe et elle le fit rouler sur sa langue pour mieux le savourer avant de l'avaler.

Lorsqu'elle entendit frapper à la porte, elle pensa tout d'abord à Felicity. Elle l'avait appelée en rentrant, la seule personne au monde à ne posséder ni portable ni boîte vocale. Elle avait laissé un message triste sur un répondeur qui parfois enregistrait, et le plus souvent repassait les messages à un rythme tellement lent et saccadé que Felicity s'en arrachait les cheveux. Susan imagina une seconde que sa mère avait écouté son message et avait tout laissé tomber pour voler à son secours. Scénario absurde. C'était elle qui avait passé un temps fou pendant son adolescence à s'occuper de sa mère. Celle-ci, dans son entêtement à traiter sa fille en adulte, s'était rarement occupée de Susan. D'autre part, Felicity refusait de posséder une voiture, et il lui aurait fallu prendre deux bus pour venir jusqu'à Pearl. Non, ce ne pouvait être que Ian. L'idée lui arracha un sourire d'autosatisfaction. Réconfortant après tout qu'il se soit montré incapable de résister à son charme. Son charme ravageur. Oui. Sans aucun doute, c'était Ian.

On frappa de nouveau.

Elle se leva et gagna la porte en chaussettes, s'arrêtant au passage pour se regarder dans le grand miroir doré. Le Grand Écrivain lui avait raconté qu'il l'avait acheté au Marché aux Puces à Paris, mais elle avait vu le même à Pottery Barn. Gretchen avait raison : une ride se creusait entre ses yeux qui ne lui plaisait pas du tout. Était-ce possible qu'elle ait vieilli en une semaine ? Elle posa son verre sur la console devant le miroir et appuya le pouce sur la ride fatale jusqu'à ce que son front se relâche. Puis elle tira sur quelques mèches folles et les coinça derrière ses oreilles. Voilà. Elle arbora son sourire le plus ravageur et ouvrit la porte. Ce n'était pas Ian.

C'était Paul Reston.

Cela faisait dix ans. Avec la quarantaine ses cheveux châtain clair s'étaient clairsemés, ses tempes se dégarnissaient, et son ventre semblait moins ferme. Il paraissait plus grand toutefois, plus osseux, et les rides de son visage étaient plus marquées. Il avait troqué les lunettes rectangulaires en plastique rouge d'autrefois pour une monture métallique ovale. Elle fut stupéfaite de constater qu'il n'était plus le fringant jeune professeur dont elle gardait le souvenir. L'avait-il jamais été ?

— Paul ! Qu'est-ce que tu fais ici ?

— Ça fait plaisir de te revoir. Tu es superbe.

Il lui adressa un sourire chaleureux et ouvrit grands les bras. Elle s'avança et il la serra contre lui. Il sentait le vieil auditorium de Cleveland, la peinture, la sciure et les oranges.

— Paul, ce n'est pas sérieux !

Il la relâcha et la regarda. Elle lut une profonde déception dans ses yeux.

— Un détective est venu me voir.

— Je suis désolée, dit-elle, rouge de honte. J'ai nié. Je lui ai dit que j'avais tout inventé. Tout va bien à présent.

Il poussa un profond soupir et entra dans l'appartement en secouant la tête.

— Où avais-tu la tête ? Ressortir cette vieille histoire. Tu sais tous les ennuis que ça pourrait me causer au bahut.

— Ça n'a aucune importance. Il ne peut rien faire si on nie tous les deux.

— Il n'y a rien à nier, Suzy. Il ne s'est rien passé.

Il lui prit le visage entre ses mains et sonda son regard. Elle se recula et il laissa retomber ses mains.

— Il ne s'est rien passé. Tu as connu des moments difficiles quand tu étais gamine, je le sais. Mais tu dois surmonter cela.

— J'ai surmonté. Je surmonterai.

— Alors dis-le, insista-t-il.

— Il ne s'est rien passé. J'ai tout inventé.

Paul hocha plusieurs fois la tête. Soulagé.

— Tu as un vrai talent d'écrivain. Tu as un gros potentiel. Tu étais tellement créative.

— Je le suis toujours, dit-elle, un peu gênée.

La porte d'entrée était restée entrouverte. Elle ne souhaitait pas la fermer, cela aurait trop ressemblé à une invitation à rester.

— Viens, dit-il en lui tendant les bras. Tout va bien, non ?

Il souriait et ses traits s'adoucissaient. Elle revoyait son professeur préféré comme il était à l'époque, les cheveux sur les épaules, ses blazers en velours, ses plaisanteries et ses poèmes ridicules. Soudain elle eut presque envie de se jeter dans ses bras. Une petite part d'elle-même aimait toujours Paul Reston. Pourtant elle savait que c'était une connerie.

Elle se raidit et recula légèrement quand il s'avança vers elle.

— Je ne veux plus jouer à ça, dit-elle.

Sa voix sonnait creux, bizarre, elle ne la reconnaissait pas.

Il s'immobilisa et laissa retomber ses bras.

— Qu'est-ce qui ne va pas ?

— C'est tordu, Paul. Nous sommes seuls. On peut parler de ce qui s'est passé. Pourquoi jouer à *Il ne s'est rien passé* ?

Il pencha la tête sur le côté et leva un sourcil interrogateur.

— Jouer ? Comment cela ?

Putain, c'était mal parti.

— Mon Dieu, Paul !

Il rit, une sorte d'aboiement furieux, tête renversée en arrière, visage rouge.

— Bon, excuse-moi. Je voulais juste rigoler un peu. Depuis quand es-tu devenue aussi sérieuse ? Tu adorais les jeux de rôles autrefois, ajouta-t-il en lui lançant un sourire jovial.

— Paul, trois gamines sont mortes. Une autre a disparu. Elle est probablement morte aussi.

Il alla fermer la porte et s'appuya contre elle, les mains derrière le dos, posées sur le bouton. Sa voix et son attitude soudain parfaitement calmes.

— Oui, j'en ai entendu parler. McCallum, hein ? Jamais je n'aurais imaginé ça.

McCallum. Elle sentit des larmes brûlantes lui piquer les yeux. Elle ne comprenait encore pas comment il avait pu faire cela. Il lui avait toujours paru tellement droit. Un emmerdeur, pour sûr, mais si maître de lui. On ne savait jamais de quoi les gens étaient capables. Et Paul. Elle avait séduit son prof pour ensuite s'en vanter devant un flic. Après lui avoir promis cent fois de ne rien dire à personne. Il devait la détester à présent.

— Au moins, c'est terminé.

Il lui caressa doucement la joue du dos de la main et elle lui fut reconnaissante de sa gentillesse.

— J'ai pensé que tu aurais besoin de compagnie. Je vais te faire à dîner. Tu as quelque chose ? dit-il en jetant un coup d'œil dans la cuisine.

— Des cœurs d'artichauts et du beurre de cacahuètes.

— Eh bien, je peux nous faire un truc. Un super sauté de cœurs d'artichauts au beurre de cacahuètes, qu'en dis-tu ? demanda-t-il en effectuant une petite révérence.

Elle regarda son ordinateur sur la table basse, soudain pressée de retrouver le réconfort du vin et du clavier.

— J'ai un article à boucler. Il faut absolument que j'écrive ce soir.

Elle aperçut son image dans le miroir doré. La ride était là de nouveau. Son verre de vin l'attendait sur la console. Paul la regardait, attendant sa décision.

— Il faut que tu manges.

Elle se tourna brusquement vers lui.

— Comment savais-tu où j'habite ?

— On a accès à Nexus au lycée. On peut trouver n'importe qui. Il suffit de taper le nom.

Reston se tut un moment, comme s'il réfléchissait à ce qu'il voulait dire et cherchait les mots justes.

— Ça a été dur pour moi quand tu as quitté le lycée. Tu n'as pas répondu à mes lettres.

— J'étais à la fac.

Il haussa les épaules et lui adressa son plus charmant sourire.

— Je t'aimais.

— C'est parce que j'étais une ado. Je t'idolâtrais. Qu'est-ce que l'amour a à voir avec ça ?

Elle alla jusqu'au miroir, prit son verre et le vida d'un trait. Dans un coin du cadre elle avait coincé la photo que Felicity lui avait donnée la semaine précédente : Susan à trois ans, main dans la main avec son père. En sécurité. Heureuse.

Tout finit par changer.

— Je n'ai jamais cessé de penser à toi.

Elle se regarda dans le miroir.

— Allons, Paul. Tu ne me connais même pas.

Il s'approcha d'elle, sérieux, l'air un peu vexé.

— Comment peux-tu dire une chose pareille ?

Elle s'empara de sa brosse en bois et entreprit de brosser ses cheveux roses. Ils n'en avaient nul besoin, mais cela lui donnait une contenance.

— Parce que, quand tu m'as connue, je n'étais pas une personne à part entière. J'étais une adolescente.

Elle continuait de se brosser, forçant les poils durs à lui gratter le crâne. Son barbu de père la dévisageait depuis la photo, sa main protectrice serrant celle de la petite fille. Paul lui effleura l'arrière de la tête.

— Tu n'as jamais été une adolescente.

Elle posa la brosse si brutalement qu'elle claqua sur la console en bois et la fit sursauter.

— Écoute, dit-elle en regardant sa montre. Il faut que tu partes. J'ai cet article à boucler.

— Laisse-moi t'emmener dîner.

Elle se détourna du miroir, de la photo, de son père, et lui fit face.

— Écoute, Paul…

Il la gratifia de nouveau de son sourire charmeur.

— Une heure. Je te régalerai des histoires de McCallum. Pour ton article. Ensuite je te raccompagne et tu peux te mettre au travail.

Elle avait l'impression d'avoir de nouveau quinze ans. Incapable de le décevoir. En plus elle n'avait plus la force de discuter.

— Bon, une heure.

— Promis, juré !

L'ascenseur mit une éternité pour descendre au parking dans le sous-sol de l'immeuble de Susan. Paul ne dit rien et, pour la première fois de sa vie, elle n'essaya pas de meubler le silence. Il se contentait de sourire et de la regarder tripoter la ceinture de son trench, danser d'un pied sur l'autre, et surveiller les chiffres qui s'allumaient au-dessus de la porte. Elle voyait leur image déformée sur la paroi en acier de la cabine, entrelacs de couleurs réfléchi par le métal.

Les portes s'ouvrirent et il la laissa sortir la première.

— Je suis par là, dit-il en indiquant le fond du garage, loin de l'ascenseur.

Comme ça, au moins, j'aurai le temps de griller la moitié d'une cigarette, se dit-elle.

Elle fouilla dans son sac, en trouva une et l'alluma.

— Alors, tu connaissais Lee Robinson ? demanda-t-elle en tirant une bouffée.

Paul se recula et prit un air dégoûté.

— Tu fumes toujours ?

— Seulement dans les grandes occasions.

— Et c'est une grande occasion ?

— Je ne suis plus ton élève, Paul. Cesse de me faire la leçon.

— Quatre cent quarante mille personnes meurent

chaque année aux États-Unis à cause du tabac. Ça fait cinquante personnes à l'heure.

Elle tira une autre bouffée.

— Tu la connaissais comment, Lee Robinson ?

Il porta soudain la main à son front comme s'il avait mal à la tête.

— Pas beaucoup.

Elle tirait sur sa ceinture, la nouant et la dénouant.

— Mais tu étais plutôt proche de McCallum, non ? Il me semble que tu m'as raconté une histoire de partie de pêche avec lui sur son bateau.

— Suzy, dit Paul en souriant d'un air exaspéré. C'était il y a vingt ans.

— Donc vous vous fréquentiez autrefois.

— On est allés pêcher ensemble une fois il y a vingt ans.

Il tendit le bras et le lui passa autour du cou. Elle fit un pas en avant et se dégagea d'un mouvement d'épaules.

— Tu n'aurais pas pu te garer plus loin ?

Il haussa les épaules et remit les mains dans ses poches.

— C'était plein quand je suis arrivé.

— Eh bien ! si je fais une attaque à cause de ma médiocre capacité pulmonaire, laisse mon corps aux rats.

— Fumer n'est pas une chose à prendre à la légère. C'est une addiction très dangereuse. Tu risques d'en mourir.

La voiture, enfin. Susan n'avait jamais été aussi contente de voir un break Passat de dix ans d'âge. Elle sourit en voyant les deux stickers sur le pare-chocs arrière : *Sauvez nos Écoles* et *Si vous n'êtes pas outrés, c'est que vous ne faites pas attention.*

Paul monta le premier et se pencha pour ouvrir la portière à Susan. Elle s'installa, ajusta la ceinture, et tira une dernière bouffée de sa cigarette. Ensuite elle chercha le cendrier pour l'éteindre. Jamais elle n'avait vu voiture aussi propre. Le tableau de bord brillait. Pas un poil de corgi, ni un stylo, ni un vieux sachet de ketchup. Elle tendit le bras et ouvrit le cendrier dans la console centrale. Celui de sa voiture débordait de vieux chewing-gums, de cendres et de mégots. Celui de Paul était vide. On aurait pu manger dedans. Elle regarda sa cigarette. Elle trouvait presque ça honteux. Paul était penché entre les sièges et cherchait quelque chose à l'arrière. Elle ne pouvait quand même pas jeter son mégot dans le parking – elle faisait des efforts pour sauver la planète. Peut-être y avait-il un truc dans le vide-poche dans lequel elle pourrait envelopper sa cigarette avant de la fourrer dans son sac. Elle ouvrit le vide-poche. À l'intérieur, une lampe torche et une carte pliée.

— Mon Dieu, Paul, quelle propreté !

La voiture semblait avoir été désinfectée, elle sentait comme des toilettes publiques fraîchement récurées.

— Qu'est-ce que tu as fait ? Tu as trempé ta bagnole dans l'eau de Javel ? On dirait une odeur de…

Elle sortit la carte du vide-poche et la retourna. C'était une carte nautique de la Willamette.

— … de Chlorax.

Il l'attrapa par-derrière au moment où elle voulait saisir la poignée. Elle s'agrippa à la portière, mais il déclencha la fermeture centralisée et les serrures se fermèrent avec un sinistre claquement mécanique. Elle se débattit pour déverrouiller sa portière, mais il avait passé un bras autour de son cou et plaqué quelque chose contre son nez et sa bouche. Impossible de se libérer. Elle lutta bec et ongles, mais en vain. Il était plus fort qu'elle. Toutes sortes d'idées lui traversèrent l'esprit. Elle regretta de n'avoir pas fait cette enquête sur les cours d'autodéfense, de n'avoir pas mis ses écrase-merde au bout ferré, de ne pas avoir les ongles assez longs pour pouvoir lui arracher les yeux. Elle s'étonna surtout de ne pas être vraiment surprise de ce qui arrivait. Elle parvint à dégager la cigarette allumée et la lui écrasa dans le cou jusqu'à ce qu'il pousse un hurlement et lui torde le poignet pour la faire lâcher. Elle aurait voulu le tuer, mais elle se contenterait de faire un trou dans le tapis de sol immaculé. Ce serait son cadeau d'adieu, une brûlure sur une surface vierge. Putain, c'était parfait. Ce fut sa dernière pensée avant de sombrer dans le noir.

42

Anne était assise par terre dans le petit salon de McCallum, au milieu des annuaires de Cleveland High. Elle ne savait pas trop ce qu'elle cherchait, mais Archie soupçonnait Reston et elle allait lui trouver de quoi avancer. Les livres étaient classés par ordre chronologique et elle avait commencé par le plus récent, feuilletant les pages en espérant trouver quelque chose qui lui attire l'œil. Toute la vie du lycée défilait, photos de clubs loufoques, événements sportifs, représentations théâtrales, photos de classe, messages de profs, témoignages geignards d'élèves de terminale, quand soudain, au milieu de l'année 1992-1993, elle trouva exactement ce qu'elle cherchait. Elle s'empara de l'annuaire 1993-1994 et le feuilleta frénétiquement jusqu'à ce qu'elle déniche la photo qui confirmait sa théorie. Bingo !

Elle se releva et, les deux livres serrés contre sa poitrine, se précipita à la recherche d'Archie. Il était dans la cuisine, regardant les gars du labo refermer le sac en plastique noir et se préparer à emmener le cadavre de McCallum. Elle l'entraîna sur la terrasse à l'arrière de la maison et lui mit le premier annuaire dans les mains, ouvert sur une photo du club théâtre de Cleveland. Au centre, se tenait Susan Ward, juste à côté de Paul

Reston. Susan à quatorze ans, avant les cheveux roses. Sa beauté ne s'était pas encore épanouie, elle n'était qu'une gamine aux cheveux châtains, gauche dans son corps. Archie blêmit.

— Nom de Dieu ! s'exclama-t-il. Elle ressemble à toutes les autres.

— Pourquoi avez-vous soupçonné Reston ?

Elle le vit hésiter un instant. Il toucha la photo de la jeune Susan, comme si ses doigts pouvaient la protéger rétrospectivement.

— Susan m'a dit hier qu'elle avait eu une liaison avec lui quand elle était son élève. Aujourd'hui, elle l'a nié.

Pour Anne, il n'y avait pas l'ombre d'un doute que Susan avait couché avec Reston quand elle était ado.

— C'est lui, dit-elle.

— Il a un alibi. On ne peut pas l'arrêter à cause d'une vieille photo et d'un crime prescrit depuis des lustres.

Anne posa l'annuaire de l'année suivante sur celui qu'Archie tenait et l'ouvrit à la photo de Susan. Ce n'était plus la même gamine. Elle portait un T-shirt noir et du rouge à lèvres noir. Son regard paraissait à la fois triste, désespéré et dur. Et elle s'était décoloré les cheveux. Mais elle n'avait pas utilisé de shampooing colorant et n'était pas allée chez le coiffeur. Elle avait pris ce qu'elle avait trouvé sous l'évier, elle s'était servie de Chlorax.

— Tout tourne autour d'elle, dit Anne.

Dans sa tête elle revit les photos de la morgue, le visage marbré des victimes, les cornées hémorragiques, l'horrible couleur jaune orangée de leurs cheveux châtains.

— Il les trempe dans l'eau de Javel pour que la transformation soit complète.

Archie ne pouvait détacher son regard de la photo. Elle le voyait réfléchir.

— C'est pas possible, fit-il, comme pour lui-même.

Puis il leva les yeux vers Anne, le visage empourpré par l'urgence.

— Où sont Henry et Claire ?

— Je suis là, répondit Claire en montant les marches de la terrasse, son portable à la main. Jeff vient d'appeler. Reston n'est pas chez lui. Il est parti du lycée à l'heure habituelle, mais il n'est pas encore rentré. Ils n'ont aucun moyen de le trouver avant qu'il se pointe. Je leur dis d'attendre ?

La porte de derrière s'ouvrit brusquement et Anne vit apparaître le dos d'un blouson floqué *Institut médico-légal*. Puis un homme d'une vingtaine d'années sortit à reculons en tirant la civière métallique qui emportait le cadavre de McCallum. Elle lui tint la porte tandis que, aidé d'un collègue, il sortait le corps sur la terrasse.

— Trouve-le, dit Archie à Claire en tendant les annuaires à Anne par-dessus la civière afin de pouvoir prendre son portable. Arrête-le. C'est notre homme. Demande un mandat pour fouiller sa maison. Et envoie des flics à l'appartement de Susan. Tout de suite.

Les deux hommes descendirent les marches et firent rouler la civière sur l'étroit chemin cimenté qui menait à l'allée. Les roues faisaient un bruit sinistre sur le béton.

Anne jeta un coup d'œil à l'annuaire. Dans la marge, à côté de la photo d'un jeune homme, l'un des élèves de McCallum avait griffonné : *Hé ! Mr. M., je suis là. Bonne chance !*

43

Susan se réveilla en sursaut. Ça empestait l'essence. L'odeur était si forte qu'elle traversait l'espace au-dessus d'elle, l'empoignait par les cheveux et la traînait jusqu'à la surface de sa conscience. Elle revint à elle brusquement, mais il faisait si noir qu'il lui fallut un bon moment pour se rendre compte qu'elle avait les yeux ouverts. Elle avait les pieds et les mains attachés. Elle se redressa et se cogna la tête contre quelque chose de dur. Une onde de douleur lui vrilla le crâne et elle se retrouva en position allongée.

— Paul ? appela-t-elle.

Sa voix n'était guère qu'un geignement. Soudain, la pièce bascula. Susan perdit l'équilibre et alla rouler contre un mur. Ce fut moins le mouvement qui lui fit comprendre la situation, que le bruit mat de son corps contre la cloison en fibre de verre. Un bateau. Elle était sur un bateau.

C'est alors qu'elle fut prise de panique. Elle se mit à crier. Elle se servit de ses pieds et de ses poings liés pour marteler la cloison. Elle trouva des forces qu'elle n'aurait jamais cru posséder. Elle hurla.

— Au secours ! Je suis ici. Au secours !

— Susan !

Elle s'immobilisa et ses cheveux se dressèrent sur sa tête. Il était là. Avec elle. Dans le noir.

— Susan, répéta-t-il d'une voix désincarnée et brutale. Tais-toi !

— Paul, laisse-moi partir, implora-t-elle.

Elle le sentit la chercher à tâtons et elle s'obligea à ne pas tressaillir lorsque sa main trouva sa jambe et remonta le long de sa cuisse. Il était tout près d'elle, son souffle brûlant contre son visage.

— J'ai pensé que nous pourrions passer un moment ensemble, tous les deux. Tu as raison, je te connais à peine.

44

Lorsque Susan ne répondit ni sur son fixe, ni sur son portable, le moral d'Archie en prit un coup. Ils étaient dans la voiture d'Henry qui conduisait. Claire et Anne les suivaient de près. Il laissa des messages inquiets sur les boîtes vocales de la jeune femme et garda le téléphone dans sa paume, comme pour l'inciter à sonner. Le soleil s'était couché à 18 h 30. Il était 19 h 30 et l'astre avait depuis longtemps disparu derrière les collines, pourtant la lumière du crépuscule empourprait encore le ciel d'hiver. La nuit allait être froide.

— Ça peut être n'importe quoi, dit Henry en serrant le volant. Elle est peut-être sous la douche.

— Peut-être, répondit Archie.

— Peut-être qu'elle fait un somme, insista Henry.

— Ça va, j'ai compris.

Il remarqua que le poignet d'Henry saignait.

— Qu'est-ce qui t'est arrivé ?

— Ce putain de chat m'a griffé.

Le talkie-walkie d'Archie sonna. Il répondit. Les flics étaient devant l'appartement de Susan. Elle ne répondait pas.

— Voyez si sa voiture est au parking. Frappez chez les voisins. Tâchez de savoir si quelqu'un l'a vue rentrer ou sortir. Vérifiez s'il y a des caméras de sécurité dans le hall et dans le garage.

Puis il appela les renseignements pour avoir le numéro de Ian Harper. Un enfant décrocha.

— Est-ce que ton papa est là ?

Le gamin s'en alla et Archie entendit de la musique et des rires d'adultes. L'instant d'après Ian était au téléphone. Il semblait contrarié.

— Ouais ?

Archie n'éprouvait guère de sympathie pour lui, et en plus il était pressé. Il se dispensa des amabilités.

— Ian. Archie Sheridan. Avez-vous déposé Susan chez elle cet après-midi ?

Le journaliste hésita.

— Euh, oui.

— À quelle heure ?

— Que se passe-t-il ?

Henry contourna habilement un pick-up qui traînait sur Ross Island Bridge. Il avait allumé les phares, mais pas la sirène. Vers le nord, les immeubles du centre offraient un spectacle de carte postale. Archie sortit la boîte à pilules de sa poche et la fit tourner entre ses doigts.

— À quelle heure l'avez-vous déposée ?

— Je ne sais pas, vers 17 h 30, dit Ian d'une voix qui tremblait légèrement.

— Est-ce qu'elle avait prévu de sortir, ou de recevoir quelqu'un ce soir ?

— D'après ce qu'elle m'a dit, non. Elle avait un article à terminer pour demain.

— Vous êtes au courant d'une source anonyme qui lui aurait fourni des renseignements sur un élève de Cleveland ?

— Oui, répondit Ian sans hésiter. C'est une autre histoire, rien à voir avec l'Étrangleur.

— Vous êtes sûr ?

— Certain.

Rien de tout cela ne plaisait à Archie. Il commença à ouvrir sa boîte, mais croisa le regard désapprobateur d'Henry et la refourra dans sa poche.

— Vous l'avez vue entrer dans l'immeuble ?

— Oui.

Ian se tut et Archie entendit de nouveau rire les invités.

— Il est arrivé quelque chose à Susan ?

— J'essaie juste de la trouver. Si elle vous appelle, dites-lui de me contacter, d'accord ?

La voix de Ian baissa d'un ton.

— Il faut que je vienne ?

Archie repensa à la confession de Susan et soupira :

— Non, restez avec votre famille.

Quand Henry se gara devant l'ancienne brasserie, un flic les attendait.

— La voiture est là. Il y a une caméra dans le hall. Le moniteur est dans le bureau de la concierge.

— La concierge ?

Le flic roula des yeux.

— Une gravure de mode.

Archie, Henry et Anne le suivirent dans l'immeuble. Ils traversèrent le hall futuriste, entièrement noir et blanc, jusqu'à une petite pièce où une jeune femme arborant une superbe queue-de-cheval platine trônait derrière un comptoir en bambou. Elle tenait une télécommande en forme d'œuf et visionnait un enregistrement vidéo du parking sur un moniteur blanc rutilant. Une pile de photocopies était posée sur le comptoir. Archie jeta un coup d'œil à celle du dessus. Elle représentait un chat et proclamait : *Halte à la cruauté envers les chats.*

— Là, dit-elle.

Elle se pencha en avant et posa un index manucuré sur l'écran, juste sur Susan Ward et Paul Reston.

— Là, Susan Ward !

Tous les cinq regardèrent l'image sautillante de Susan et de Reston sortant de l'ascenseur et se dirigeant vers le fond du garage, hors de portée de la caméra. L'horloge indiquait 18 h 12.

— Trouvez-les, dit Anne à Archie et à Henry. Si vous ne les trouvez pas, il va la tuer.

Archie était dans l'appartement de Susan. La gravure de mode leur avait ouvert. Derrière la porte il découvrit un grand miroir doré. Un verre à vin vide était posé devant, sur une console, à côté d'une brosse à cheveux. Un seul cheveu rose était emmêlé dans les poils de la brosse. Il examina le verre sans y toucher. Un peu de vin rouge avait séché au fond, et des traces de rouge à lèvres apparaissaient sur le bord. Ils l'avaient manquée d'un rien. Elle avait bu et était partie avec lui, et qui diable savait où ils se trouvaient à présent. Il avait lancé un avis de recherche sur Reston. La police de l'autoroute allait traquer sa voiture dans quatre États. Mais beaucoup de gens avaient cherché Archie aussi en son temps. Il tripota la boîte à pilules dans sa poche. Il ressentait cette nervosité désordonnée, signe qu'il était temps de prendre de la Vicodine. La migraine ne tarderait pas à venir, puis le picotement sous la peau qui se transformerait en sueurs froides, et pour finir des douleurs dans tout le corps.

Il ouvrit la boîte et, au toucher, en sortit trois gros comprimés ovales qu'il glissa dans sa bouche. Il les garda dans sa joue jusqu'au coin-cuisine de Susan où il remplit un verre d'eau pour les faire descendre. Il en était arrivé à aimer le goût amer des cachets. Il avait rencontré des drogués qui s'injectaient de l'eau salée quand ils ne trouvaient pas la drogue de leur choix. Que l'on puisse se planter une aiguille dans la veine pour rien l'avait rendu perplexe à l'époque. À présent il comprenait que la douleur familière agissait comme un bref stimulant mental.

— Tu crois que c'est une bonne idée ?

Archie leva les yeux. Henry se tenait de l'autre côté du bar, le visage impénétrable.

— Entretien de routine. Ça ne va pas me faire planer.

Il sentit son corps se détendre, avant même que la codéine ait envahi son organisme. C'était psychosomatique. Les comprimés n'agissaient pas aussi vite. Il s'en moquait. Il fallait qu'il se concentre. Qu'il réfléchisse. Comment Reston avait-il réussi à s'emparer d'Addy ? Et pourquoi avoir tué McCallum ? Ça devait avoir un rapport avec le bateau. Ils enseignaient dans le même lycée, ils se connaissaient. D'après McCallum, tout le monde savait qu'il possédait un bateau. Peut-être Reston s'était-il servi du bateau et y avait mis le feu pour détruire les preuves ou détourner les soupçons. S'il savait que McCallum avait été interrogé, alors le suicide pouvait être une dernière mise en scène. Bancale. Et plutôt désespérée. C'était cela qui inquiétait Archie.

Il rejoignit Anne à la fenêtre. Il espérait qu'elle réfléchissait à Reston et non à un éventuel investissement dans Pearl District. Il sentait la présence d'Henry dans son dos, son ombre permanente. Il regarda par la fenêtre. De l'autre côté de la rue un immeuble flambant neuf brillait de mille feux dans le noir, chaque loft illuminé comme une maison de poupée.

— À quel point est-il aux abois ?

Elle écarta une mèche de ses yeux.

— Il est obsédé par une ancienne élève. Une liaison vieille de dix ans. Je dirais qu'il est prêt à tout. Si vous me demandez s'il y a une possibilité qu'il se suicide, je dirai une forte probabilité.

Dans un des lofts, une femme alluma la télévision.

— Alors vous ne croyez pas qu'il l'a déjà tuée ?

— Non, mais je peux me tromper.

— Où l'aurait-il emmenée ? demanda Henry.

— Un endroit où il se sent en sécurité. Où a-t-il emmené les autres ?

— Le bateau ! s'exclama Archie.

— Le bateau de McCallum, dit Henry en écho. Mais il a brûlé.

Archie réfléchit. En bas, dans la rue, quelqu'un essayait de faire un créneau avec un 4×4.

— À moins qu'il n'en ait un autre.

— Non, intervint Claire. On a vérifié à la Capitainerie. McCallum n'avait qu'un seul bateau immatriculé.

— Il m'a dit qu'il l'avait acheté il y a quelques années. Peut-être qu'il avait gardé l'ancien et laissé tomber l'immatriculation.

— On a le droit de faire ça ? demanda Claire.

— Appelle la Capitainerie.

Elle sortit son portable et s'éloigna de quelques pas.

— Ça va ? s'inquiéta Henry.

Archie se rendit compte qu'il se tenait les mains sur les hanches et fixait le parquet. Un dingue avait kidnappé Susan et s'apprêtait à la tuer, s'il ne l'avait déjà fait, et lui, Archie, n'était pas certain de pouvoir la sauver.

— Lâche-moi une minute.

Il s'enferma dans la salle de bains. Il sentait l'inquiétude d'Henry l'envelopper comme un linceul. *Reprends-toi*, se dit-il. Puis il le cria : « Reprends-toi. » Il s'aspergea le visage d'eau froide et s'essuya avec une serviette accrochée à côté du lavabo. Il regarda sa montre. Presque neuf heures. *Une heure de lecture et ensuite extinction des feux.*

Il s'arrêta. *Arrête de penser à elle. Pas maintenant.* Il fallait qu'il se concentre sur Susan. Son nez le démangea, une réaction de son système nerveux à la Vicodine. Un effet secondaire qui avait presque disparu mais revenait de temps en temps. Il se frotta vigoureusement. Super. Et pour couronner le tout, ils allaient tous s'imaginer qu'il se droguait. Et voilà Gretchen qui revenait. Il la voyait, claire comme le jour, allongée sur sa paillasse, appuyée sur un coude, *La Dernière Victime* à la main. La photo de son mariage avec Debbie était dans le livre.

— Patron?

Henry frappa doucement à la porte de la salle de bains. Archie cligna plusieurs fois des yeux et regarda son image trouble dans la glace avant d'ouvrir la porte.

— On a quelque chose?

— Il a immatriculé le bateau qui a brûlé il y a cinq ans, dit Claire. Avant il en avait un autre, un Chris-Craft Catalina 1950. Son immatriculation est tombée huit mois après qu'il a acheté l'autre. S'il l'avait vendu ici, il aurait été immatriculé par le nouveau propriétaire. Il ne l'a pas été.

— Il l'a peut-être vendu à quelqu'un de l'autre côté du fleuve.

— Peut-être, mais d'après la charmante dame de la Capitainerie, jusqu'à la nouvelle loi de 2002, on n'était pas obligé de payer l'immatriculation d'un bateau qui n'était pas dans l'eau. En clair, si on avait un bateau amarré dans une marina et qu'on ne le sortait pas, on pouvait économiser les quinze dollars de taxe.

— Ce radin avait gardé son bateau.

Henry ne cessait de croiser et décroiser les bras.

— C'est celui dont s'est servi Reston, celui dont McCallum risquait le moins de s'apercevoir de l'absence incongrue.

— Incongrue? répéta Claire.

— Je n'ai pas le droit d'utiliser des termes élaborés?

— Si nous avons vu juste, le bateau devrait toujours être à la même marina, non? Je veux dire, c'est probable.

— On fonce, dit Archie.

Anne s'approcha.

— Soyez prudents. Si vous envoyez la cavalerie et que vous l'effrayez, il risque de la tuer, et lui avec.

— À supposer qu'on ait vu juste, qu'il soit là, et qu'elle soit encore en vie.

Anne hocha la tête. Derrière elle, dans le loft, la femme éteignit la télé. Rien d'intéressant.

— J'ai besoin d'un Coca light, déclara Anne.

Ils entendirent soudain un bruit derrière eux, une sorte de halètement rauque ; tous se retournèrent. Une femme d'une quarantaine d'années apparut à la porte, la bouche grande ouverte, grimaçant de surprise. Elle portait un ridicule chapeau tricoté, un manteau en peau de léopard, et des bottes à semelles compensées lacées jusqu'en haut. Ses cheveux étaient une masse informe de longues dreadlocks blondes.

— Qui êtes-vous ? Où est ma fille ?

45

— Tu as tué ces gamines, cria Susan dans le noir.

— Je suis désolé, répondit Paul d'une voix étranglée de tristesse.

Elle avait l'impression que sa respiration faisait un bruit d'enfer. Comme de minuscules bombes atomiques. Elle s'efforça de la maîtriser, de se détendre, de lui faire croire qu'elle n'avait pas peur. Elle devait le convaincre qu'elle était forte, qu'elle contrôlait la situation.

— Tu es désolé ? Tu es malade, Paul. Tu as besoin d'aide. Je peux t'aider.

— Tu n'aurais pas dû me quitter, dit-il en passant quelque chose par-dessus la tête de Susan et autour de son cou.

Elle sentit le cuir lisse de la ceinture contre sa peau, dans sa nuque, et le froid dur de la boucle au-dessus de sa clavicule. L'image des marques violacées sur le cou de Kristy Mathers lui traversa l'esprit et elle tenta désespérément de passer ses mains liées sous la ceinture, mais il tira dessus un coup sec et la lui serra autour de la gorge. Elle se mit à haleter et se débattit, mais il lui repoussa les mains et serra davantage. Le sang lui battait les tempes et elle avait la tête en feu. Il la fit tomber si brutalement que ses rotules heurtèrent le plancher avec violence. Elle tournoya librement dans l'espace, puis soudain s'immobilisa. Tous ses sens revinrent à la vie et ses yeux s'ajustèrent un peu à l'obscurité. Elle le vit, devant elle. Pas un homme, mais une forme sombre, l'ombre d'une personne. Elle sentit son pouce caresser ses lèvres. Son pouce glacé. Ses lèvres tremblaient.

— Tu as une si belle bouche.

Dans sa tête elle essayait d'y voir clair, de classer les informations. Kidnappée. Bateau. Paul. Tueur. Addy. Elle bredouilla :

— Paul, où est Addy ?

Elle le sentit hésiter un moment, puis il fit un pas en arrière et la ceinture se relâcha. Il alluma. Elle se recroquevilla et ferma les yeux par réflexe, surprise par la lumière soudaine. Quand elle se força à les ouvrir, il était de nouveau devant elle et pointait un revolver sur son front. Elle lutta contre la nausée qui l'envahissait et ravala la salive chaude et écœurante qui montait dans sa gorge.

Elle ne s'était pas trompée. Ils étaient sur un bateau. Dans une sorte de cabine. Les murs et le plafond bas étaient blancs, l'espace exigu, à peine deux mètres sur deux. Des casiers et des tiroirs occupaient l'un des murs. Sur l'autre elle aperçut de robustes couchettes en bois. Sur la couchette du haut, au-dessus de celle où elle se trouvait l'instant d'avant, était couchée Addy Jackson.

Elle paraissait à demi inconsciente et était nue, mis à part une petite culotte rose. Elle avait les bras et les chevilles entravés par une bande adhésive. Ses yeux n'étaient que deux fentes, sa bouche dégoulinait de salive, ses cheveux étaient collés par la sueur. Elle bougea et se gratta la joue de ses deux mains attachées. C'est alors que Susan se reconnut. Lee. Dana. Kristy. Addy. Les cheveux châtains. Les traits fins. Elle sut à ce moment-là, avec une certitude accablante, que tout était sa faute. Que tout avait toujours été sa faute. Et elle sut qu'il allait les tuer. Toutes les deux. Cela ne faisait aucun doute. Elle regarda Addy qui semblait ailleurs, inconsciente de ce qui se passait, et elle l'envia.

— C'est ta faute, expliqua Paul en lui caressant le cou. Tu n'aurais pas dû te montrer si garce avec moi.

C'est alors que Susan se fit un serment silencieux. Elle n'allait pas mourir. Pas question. Pas question de se laisser tuer par ce salaud de prof de théâtre.

46

La directrice de la marina de River Haven n'habitait pas sur un bateau, mais dans une maison préfabriquée, sur la colline au-dessus du port. La température avait baissé de presque dix degrés et la nuit était tombée pour de bon. Archie sentait le goût de la rivière dans sa bouche, comme du papier d'aluminium. Il attendait sur la terrasse de la maison basse. Sur la porte on avait cloué un morceau de bois poli avec le mot BUREAU pyrogravé dessus. Son nez le démangeait. *Ouvre cette putain de porte.*

Henry et Claire se tenaient à ses côtés. Trois voitures de police banalisées attendaient derrière eux. Il avait donné ordre aux voitures pies et aux véhicules de la SWAT, la brigade d'intervention, de se garer hors de vue, sur l'ancienne autoroute. Il tendit le cou pour regarder la marina où une dizaine de bateaux se balançaient dans un silence inquiétant.

Un chien aboya et la porte s'ouvrit. Une femme âgée sortit et Archie aperçut un paquet de poils bondissant avant qu'elle ne réussisse à repousser le chien et à refermer la porte. Elle s'adossa contre celle-ci, coincée derrière une sorte de paravent en aluminium qui la séparait des détectives. Archie lui montra son badge.

— Je vous connais, je vous ai vu à la télé.

Elle ôta ses lunettes. Elle avait les cheveux teints en châtain et attachés sur la nuque. Elle portait un pull à col montant rentré dans un jean bleu. Elle tenait un roman policier, un pouce glissé à l'intérieur pour marquer la page. Ses lunettes avaient laissé une vilaine marque rougeâtre sur son nez.

— Vous êtes ce flic qui a été kidnappé par Gretchen Lowell.

Le nom de Gretchen envoya une décharge électrique dans tout le corps d'Archie. Dans sa poche, son poing se referma sur sa boîte à pilules.

— J'ai besoin de savoir où les bateaux de Dan McCallum sont amarrés.

Elle détourna le regard et joua avec la poignée du paravent.

— Le bateau de Dan a brûlé.

— Il n'en a pas un autre ?

Elle hésita.

— C'est important.

— Je l'autorise à le laisser ici, bien qu'il ne soit pas immatriculé. Dan est un brave homme.

— Ne vous inquiétez pas, vous n'aurez pas d'ennuis. Où est-il ?

Elle dévisagea Archie un moment, puis sortit de derrière le paravent et montra la marina en contrebas.

— Anneau 28. Deuxième bateau sur la gauche en partant du bout.

— Fais ce que tu veux avec moi, mais laisse partir Addy.

Le visage de Reston n'était qu'ombre et lumière. Un tic lui agitait le coin de la bouche.

— Je ne peux pas.

Susan dut faire appel à toute sa volonté pour garder un visage impassible.

— Tu vas la tuer ?

— Il le faut.

Elle sentit la petite pièce se refermer sur elle. Même sans être attachée, elle n'aurait pas réussi à le bousculer pour atteindre la porte et quitter le bateau. Et après ? Quoi faire ? Nager ? Le hublot au-dessus d'Addy était grand comme une assiette. Il n'y avait aucune issue.

— Et moi ?

Reston tendit la main et la posa sur le corps d'Addy, promenant son doigt sur la courbe de sa hanche et le creux de sa taille, caressant ses côtes. Dehors l'eau clapotait contre la coque. Le bateau tanguait, roulait, et tressautait par à-coups.

— Regarde-la. Elle est belle, n'est-ce pas ? dit-il en fermant les yeux.

Susan ne comprenait pas comment il avait fait.

— La police te surveillait. Ils disent que tu n'es pas sorti de chez toi.

— Je ne l'ai pas enlevée, Suzy. Elle est venue à moi. Je lui ai dit que nous pourrions être tous les deux. Je lui ai dit de casser la fenêtre de sa chambre de l'extérieur. Je lui ai dit quel bus prendre. Je lui ai dit de m'attendre sur le bateau jusqu'à la sortie des cours.

Il ouvrit les yeux dans un battement de cils et, dans son regard, Susan lut une haine qu'elle ne lui avait jamais connue. Le bateau tangua et la porte couina sur ses gonds.

— Elle a fait exactement ce que je lui ai dit de faire.

— Tu es devenu fou.

Il sourit et lorgna la jeune fille à demi inconsciente.

— Rohypnol. Je l'ai acheté sur Internet.

Susan était écœurée à l'idée qu'elle l'ait laissé la toucher. Elle revoyait chaque rencontre, chaque caresse ; les images défilaient dans son esprit, triste diaporama de sa triste adolescence. Elle avait tellement voulu tout maîtriser. Elle avait convaincu tout le monde qu'elle y arrivait. La vérité était plus pitoyable.

La respiration de Reston s'accéléra et il devint rouge d'excitation. À présent il caressait les seins d'Addy. Il titillait un petit téton rose avec son pouce. La jeune fille bougeait à peine.

— Je ne les désire aussi fort que parce qu'elles me font penser à toi.

Susan se dit que pour s'en sortir, il fallait être forte.

— Ce ne sont que des conneries pour te justifier. Les gamines t'ont toujours fait bander.

— Non, dit-il d'une voix brisée. C'est toi qui m'as rendu comme ça. Avant toi je n'avais jamais éprouvé de désir pour les élèves.

Sa main glissa des seins d'Addy sur ses côtes, sa taille, puis le long de l'élastique de sa culotte. Susan détourna la tête, incapable de regarder.

— Ne fais pas cela, je t'en prie.

— Je représentais quelque chose pour toi ?

— Bien sûr.

— Je repense tout le temps à ce soir-là, après les cours. Ta façon de te tenir. Comment tu étais habillée. Ce que tu as dit. Tu m'avais enregistré cette bande, tu te souviens ?

Il lui effleura le visage et elle eut un mouvement de recul. La ceinture se tendait et l'étranglait, ce qui l'obligeait à rester immobile. *Ne pleure pas. Surtout ne pleure pas.*

— Tes chansons préférées.

Elle sentit soudain ses lèvres contre sa joue et elle eut envie de vomir.

— Je l'ai toujours. Il y avait cette chanson des Violent Femmes, *Donne-moi juste un baiser.* Tu me l'as tendue et tu m'as dit : « Voilà qui je suis. » Tu t'es donnée à moi.

Il l'embrassa de nouveau, faisant courir ses lèvres contre son visage et y laissant une traînée de salive.

— Tu avais recopié toutes les paroles à la main, si soigneusement. Ça avait dû te prendre des heures.

Elle ferma les yeux en les serrant de toutes ses forces, comme des poings.

— C'était pour la répétition, Paul. J'ai proposé d'enregistrer une bande pour la répèt.

— Ça s'est passé ce jour-là, dans ma salle de classe. Après les cours. On s'est embrassés pour la première fois.

Elle sentait sa sueur, douce et âcre, dans l'espace exigu.

— J'ai écouté la bande en rentrant et je n'arrivais pas à y croire. Nous étions tellement semblables.

Elle sentit ses lèvres humides sur sa bouche et lutta en vain pour détourner la tête. La toile noire de ses paupières était constellée d'étoiles.

— J'ai écouté les paroles des chansons et j'ai compris ce que tu essayais de me dire. J'ai compris que c'était mal que nous soyons ensemble.

Il se recula et elle sentit la ceinture se desserrer, mais elle avait encore peur d'ouvrir les yeux, peur de ce qu'elle pourrait voir.

— J'étais marié. J'étais ton prof. Mais tu étais si mûre pour ton âge. Je t'ai écrit une lettre. Je n'aurais jamais dû, je n'aurais jamais dû exprimer mes sentiments par des mots. J'ai pris le risque. Je te l'ai donnée en classe le lendemain en te disant de la lire après les cours. C'est ce que tu as fait.

Il s'arrêta et poussa un soupir qui se mua en sanglot.

— Et puis tu es venue vers moi après la soirée du club théâtre. Et nous avons fait l'amour.

Il saisit la tête de Susan entre ses mains et elle sentit sa bouche se coller à la sienne, sa langue chercher à s'insinuer entre ses lèvres serrées. Il tira sur la ceinture.

— Ouvre la bouche.

Elle ouvrit les yeux et le défia, folle de rage.

— Ça ne s'est pas passé comme ça, Paul.

Elle le disait enfin. Enfin elle disait la vérité.

— J'étais soûle. Je me suis soûlée pour la première fois à la soirée du club, après une pièce débile. Tu m'as proposé de me raccompagner chez moi et tu m'as sautée dans ta bagnole.

Elle appuya tristement la tête contre la couchette.

— Je n'étais qu'une gosse. Mon père venait de mourir. J'ai laissé les choses continuer. Je ne savais pas. Et tu étais mon prof préféré.

47

Le gilet en Kevlar obligeait Archie à respirer diffé-
remment. Les pattes Velcro étaient serrées et le poids
lui comprimait la poitrine, faisant vibrer ses côtes et
transformant chaque mouvement du buste en une vic-
toire mentale. Il s'efforçait de faire arriver l'air jusque
dans son ventre, visualisant l'oxygène en train d'irriguer
ses poumons et de nourrir son cœur. Cela lui occupait
l'esprit tandis qu'en compagnie de Claire et d'Henry il
descendait lentement l'allée en ciment qui zigzaguait à
flanc de colline jusqu'aux bateaux. Une vieille Passat
était garée en bas. La voiture de Reston. Ils marchaient
à une allure normale, leur gilet pare-balles sous leurs
vêtements, leurs armes dissimulées, mais ils étaient si
tendus qu'il aurait fallu être aveugle ou idiot pour ne pas
s'inquiéter en les voyant.

Ils arrivèrent au quai. Il s'avançait dans la rivière,
des bateaux de chaque côté. Les lampes de sécurité qui
balisaient les pontons projetaient une faible lumière
blanchâtre qui se reflétait dans les eaux noires et donnait
à chaque détail un relief surprenant. Archie détacha la
lanière de sécurité de son holster et posa la main sur la
crosse lisse de son .38.

Les emplacements étaient numérotés, pairs d'un côté,

impairs de l'autre. Bien avant d'atteindre le numéro 28, Archie pressentait que le bateau ne serait pas là. Il n'aurait pas cette chance.

— Et merde ! dit-il en arrivant devant l'emplacement vide.

— Qu'est-ce que ça veut dire ? demanda Claire.

— Qu'ils sont partis faire un tour.

Archie se tenait sur le pont d'un cabin-cruiser de vingt-huit pieds équipé de deux moteurs. Il ne s'intéressait pas aux bateaux. Mais il savait de quel type il s'agissait car l'un des volontaires de la Patrouille fluviale le lui avait dit. Ces hommes portaient des uniformes verts, peignaient leurs vedettes en vert émeraude, et s'étaient baptisés les Frelons Verts. En hiver leurs équipages se composaient d'un lieutenant, d'un sergent, de huit volontaires, et d'un mécanicien à plein temps. Moins d'une demi-heure après l'appel d'Archie, tous étaient là.

En l'espace de trois quarts d'heure, cinq vedettes vertes, deux hélicoptères de la police et un des garde-côtes s'étaient lancés à la recherche du Chris-Craft.

— C'est un bateau. Il est sur la rivière. Ayez confiance, nous le trouverons, avait dit l'un des pilotes à Archie.

Et ils le trouvèrent. Une heure plus tard, un des Frelons annonçait à la radio qu'il avait repéré un Chris-Craft à l'ancre à l'entrée du détroit, du côté Columbia de Sauvie Island.

Archie transmit la position à la SWAT. Reston ne pouvait pas ne pas avoir repéré le projecteur de 10 000 mégawatts de l'hélicoptère de la police. Soit il lèverait l'ancre et essaierait de fuir, et dans ce cas l'hélico le trouverait, soit il se cacherait. Il y avait prise d'otage et Archie ne voulait prendre aucun risque. Mais il faudrait un certain temps avant que la SWAT n'arrive sur les lieux, et sa propre vedette n'était pas bien loin. De toute façon, il fallait s'assurer qu'il s'agissait bien du bon Chris-Craft. Il ne voulait pas qu'une équipe de la SWAT prenne d'assaut le mauvais bateau et gâche la partie de pêche d'une famille de braves gens. Il demanda donc à son pilote de faire le tour de l'île pour voir s'ils pouvaient s'approcher.

Ils le repérèrent, tous feux éteints à l'exception de la lumière des cabines. Rick, un volontaire de l'âge d'Archie, cheveux en brosse et barbe poivre et sel, braqua un projecteur sur le Chris-Craft. L'hélicoptère se mit à voler en cercles au-dessus.

— Voilà le bébé, hurla Rick pour couvrir le bruit du moteur.

— Une équipe de la SWAT et un spécialiste des prises d'otages vont arriver, répondit Archie en hurlant lui aussi.

— On n'a pas beaucoup de temps, intervint Anne. Il va vouloir mettre fin à tout cela.

— À quelle distance on peut s'approcher ?

— Assez près pour monter à bord, répondit Rick.

— Allons-y.

Henry, Claire et Archie dégainèrent leur arme tandis que Rick mettait les moteurs au ralenti. Quand ils furent tout près, il coupa les moteurs et ils dérivèrent lentement jusqu'au Chris-Craft. Deux des Frelons fixèrent des bouts autour des taquets de leur vedette et attendirent à tribord. Une fois les deux embarcations bord à bord, ils empoignèrent le bastingage et enroulèrent leurs filins autour des taquets de l'autre bateau.

Les deux embarcations se balançaient coque contre coque. Personne ne parlait. Il faisait froid sur l'eau et Archie se souffla sur les doigts pour les réchauffer, ouvrant et fermant les mains plusieurs fois pour faire circuler le sang. Le vent qui s'engouffrait sur le fleuve lui brûlait les joues. Rien ne bougeait sur le Chris-Craft. Archie scruta la rivière. Pas la moindre lumière.

— Je monte à bord, annonça-t-il en tendant son arme à Henry, crosse en avant.

Henry empoigna le revolver, mais plaça son autre main fermement sur celle d'Archie. Il se pencha vers son ami, le visage pincé, et murmura :

— Tu y vas parce que tu penses que c'est la bonne chose à faire, ou parce que tu as quelque chose à te faire pardonner ?

Archie le regarda droit dans les yeux. *Tu ne peux pas me sauver*, pensa-t-il.

— Ne viens pas, sauf si tu entends un coup de feu. J'essaierai de te faire signe si je pense qu'il faut que la SWAT le descende.

— Mets un gilet.

Le gilet ! Il l'avait enlevé en montant sur la vedette. Ça lui semblait curieux de porter un gilet pare-balles sur un bateau, plutôt qu'un gilet de sauvetage.

— Ça me fait mal aux côtes.

Il se retourna, se hissa par-dessus le bastingage du cruiser et sauta sur le pont du Chris-Craft avant que quiconque pût l'en empêcher. Les semelles en caoutchouc de ses chaussures adhéraient à la fibre de verre du pont, et il réussit à courir, courbé en deux, jusqu'à quelques mètres de la porte de la cabine.

— Reston, cria-t-il, c'est Archie Sheridan. Je vais ouvrir l'écoutille, pour qu'on puisse parler, d'accord ?

Il n'attendit pas la réponse. Qu'aurait-il fait si Reston avait répondu non ? *Continue d'avancer. Continue de parler. Déstabilise-le.* Il tripota le loquet. L'écoutille n'était pas fermée à clé. Il l'ouvrit en grand d'un coup sec. Au-dessus de sa tête il vit une pancarte : *Attention à la marche.*

Il distinguait une partie du couloir inférieur : un petit placard et un coin-cuisine. Mais pas de Reston. Ni de Susan. Ni d'Addy Jackson.

— Je ne suis pas armé. Je suis venu discuter, d'accord ?

Cette fois il attendit. Rien. C'était mauvais signe. Peut-être étaient-ils tous morts. Il prit une profonde inspiration, se préparant à découvrir une scène de carnage. Il n'était pas certain de pouvoir le supporter.

— J'arrive.

Il se glissa par l'écoutille et descendit les quatre marches menant droit à la cabine principale. Il plissa les yeux à cause de la lumière. Voilà ce qui à bord d'un bateau passait pour un salon : un canapé couvert d'un tissu floral, un fauteuil en rotin avec un coussin assorti, une petite table basse en rotin, blanche avec un plateau en verre. La moquette était couleur vert Astroturf. Le plafond était bas et l'espace exigu, mais les murs étaient lambrissés de teck, et le bois, sous la lumière jaune, donnait à la pièce une certaine chaleur. Un gros baromètre en cuivre et bois servait d'élément décoratif au-dessus du canapé. Au-delà de l'espace-salon se trouvaient le placard et le coin-cuisine qu'il avait vus d'en haut.

Reston se tenait près du canapé, devant un couloir qui devait conduire dans les profondeurs du bateau. Il portait un treillis et un T-shirt. Ses yeux étaient deux trous noirs. Il serrait fermement Susan par la taille tout en lui appuyant un revolver sous la mâchoire. Une ceinture en cuir marron pendait autour du cou de la jeune femme. Sans aucun doute celle qui était responsable des marques de strangulation sur les gamines assassinées. Susan avait les poignets et les chevilles entravés par une bande adhésive. Mais elle était en vie. Et éveillée. Et, à en juger par son expression, épuisée mais provocante, furibonde.

— Ohé ! lança Archie.

— Addy est au fond, réussit à articuler Susan, avant que Reston n'attrape la ceinture et la resserre jusqu'à l'étouffer.

Elle tomba à genoux, mais il réussit à maintenir le revolver collé à sa tête.

— Pourquoi m'as-tu fait cela ? Pourquoi ne veux-tu pas être gentille avec moi ?

Susan battit l'air de ses mains liées, mais sans parvenir à glisser ses doigts sous la ceinture pour en desserrer l'étreinte. Elle avait le visage déformé, marbré, les yeux hagards, la bouche grande ouverte, la bave aux lèvres. Archie disposait de deux minutes environ.

Il se retint de ne pas se précipiter sur Reston car celui-ci tenait un revolver contre la tête de Susan. S'il se jetait sur lui, il risquait de la tuer. Elle était par terre, il n'allait probablement pas lui briser le cou. Étrangler quelqu'un n'était pas si facile. Ce n'était pas le manque d'air qui tuait, mais la compression des veines du cou. Si Archie ne faisait rien, elle allait mourir, mais ça prendrait quelques minutes. Et quelques minutes, c'était long, ça lui donnait une chance.

Il s'éloigna de Reston et gagna le coin-cuisine. Un petit réchaud ct un évier en inox encastré dans un plan de travail vert. Les éléments étaient peints en blanc. Il en ouvrit plusieurs avant de trouver des verres. Il en prit un et le remplit d'eau. Il n'entendait plus Susan se débattre. Est-ce qu'elle avait perdu conscience ? Est-ce qu'il s'était planté une fois de plus ? Puis, soudain, un halètement étranglé. Reston avait lâché la ceinture. Susan respirait. Elle toussa, une toux rauque, une sorte de râle. Archie ferma les yeux et sentit le sang lui monter au visage. Ça avait marché.

— Qu'est-ce que vous foutez ? demanda Reston.

Archie attendit avant de répondre. *Laisse ce salaud se poser des questions.*

— Il faut que je prenne des cachets. Je peux les prendre sans eau, mais ils agissent plus vite si je les avale avec un liquide.

Il se tourna vers Reston et lui adressa un petit sourire.

Puis il s'assit sur le banc rembourré, devant la tablette pliante, en prenant garde de ne pas glisser les genoux dessous afin de pouvoir se dégager rapidement en cas de besoin. Il posa le verre d'eau sur la table. Il voyait les fanaux du garde-côtes par le minuscule hublot au-dessus de la cambuse. Donc eux le voyaient aussi. Bien.

— Je vais prendre mes cachets, annonça-t-il.

Avant que Reston ne réponde, il glissa lentement la main dans sa poche et prit la boîte en cuivre. Il l'ouvrit et sortit huit comprimés qu'il aligna un par un sur la table. Même dans ce contexte, il sentit une poussée d'endorphines rien qu'à les regarder.

— Je sais que ça paraît beaucoup, mais j'ai un haut niveau de tolérance.

Reston tenait de nouveau Susan par la taille. Elle continuait de tousser, comme si sa trachée essayait de se convaincre qu'elle était dégagée. Toutefois elle avait réussi à se débarrasser de la ceinture qui gisait à présent à ses pieds. *Bien joué, petite*, pensa Archie.

— Susan, tout va bien ? demanda-t-il d'un ton badin.

Elle hocha la tête et le regarda, les yeux pleins de morgue. Reston l'attira plus près de lui. Archie prit un comprimé, le posa sur sa langue et le fit descendre avec une gorgée d'eau. Puis il reposa le verre sur la tablette.

— Vous avez obligé Addy à venir jusqu'à vous ?

— Elle avait besoin de quelqu'un qui la fasse se sentir différente.

— Mais les autres filles, vous les avez enlevées, comment avez-vous pu vous fabriquer des alibis ?

— Facile. Je regardais les répétitions depuis la cabine de l'éclairagiste. Les élèves ne pouvaient pas voir à l'intérieur. On faisait un bout de répétition. Je donnais des instructions. On faisait un autre bout. Ils me voyaient entrer dans la cabine avant de commencer et en ressortir à la fin. Je partais au début du premier acte.

Il lissa les cheveux de Susan comme si c'était une poupée. Elle eut un mouvement de recul.

— J'avais le temps de les trouver, de leur parler, et de les tuer avant le baisser de rideau. Les filles étaient mortes et cachées sous une couverture dans ma voiture, et je revenais donner les instructions que j'avais inventées. Je n'avais pas besoin de voir le spectacle, ils faisaient toujours les mêmes erreurs.

Il baissa les yeux vers Susan, puis regarda de nouveau Archie.

— Je ne vais pas vous laisser l'emmener d'ici.

Archie parcourut la cabine du regard.

— C'est un chouette bateau.

— Il appartient à Dan McCallum.

— Exact, Dan McCallum, le tueur en série suicidaire.

— J'avais besoin de gagner un peu de temps.

Archie prit un autre cachet, le lança en l'air et le goba au passage avant de l'avaler avec une autre gorgée d'eau. Il reposa le verre sur la table.

— Je pourrais vous tuer, si je voulais, dit Reston d'une voix creuse et tremblotante. Je pourrais vous tuer tous les deux avant qu'ils n'aient le temps d'arriver.

Archie se passa la main dans les cheveux et essaya de prendre un air las.

— Vous ne faites pas peur, Paul. J'en ai vu qui faisaient vraiment peur.

Reston se décomposait à vue d'œil, il se balançait d'un pied sur l'autre et clignait des yeux en un tic involontaire. Il luttait avec Susan, ajustant sans cesse son emprise sur elle, agitant le revolver, le déplaçant d'un centimètre en direction d'Archie, puis le ramenant sur la jeune femme. Celle-ci ne quittait pas l'arme des yeux. Tout son corps tremblait, mais elle semblait tenir le coup. Elle ne pleurait plus. Reston l'embrassa sur la joue.

— N'aie pas peur. Ça ira vite.

Elle flancha et il la serra plus fort, puis il se retourna vers Archie. Sa chemise était tachée de sueur au cou et sous les bras. Il puait.

— Vous me reconnaissez ? demanda-t-il, presque implorant.

Aucun doute, il perdait les pédales.

— On s'est vus hier chez vous.

— Réfléchissez ! Avant cela ?

Reston semblait si sérieux, si certain, qu'Archie se surprit en train de fouiller sa mémoire pour retrouver ce dont il parlait. L'avait-il déjà arrêté ? Non, il n'avait pas de casier. Un témoin qu'il aurait interrogé ? Dieu sait qu'il avait interrogé des milliers de témoins dans l'affaire de l'Artiste. Il secoua la tête. Rien.

Reston paraissait de plus en plus déboussolé.

— J'ai tué quatre personnes.

Cela voulait dire qu'Addy était vivante.

Archie entendit le moteur d'un autre bateau qui s'approchait. Puis l'hélico. Une lumière crue brilla devant les hublots. Il prit un autre cachet, l'avala, reposa le verre. Sa cérémonie du thé personnelle, un rien tordue.

— Vous avez aimé ? Ça vous a plu ?

Un autre tic.

— J'étais obligé. Je n'avais pas le choix.

L'agitation de Reston inquiétait Archie. Il n'était pas nerveux à cause de ce qui se passait dehors, l'autre bateau, l'hélicoptère, les projecteurs. Il se moquait d'être arrêté, et pour Archie, cela voulait dire qu'il avait déjà décidé de mourir. Si la SWAT intervenait en force, la première chose que ferait Reston, ce serait tuer Susan.

— Mais vous avez aimé ?

— Pour la première, ça a été dur. Ensuite c'est devenu plus facile. Au début ça ne me plaisait pas d'être obligé de les tuer, mais après j'y ai pris goût.

— Comment les choisissiez-vous ?

— Elles voulaient toutes participer à la comédie

musicale du district. Ça coûte cher les comédies musicales. À cause des restrictions budgétaires, aucun lycée ne pouvait en monter une seul, alors ils se sont regroupés pour en sponsoriser une. C'était moi le metteur en scène. Je n'ai retenu aucune de ces filles, elles étaient trop mauvaises, mais je me suis souvenu d'elles, et elles se sont souvenues de moi. Elles voulaient toutes devenir des vedettes. Je leur ai raconté que je les voulais pour mon prochain spectacle.

— C'est facile de manipuler des gamines, fit observer froidement Archie.

— Je suis un professeur très populaire.

— Je t'en prie, dit Susan en roulant des yeux.

Archie prit un nouveau cachet.

— C'est pour quoi, vos cachets ?

Un sourire effleura les lèvres d'Archie. Ça allait peut-être marcher. Il fit courir son doigt sur le bord du verre sans quitter Reston des yeux.

— J'ai des fantasmes morbides.

Gretchen de nouveau. Sa main contre sa joue. L'odeur de lilas.

Il eut soudain une idée. Il pourrait peut-être provoquer un peu plus Reston, l'amener à lui tirer dessus. L'énerver jusqu'à ce qu'il perde son sang-froid et dirige le revolver sur lui, le détournant de Susan une fraction de seconde. Archie aurait parié que Reston était mauvais tireur mais s'il s'approchait suffisamment près, il serait peut-être capable de le toucher à la tête, ou au cou. Une façon élégante d'en finir. Mort dans l'exercice de son devoir. Tout le monde comprendrait. Henry comprendrait. Debbie aussi, sans doute. Mais tous les autres attribueraient le drame à son destin tragique. *Ce pauvre Archie Sheridan. C'est mieux comme ça. Il n'a plus jamais été le même après ce qu'il a subi.*

Mais il restait Susan. Reston la tuerait. Juste après avoir tiré sur lui, il lui logerait une balle dans la tête, et il ne la manquerait pas. Là où il se trouvait, les gars de la SWAT n'arriveraient pas à le descendre à temps. Ils se précipiteraient dès le premier coup de feu, mais Susan serait déjà morte, et Reston aurait peut-être même le temps de se tirer une balle dans la bouche. Ou bien ils le maîtriseraient. Lui arracheraient l'arme. L'arrêteraient. Mais Archie et Susan seraient morts et lui serait vivant. Cela ne paraissait pas bien juste.

Retour au plan A. Celui qui prévoyait que Reston prenait une balle dans le crâne. *C'était un meilleur plan de toute façon.*

Le moment était venu d'appeler la cavalerie. Il posa le coude droit sur la table et posa le menton sous sa main, face au hublot. Petit doigt et annulaire gauches repliés, il appuya son index et son majeur gauches tendus contre sa tempe, comme le canon d'un pistolet. Ils le regardaient, il était là depuis assez longtemps, comme un poisson rouge dans son bocal. Henry comprendrait. Les hublots étaient en acrylique double épaisseur, le mieux serait de tirer par l'écoutille qu'il avait laissée ouverte. À condition que les tireurs d'élite soient arrivés. À condition que quelqu'un voie son signal. À condition qu'il puisse faire venir Reston dans la ligne de tir. Celui-ci fit un tout petit pas vers lui, le revolver toujours collé contre la tempe de Susan.

— Ils aident, vos cachets?

— Non. Mais on se sent moins coupable.

— Donnez-m'en deux ou trois.

Archie en prit un et le regarda.

— Vous avez une ordonnance?

— Je vais la tuer.

— Vous en avez l'intention, de toute façon.

— Je vais vous tuer.

Archie reposa le comprimé sur la table.

— Même pas peur, Paul.

Reston empoigna Susan par les cheveux et lui cogna

la tête contre le lambris en teck. Elle hurla. Archie se leva.

Reston pointa le revolver sur lui sans lâcher les cheveux de Susan. Elle avait le front en sang, mais elle était consciente et se débattait. Le visage écarlate, Reston était fou de rage ; ses yeux lançaient des éclairs, sa poitrine se soulevait, la colère déformait ses traits.

— Bon, d'accord, concéda Archie.

Il prit un cachet et le lança en direction de Reston. Il atterrit sur la moquette verte, à mi-chemin entre les deux hommes. Reston s'avança à quatre pattes, traînant Susan par les cheveux, le revolver toujours braqué sur Archie. Il arriva près du cachet mais, ne voulant lâcher ni Susan ni le revolver, il baissa la tête et le ramassa avec les dents. Il adressa un sourire de triomphe à Archie et l'avala. Un coup de feu claqua alors, sa tête bascula en avant et il s'écroula sur la moquette. Susan hurla et rampa en arrière, bouche grande ouverte.

L'équipe de la SWAT surgit, arme au poing. Avec leur tenue noire, on aurait dit des créatures jaillies du fond de la Willamette. Susan tenait ses mains liées contre son visage et répétait :

— Merde, et merde, et merde…

— Allez voir par là, leur cria Archie en montrant le couloir.

Lui ne bougea pas. Il restait deux comprimés sur la table. Il les ramassa d'une main et les fourra dans sa poche.

48

Archie planait. Debout au bord du fleuve, les mains dans les poches, les épaules imprégnées d'un fin brouillard de pluie. Il faudrait qu'il se décide à acheter un de ces blousons imperméables dont tout le monde vantait les mérites. Il était près de 2 heures du matin, mais il n'était pas fatigué. La bonne dose de Vicodine le maintenait dans un perpétuel état intermédiaire, ni fatigué ni éveillé. Pas si désagréable, une fois l'habitude prise.

À une vingtaine de mètres derrière lui se trouvaient les bureaux des Frelons Verts. Rectangulaire, couvert de plastique marron, le bâtiment semblait avoir été livré en kit et monté dans l'après-midi. Claire, Henry, Susan et les autres étaient à l'intérieur. Susan témoignait la première, puis ce serait le tour d'Archie. Il s'était éclipsé pour prendre l'air. Le Chris-Craft avait été remorqué jusqu'au quai et il regardait les techniciens installer d'énormes projecteurs qui éclairaient l'embarcation comme un décor de théâtre.

L'état d'Addy Jackson était stationnaire et une ambulance l'emmenait à Emmanuel. Le brouillard Rohypnol commençait à se dissiper et elle était consciente, bien qu'encore incapable de répondre à des questions. Archie espérait qu'elle aurait la chance de profiter des propriétés amnésiantes du médicament.

Les médias n'avaient pas encore fait leur apparition. Ils avaient sans nul doute capté les appels de la police, mais Portland ne représentait encore qu'un petit marché et les chaînes de télévision n'entretenaient la nuit que des équipes squelettiques. Archie imaginait les reporters enfilant leur Barbour et se précipitant vers le port, prêts à intervenir en direct pourvu qu'ils puissent faire pleurer dans les chaumières. Tout allait recommencer.

Archie entendit l'homme arriver derrière lui avant de le voir. Quelques pas encore, puis une silhouette épaisse apparut dans le noir. Il n'eut pas besoin de tourner la tête, il avait reconnu l'odeur de whisky et de tabac froid.

— Quentin Parker.

— Il paraît que vous vous en êtes fait un autre.

— Vous couvrez cette affaire ?

— J'ai un gamin avec moi, Derek Rogers. Et Ian Harper est en route.

— Ah bon !

— Vous pensez que c'est un crétin. Attendez de l'avoir rencontré, persifla Parker.

Ils restèrent côte à côte un long moment à observer le Chris-Craft, les projecteurs et le fleuve. Archie finit par se décider à parler.

— Vous n'êtes jamais venu me voir à l'hôpital. Tout le monde jouait des coudes pour se glisser dans ma chambre. On me suppliait de répondre à des interviews, on m'envoyait des fleurs. Certains se déguisaient en médecins. Pas vous.

Le gros Parker haussa les épaules.

— Jamais réussi à me décider.

— J'ai apprécié.

Le journaliste chercha une cigarette dans sa poche,

l'alluma et tira une bouffée. Elle paraissait minuscule dans sa grosse patte ; le bout rougeoyait dans la nuit.

— Vous allez être célèbre une fois de plus.

Archie leva les yeux au ciel. La lune n'était qu'une traînée de lumière derrière la couche de nuages.

— J'envisage de partir en Australie.

— Méfiez-vous, Sheridan. Les articles de Susan ont chauffé le public. L'histoire du héros tragique passe bien, mais les gens ne vont pas tarder à en vouloir davantage. Les médicaments. Les visites hebdomadaires à Gretchen. On va vous bouffer tout cru à cause de cette connerie. Le maire et Henry ne peuvent vous protéger que jusqu'à un certain point. Si le Quatrième Pouvoir flaire l'odeur du sang, ce sera la curée.

— Merci du conseil.

— Mauvaise pioche, non ?

— Quoi ?

— Flic, répondit Parker en regardant sa cigarette. Z'auriez dû être prof... Enseigner quelque part, ajouta-t-il en faisant tomber la cendre d'un léger mouvement du poignet.

— Trop tard, maintenant.

Le regard du gros journaliste se perdit au loin et il sourit avant de hausser les épaules et de se plonger dans la contemplation de sa cigarette.

— Moi, je voulais être vendeur de voitures, des Oldsmobile. Je me suis fourvoyé dans un job de grouillot. Quinze ans. 1959. Jamais fait d'études. On imprimait le canard juste ici. Au sous-sol. J'adorais l'odeur de l'encre. Aujourd'hui, pas un journal n'embaucherait un stagiaire non rémunéré qui n'aurait pas au moins un doctorat.

— Les temps changent.

— Comment va la gamine ?

— Elle est furieuse.

— Sacré petit bout de femme.

— Je peux avoir un chewing-gum ? demanda Susan.

Elle se trouvait dans une arrière-salle des bureaux de la patrouille fluviale en compagnie de Claire et d'Henry. Un bureau, un fauteuil, des murs couverts de cartes marines. Sur le bureau s'entassaient des piles de classeurs noirs portant le sceau de la ville, ainsi que toutes sortes de papiers blancs ou roses qui semblaient être des formulaires, des rapports, des comptes rendus, tous signés, certifiés, estampillés. L'antre d'un homme. D'ailleurs des photos en couleurs accrochées au mur dans des cadres bon marché le montraient. En train de pêcher. Entouré d'autres hommes en uniforme vert. Avec sa famille. Il portait la moustache et paraissait expansif. Sur des clichés plus récents, il portait la barbe. À gauche du bureau, une bibliothèque métallique croulait sous les livres de droit maritime et ceux qui relataient l'histoire de l'Oregon. Tout en haut Susan avait repéré un bocal plein de boules de chewing-gum roses.

— Bien sûr, dit Claire en allant en pêcher une et en la lui tendant.

La jeune femme la développa et la mit dans sa bouche. Ses mains lui faisaient toujours mal, et elle avait les poignets à vif à cause des liens. Le chewing-gum était sucré et dur.

— Il est vieux, déclara-t-elle tristement.

— Encore quelques questions avant que votre mère n'enfonce la porte, dit Claire.

— Ma mère est ici ?

— Dans la pièce d'à côté, confirma Henry. On a pratiquement dû lui passer la camisole de force pour l'empêcher d'entrer.

Felicity était là. Felicity était venue et l'attendait. Normal pour une mère. Susan imagina les flics en train de l'affronter. Elle devait gendarmer tout le monde, menacer de se plaindre au comité de contrôle de la police. Susan sourit de bonheur.

— Qu'y a-t-il? demanda Claire.

— Rien, continuez.

Ils lui posaient les mêmes questions depuis près d'une heure. Elle avait l'impression d'avoir raconté minute par minute chaque contact qu'elle avait eu avec Paul Reston depuis l'âge de quatorze ans. Elle leur avait dit comment il avait manipulé Addy. À présent elle ne voulait plus penser à tout cela. Le sang lui battait les tempes. Le médecin lui avait posé des sutures cutanées pour refermer la blessure de son front, mais elle risquait de se réveiller avec un superbe œil au beurre noir. Elle avait envie d'une cigarette. Et d'un bain. Et de sa mère.

Claire était appuyée contre un mur, Henry contre un autre.

— Vous êtes certaine qu'il n'a pas mentionné d'autres filles? Des filles dont nous n'aurions pas entendu parler? demanda Claire.

— Certaine.

— Et vous n'avez pas gardé les lettres qu'il vous a envoyées?

Il en avait envoyé des centaines. Elle les avait jetées dans le feu de joie de l'anniversaire de son père alors qu'elle était encore en fac.

— Je m'en suis débarrassée, il y a des années.

Claire la regarda, évaluant son état d'un air soucieux.

— Comment vous sentez-vous? Vous ne voulez pas aller à l'hôpital?

Susan se toucha le cou à l'endroit où une horrible boursouflure s'était formée. Ça la brûlait, mais ça passerait.

— Ça va aller.

On frappa à la porte et Archie entra.

— On pourrait peut-être boucler cela ce matin et laisser Susan rentrer chez elle se reposer.

— Pas de problème, dit Henry avant de regarder sa montre et de se tourner vers Claire.

— Tu es toujours d'accord pour passer chez McCallum ?

— Pour quoi faire ? demanda Archie.

— Il veut voir s'il peut retrouver ce foutu chat, répondit Claire en faisant une grimace à Archie. Il a le cœur sensible.

— Et alors ? rétorqua Henry. J'aime les chats.

Les cheveux et les vêtements d'Archie étaient imprégnés d'humidité. On aurait dit qu'il avait passé la nuit dans le jardin et qu'il était couvert de rosée. Susan avait envie de lui sauter au cou.

— Vous êtes trempé, lui dit-elle.

— Il pleut.

— Dieu merci, murmura-t-elle avant de fondre en larmes.

Elle sentit Archie s'agenouiller à côté d'elle, passer un bras autour de son cou, et la serrer contre son blazer en velours trempé. Elle éclata en sanglots, incapable de s'arrêter. Tout son corps était secoué de spasmes, elle manquait d'air. Elle se cacha le visage, Archie sentait la pluie. Son pull lui grattait la joue, mais elle n'en avait cure. Au bout d'un moment elle leva les yeux. Henry et Claire avaient disparu.

— Ça va mieux ? demanda doucement Archie.

Elle tendit les mains devant elle et les regarda trembler.

— Non.

— Peur ?

Elle réfléchit un instant.

— Morte de trouille me paraît être l'expression qui convient.

— Ça passera, répondit-il en la regardant dans les yeux.

Elle observa son visage, ses yeux pleins de gentillesse,

ses pupilles minuscules. Il avait fait un sacré numéro sur le bateau. Si tant est qu'il ait fait un numéro.

— Et vous, Archie, de quoi avez-vous peur ?

Il la considéra d'un air mi-amusé, mi-soupçonneux.

— C'est pour vos articles ?

Elle le regarda une minute et éclata de rire.

— Oui. Mais on peut passer en *off*, si vous préférez.

Il paraissait songeur et son visage s'assombrit. Il sembla chasser une pensée importune de son esprit.

— Je crois que j'en ai assez d'être un sujet d'article.

Elle hocha la tête et comprit à cet instant précis qu'il ne lui avait jamais rien dit, jamais rien laissé voir qu'il n'ait voulu qu'elle sache. Aucune importance. Il pouvait garder ses secrets. Elle avait renoncé à garder les siens.

— Il m'a dit que j'étais à lui. Il dit que nous avons tous quelqu'un à qui nous appartenons. À qui nous sommes liés. Et que je lui appartenais. Il disait que cela ne faisait aucun doute.

— Il se trompait, souffla Archie en posant une main sur son bras.

— En tout cas, même si cela paraît un peu bébête, merci de m'avoir sauvé la vie.

— Ce n'est pas bébête du tout.

Elle se pencha en avant et l'embrassa. Un léger baiser sur ses lèvres. Il ne bougea pas, ne lui rendit pas son baiser, mais ne se recula pas non plus. Quand elle ouvrit les yeux, il lui sourit gentiment.

— Il faut que vous vous débarrassiez de ça. La fascination pour l'autorité des hommes plus âgés.

— D'accord, répondit-elle en lui adressant une grimace. Je vais y travailler sans attendre.

Elle sortit du bureau et se retrouva dans la salle commune des Frelons. Elle vit sa mère avant que celle-ci ne la voie. Le rouge à lèvres écarlate de Felicity avait fané et elle lui parut petite dans son manteau de léopard trop grand. Quentin Parker, Derek le Ringard et Ian Harper s'étaient regroupés à quelques mètres d'elle et elle se tenait toute seule près du mur. Ian aperçut Susan et lui sourit, mais elle lui accorda à peine un bref regard et se dirigea vers sa mère. Felicity leva les yeux, éclata en sanglots, et serra sa fille dans ses bras. Elle empestait les cigarettes menthol et la vieille fourrure mouillée, et se blottit contre Susan comme si elles pouvaient se fondre en une seule et même personne. La jeune femme avait conscience que ses collègues les regardaient, mais elle n'en était que légèrement gênée.

— On m'a raconté pour Reston, dit Felicity dans un murmure tremblant. Je suis désolée, ma chérie, tellement désolée.

— Ça va. Je crois que ça va aller, coupa Susan en se décollant de sa mère et en l'embrassant sur la joue.

Elle regarda dehors, par une fenêtre éclaboussée de pluie, et crut un instant qu'il faisait jour, avant de se rendre compte qu'il s'agissait des projecteurs de la télévision. L'info, c'était elle ; ils voulaient tous son image pour leurs journaux du matin. Il allait vraiment falloir qu'elle fasse quelque chose d'autre avec ses cheveux. Peut-être les teindre en bleu. Elle interpella sa mère :

— Dis, je peux te taper une cigarette ?

— Tu vas choper un cancer, répondit Felicity en fronçant les sourcils.

Susan posa sur elle un regard d'acier.

— Donne-moi une cigarette.

Felicity attrapa un paquet de menthols au fond de son énorme sac à main et en tendit une à Susan, puis la retira quand sa fille avança la main.

— Appelle-moi maman.

— Donne-moi une cigarette…

Susan s'arrêta et son visage se crispa sous l'effort.

— … maman.

— Essaie *maman chérie*.

— Donne-moi cette putain de cigarette.

Elles éclatèrent de rire et Felicity tendit la menthol à Susan et lui glissa un briquet en plastique dans la main.

Parker s'avança.

— Il faut que je te parle, et pas seulement parce que je veux griller les connards qui attendent dehors.

— Je te donnerai les faits, mais j'ai l'intention d'écrire un récit personnel poignant dans la matinée.

Ian était là. Il portait un sweat des Yankees et un jean qu'il avait manifestement enfilés à la suite d'un coup de fil reçu au milieu de la nuit. *Tu es allé te coucher alors que tu savais que j'avais disparu, espèce de salopard !*

Pourtant il la regarda comme si rien n'était changé. Comme si elle n'avait pas changé. Eh bien ! elle n'avait pas changé, mais elle en avait bien l'intention. Elle mit la cigarette entre ses lèvres, l'alluma, et rendit le briquet à sa mère. Elle remarqua à peine que sa main continuait de trembler.

Elle tira une longue bouffée en y mettant tout son cœur, comme elle l'avait vu faire dans les vieux films français, et jaugea Ian : arrogant, condescendant, professoral. En lui elle revit tous les patrons, tous les profs, avec lesquels elle avait couché. Ouais, il était sans doute temps d'envisager une thérapie. Elle se demanda si la police d'assurance du journal couvrait ce genre de traitement. Ce n'était probablement pas le moment de s'informer.

— Une fois cette affaire terminée, je veux travailler sur l'histoire de Molly Palmer. À plein temps.

— Professionnellement, c'est du suicide. Et puis c'est du journalisme de merde.

— Bonjour, dit Felicity. Ma fille…

— Maman, s'il te plaît.

Felicity se tut. Susan était sereine, indomptable.

— Molly était une gamine, Ian. Je veux savoir ce qui s'est passé. Je veux connaître sa version de l'histoire.

Ian soupira et se balança sur les talons. Il ouvrit la bouche comme pour argumenter, puis sembla réfléchir et leva les bras au ciel. La fumée de la cigarette de Susan lui parvenait droit dans les yeux. Elle ne bougea pas.

— Tu n'arriveras pas à lui parler. Elle n'a parlé à personne. Maintenant si tu veux essayer…

Felicity ne conduisait pas et la voiture de Susan était restée dans son garage.

— Je suppose que tu n'as pas d'argent pour prendre un taxi ? demanda-t-elle à sa mère.

— Je n'ai jamais d'argent sur moi.

— Ton sac, dit Parker en sortant le petit réticule noir de Susan de la poche de son manteau. Ils l'ont trouvé dans la voiture de Reston.

— Quand vous serez prêtes, je vous raccompagne.

C'était Derek le Ringard. Il n'avait pas eu le temps de se mettre les cheveux en plis et ils se dressaient en touffes sur son crâne.

— Je vais avoir besoin de toi pour écrire l'histoire, petite, dit Parker. Mets ça en ligne avant qu'on se fasse griller. Si tu rentres trop tôt, n'espère même pas voir ta signature.

Derek haussa les épaules et jeta un coup d'œil à Susan.

— Il y aura d'autres articles.

— Il me faut un autre assistant, dit Parker à Ian, celui-ci ne vaut rien.

Susan se rendit compte qu'il n'en pensait pas un mot.

— Qu'est-ce que tu as comme voiture ? Laisse-moi deviner. Une Jetta ? Non. Une Taurus ?

Derek balança un trousseau de clés au bout de ses doigts.

— Une vieille Mercedes. Elle roule au bio-carburant.

Susan s'efforça d'ignorer le sourire qui fleurit sur le visage de sa mère.

— D'abord il faut que j'aille à mon appartement récupérer mon ordinateur. Ensuite, je veux rentrer à la maison. Chez Felicity.

Derek lui jeta un regard perplexe.

— Chez ma mère, elle habite dans le sud-est, expliqua Susan en fourrageant dans son sac pour récupérer son portable.

Elle consulta l'écran. Dix-huit nouveaux messages. Le téléphone se mit à vibrer et la fit sursauter. On l'appelait.

— Felicity ? répéta Derek.

Celle-ci tendit la main.

— Enchantée.

Susan répondit. Elle sut que c'était Molly avant même d'entendre le son de sa voix.

— C'est encore moi. Excusez-moi d'appeler si tard, mais Ethan m'a transmis votre dernier message. Vous êtes occupée ? ajouta-t-elle après une pause.

La journaliste regarda autour d'elle : les bureaux des Frelons Verts, le parking plein de voitures de flics, ses collègues qui attendaient, sa mère.

— Pas du tout.

— Super, dit Molly en inspirant profondément. Parce qu'il y a quelques souvenirs dont je voudrais me libérer.

Anne enfila son long manteau de cuir. On n'avait plus besoin d'elle, mais elle avait toujours aimé assister à la fin des enquêtes. Cela lui donnait le sentiment du devoir accompli. Elle chercha ses clés de voiture en sortant des bureaux de la patrouille fluviale. L'humidité du Nord-Ouest avait fait son retour officiel. Elle ne comprenait pas comment les gens du cru parvenaient à la supporter. Elle avait l'impression que le monde tout entier pourrissait autour d'elle.

— Bon travail, cette fois.

C'était Archie, debout sous la bruine devant la porte. Elle sourit.

— Je rentre au Heathman, je vous dépose ?

— Merci, j'ai appelé un taxi.

Anne regarda à l'intérieur. Claire et Henry discutaient avec les techniciens du labo.

— Il y a bien quelqu'un ici qui pourra vous reconduire.

— Je dois m'arrêter en route, répondit Archie en haussant les épaules.

— À cette heure-ci ?

Elle avait une idée de l'endroit où il voulait aller. Elle-même était allée voir Gretchen Lowell à l'époque où Archie était maintenu en coma thérapeutique. Son erreur d'appréciation lui faisait toujours mal, et elle pensait qu'elle pourrait peut-être apprendre quelque chose de la bouche du Tueur, ou plutôt de la Tueuse, de Belles. Mais Gretchen avait refusé de parler. Elle était restée muette pendant une heure dans sa cellule tandis qu'Anne la bombardait de questions. Ce n'est que lorsque celle-ci s'était levée pour partir que Gretchen avait fini par parler. Une seule et unique phrase : *Est-il toujours en vie ?*

— Vous rentrez demain, ou vous restez pour la conférence de presse et les félicitations officielles ?

— Je prends l'avion de nuit...

Elle le laissa changer de sujet. On ne pouvait pas le forcer tant qu'il n'était pas prêt à accepter qu'on l'aide, mais cela lui faisait mal de le voir souffrir, et encore plus de ne rien pouvoir faire pour lui.

— ... alors je serai en ville pendant la journée.

Elle avait l'intention de zapper la conférence de presse. Il y avait deux paires de tennis taille 44 avec le nom de ses fils dessus qui l'attendaient à la boutique Nike. Elle ajouta malgré tout :

— Si vous voulez parler.

Archie tripota quelque chose au fond de sa poche et regarda ses chaussures.

— J'ai besoin de parler à quelqu'un.

— Mais pas à moi, je suppose.

Il leva les yeux et lui sourit. Elle lui trouva l'air épuisé et se demanda si elle aussi donnait cette impression.

— Bon voyage, dit-il d'un ton chaleureux. J'ai été content de vous voir.

Elle s'avança vers lui.

— Tout ce qui s'est passé quand vous étiez avec Gretchen. Tout ce que vous avez ressenti ou fait. On ne peut pas le juger. Il s'agit d'une situation extrême. Elle a créé une situation extrême. Pour vous pousser à bout.

Le regard d'Archie se perdit dans la nuit.

— J'ai renoncé à tout ce que j'aimais dans ce sous-sol. Mes enfants. Ma femme. Mon boulot. Ma vie. J'allais mourir. Dans ses bras. Et tout cela me convenait. Parce qu'elle était là. Parce qu'elle s'occupait de moi.

— C'est une psychopathe.

Un taxi jaune entra sur le petit parking derrière les bureaux et Archie se dirigea vers lui.

— Oui, mais c'est ma psychopathe.

49

Archie se réveille, complètement désorienté. Il est toujours dans le sous-sol. Toujours dans le lit. Mais tout a changé. Le lit est contre le mur. L'odeur de viande pourrie a disparu. Il cherche le cadavre. Évaporé. Le sol est propre. Ses pansements ont été refaits, les draps changés. On l'a baigné. La pièce sent l'ammoniaque. Il cherche des souvenirs récents parmi les images brisées qui se bousculent dans son esprit.

— Tu as dormi pendant deux jours.

Gretchen apparaît derrière lui. Elle porte de nouveaux vêtements, pantalon noir et pull gris en cachemire. Elle s'est lavé les cheveux et les a ramenés en arrière en une queue-de-cheval lisse et brillante.

Il cligne des yeux, l'esprit toujours dans le brouillard. D'une voix faible il parvient à articuler :

— Je ne comprends pas.

— Tu es mort. Mais je t'ai ressuscité. Dix milligrammes de lidocaïne. Je n'étais pas sûre que ça marcherait. Tu dois avoir le cœur solide, ajoute-t-elle en lui adressant un sourire éclatant.

Il prend le temps de digérer ce qu'elle vient de dire.

— Mais pourquoi ?

— Parce que nous n'en avons pas encore fini tous les deux.

— C'est fini pour moi, dit-il avec toute la conviction et l'autorité qu'il parvient à rassembler.

Elle lui lance un regard désapprobateur.

— Sauf que ce n'est pas toi qui choisis. C'est moi qui prends les décisions. C'est moi qui commande. Toi, tu n'as qu'à te laisser faire.

Elle se penche vers lui, son visage tout contre le sien, sa main chaude sur sa joue.

— C'est la chose la plus facile au monde. Tu as travaillé si dur. Toujours sur la brèche. Toutes ces responsabilités. Tout le monde comptant sur toi pour avoir les réponses.

Il sent son souffle sur sa bouche, chatouillant ses lèvres. Il ne la regarde pas. C'est trop dur.

— Ils pensent tous que tu es mort, mon chéri. Je ne garde personne vivant aussi longtemps. Henry le sait. Tu devrais être content. Plus personne n'a besoin de toi. Profites-en.

Elle sourit et l'embrasse sur le front.

Il garde le souvenir de ce baiser même quand elle retire le pansement qui recouvre l'incision qu'elle a pratiquée pour lui enlever la rate. Même quand il aperçoit les fils noirs qui ferment sa cicatrice. Elle semble satisfaite et commente :

— L'enflure a diminué, ainsi que la rougeur.

Il fixe le plafond sans ciller. Impossible de s'échapper. Quelle macabre plaisanterie. Elle pourrait le garder en vie ici pendant des années. Il est à sa merci. Mais il a besoin de savoir.

— Qu'allez-vous faire de moi ?

— Te garder.

— Combien de temps ?

Elle se penche de nouveau sur lui, les yeux dans les yeux cette fois. Il ne peut faire autrement que la regarder, son profond regard bleu, son sourcil légèrement courbé, sa peau luisante. Elle sourit, l'air radieux.

— Jusqu'à ce que tu aimes ça.

— Je voudrais dormir, dit-il en fermant les yeux.

Lorsqu'il se réveille, elle tient le cutter et lui sculpte le torse. Ça fait mal, mais il s'en moque. Ce n'est qu'un désagrément mineur, une piqûre de moustique. Ça lui rappelle qu'il est encore en vie.

— Tu veux que j'arrête ? demande-t-elle sans le regarder.

— Non, j'espère seulement que vous allez niquer une artère.

Sa voix est faible, la douleur lui brûle la gorge.

Elle pose la main sur sa joue et s'approche de son oreille comme pour lui confier un secret.

— Et tes enfants ? Tu ne veux pas vivre pour eux ?

Les doux visages de Ben et de Sara s'affichent devant ses yeux, mais il efface l'image de son esprit jusqu'à ce qu'il n'en reste rien.

— Je n'ai pas d'enfants.

— Ça fait combien de temps ? lui demande-t-il.

Ses pertes de connaissance répétées lui ont fait perdre la notion du temps. Depuis combien de temps sont-ils là ? Des semaines ? Des mois ? Il n'en a aucune idée. Il s'est remis à cracher du sang. Il sait que cela inquiète Gretchen. Ses traits délicieux se sont tendus et elle ne le quitte plus. C'est la seule certitude sur laquelle il peut compter, elle est sans cesse à ses côtés. Il voudrait arrêter de cracher du sang pour lui faire plaisir, mais il ne peut s'en empêcher.

Elle est assise à son chevet. Elle repousse une mèche de cheveux blonds derrière son oreille et presse les doigts contre son poignet pour prendre son pouls. Elle le fait souvent à présent, et il se rend compte que c'est parce qu'il est en train de mourir. Il sait qu'elle va toucher son poignet pendant quinze secondes, la seule chose qu'il attende. Ce contact possède le pouvoir de totalement le réconforter. Il savoure ces quinze secondes, mémorisant le frôlement de leurs peaux afin de pouvoir l'imaginer lorsqu'elle a enlevé sa main.

— Détachez-moi.

Il doit inspirer plusieurs fois, trouver assez d'oxygène pour pouvoir parler, et sa voix n'est qu'un râle à peine audible.

Elle ne réfléchit pas. Elle défait les liens de cuir qui entravent un poignet, puis l'autre. Il est trop faible pour lever les bras, même de quelques centimètres, mais elle lui soulève la main, la porte à sa bouche et lui embrasse la paume. Il sent des larmes chaudes ruisseler sur son visage avant de les voir. Elle pleure et cela lui brise le cœur. Les larmes lui montent aux yeux tandis que celles de Gretchen refroidissent sur sa main rugueuse. Il la réconforte.

— Tout va bien.

Il sourit. Il y croit. Tout va bien. Il est à sa place. Elle est si belle et il est si fatigué. Et c'est presque fini.

50

Archie appela la prison depuis son taxi, si bien que le temps qu'il règle les 138 dollars de sa course et franchisse les contrôles de sécurité, Gretchen avait été réveillée et installée dans la salle d'interrogatoire pour l'attendre. Quand il entra dans la pièce, elle était assise à la table, les cheveux défaits, sans maquillage, et pourtant bizarrement séduisante. Telle une actrice maquillée pour paraître négligée.

— Il est 4 heures du matin, dit-elle.

— Je suis désolé. Vous étiez en train de faire quelque chose ?

Elle jeta un regard inquiet en direction de la glace sans tain.

— Henry est-il là ?

— Je suis seul. Il n'y a personne de l'autre côté. J'ai dit aux gardes d'attendre à l'extérieur. Il n'y a que vous et moi. J'ai pris un taxi.

— Depuis Portland ?

— Je suis un héros. J'ai droit à des notes de frais.

Elle lui sourit avec nonchalance.

— Tu l'as sûrement arrêté.

À ce moment-là, Archie sentit qu'il se détendait. En fait il se laissait aller. Il dépensait tellement d'énergie pour sauver les apparences ; avec Gretchen, les apparences ne comptaient pas. Elle savait parfaitement à quel point il était abîmé. Il pouvait laisser ses muscles se relâcher, ses paupières tomber, sa voix s'épaissir. Il pouvait se gratter si ça le démangeait. Il pouvait dire ce qui lui passait par la tête sans craindre de dévoiler ce qu'il pensait vraiment.

— Un tireur d'élite lui a logé une balle dans la tête il y a trois heures environ. Ça vous aurait plu. Sauf qu'il est mort sur-le-champ.

— Eh bien ! tu restes le champion des chasseurs de tueurs en série. Tu es venu pour te vanter ?

— Je ne peux pas passer dire bonjour sans nourrir d'arrière-pensées ?

Elle inclina la tête sur le côté et le regarda, une minuscule ride entre les sourcils.

— On n'est pas dimanche. Tu vas bien ?

Le ridicule de la question le fit rire. Évidemment qu'il n'allait pas bien. Il venait de passer une journée épuisante, stressante, et où se précipitait-il ? Au pénitencier. Parce qu'il n'y avait rien de plus relaxant que de passer un bon moment avec une femme qui s'était acharnée à lui planter un clou dans la poitrine. Il se frotta les yeux.

— Je voulais vous voir. C'est tordu, non ?

— Tu connais l'origine de l'expression « *le syndrome de Stockholm* » ?

Elle posa ses mains menottées paumes à plat sur la table, si bien que le bout de ses doigts n'était plus qu'à quelques centimètres des mains d'Archie.

— En 1973, un petit malfrat du nom de Janne Olson est entré à la Kreditbank de Stockholm en brandissant une mitraillette. Il a réclamé trois millions de couronnes et la libération d'un de ses amis. La police libéra l'ami et l'envoya à la banque. Là, les deux hommes retinrent quatre employés en otages dans la salle des coffres pendant six jours. Les flics finirent par réussir à percer un trou dans le mur et à envoyer des gaz dans la chambre forte. Olson et son complice se rendirent.

Elle fit glisser ses mains sur la table pour les rapprocher d'Archie. Elles étaient douces, les ongles coupés court.

— Tous les otages furent libérés, sains et saufs. Ils avaient subi des menaces de mort, on les avait obligés à porter un nœud coulant autour du cou, et pourtant, tous sauf un défendirent Olson. L'une des femmes déclara même qu'elle aurait voulu s'enfuir avec lui. Il a fait huit ans de prison. Tu sais où il est à présent ?

Doucement, lentement, elle caressa le pouce d'Archie du bout de ses doigts.

— Il tient une épicerie à Bangkok.

Archie regarda leurs mains se toucher, mais ne bougea pas.

— Ils devraient envisager de renforcer les peines en Suède.

— Stockholm est une ville charmante. Le jardin botanique Bergianska possède une serre qui abrite des plantes venues de toutes les zones climatiques du globe. Je t'y amènerai un jour.

— Vous ne sortirez jamais de prison.

Elle fronça les sourcils d'un air indifférent et dessina du bout du doigt un cercle minuscule sur le pouce d'Archie.

— C'est drôle, dit ce dernier en la regardant faire. Que Reston ait attendu dix ans pour commencer à tuer. Anne pense qu'il a dû y avoir un facteur déclenchant.

— Oh !

— Comment l'avez-vous rencontré ?

— Rencontré ?

Archie glissa sa main dans celle de Gretchen. C'était la première fois qu'il faisait l'effort de la toucher et il aperçut une étincelle de surprise dans ses yeux.

— Reston. C'était un de vos complices. Peut-être un

de ceux que vous avez formés, lui dit-il en savourant la chaleur de sa main. Il était là ce jour-là. C'est lui qui m'a porté dans le monospace. Et puis vous êtes allée en prison. Il a ruminé. Le voilà, le facteur déclenchant. Comment l'avez-vous rencontré ?

Elle le regarda et, à cet instant, il comprit qu'elle ne lui avait jamais rien dit, jamais rien laissé voir qu'elle n'ait voulu qu'il sache. Elle avait toujours tiré les ficelles. Elle avait toujours eu un coup d'avance.

— Je l'ai choisi, comme tous les autres. Son profil Meetic était parfait. Divorcé depuis longtemps. J'aime les divorcés, ils se sentent seuls. Il n'avait aucune passion, aucun passe-temps. Bourgeois. Q.I. élevé. Il m'a donné un poème de Whitman en essayant de me faire croire qu'il était de lui. Narcissisme classique. Les narcissiques sont faciles à manipuler, ils sont trop prévisibles. Il était déprimé. Obsédé par ses fantasmes. Et il aimait les blondes. On est sortis ensemble. Je lui ai dit que j'étais mariée et qu'il fallait que notre amour reste secret. Je lui ai offert ce qu'il voulait. Le pouvoir. La soumission. Je lui ai laissé croire qu'il contrôlait la situation. Une fois qu'il m'eut avoué son attirance pour les adolescentes, je n'ai eu aucun mal à le pousser à laisser libre cours à sa rancœur.

Archie enfonça davantage sa main dans celle de Gretchen, si bien qu'ils avaient à présent les doigts entrelacés. Il avait la bouche sèche. Il pouvait à peine la regarder, pourtant il ne voulait pas que cet instant s'arrête. Tout devenait affreusement clair.

— Vous m'avez fait croire que j'avais eu l'idée de mettre Susan dans le coup. Mais Reston vous avait parlé d'elle. Vous connaissiez sa signature dans la presse. Vous avez semé l'idée, cessé de me donner des corps. Vous avez laissé échapper son nom. Vous nous avez tous manipulés.

Archie secoua la tête et laissa échapper un petit rire.

— Et pour finir, il ne vous restait plus qu'à assister au spectacle.

Tout cela paraissait absurde, même quand c'était lui qui racontait l'histoire. Complètement parano. Les délires d'un drogué.

— Je ne crois pas que je pourrai le prouver.

Elle lui sourit d'un air indulgent.

— L'important, c'est que tu te sois remis au travail. Que tu sois sorti de cet appartement.

Henry le croirait. Il savait de quoi elle était capable. Et puis quoi ? Henry ferait en sorte qu'il ne revoie jamais Gretchen.

— Tu devrais te montrer reconnaissant envers Paul. Il t'a donné un litre de sang.

Archie détourna la tête, pris de nausée. L'image de Paul Reston allongé sur la moquette Astroturf, la tête en bouillie, revint dans son esprit.

— Vous aimez vraiment Godard ? demanda-t-il.

— Non, mais je sais que tu l'aimes.

Il commençait à se demander s'il restait quelque chose qu'elle ignorait de lui.

— Maintenant, réponds à une question.

Elle posa son autre main sur celle d'Archie, l'emprisonnant complètement.

— T'es-tu senti attiré par moi la première fois que tu m'as vue ? Quand j'étais la psychiatre qui écrivait un bouquin ?

— J'étais marié.

— Trop facile. Sois franc.

Il avait déjà trahi Debbie complètement. Pourquoi pas une fois de plus ?

— Oui.

Elle retira ses mains et se recula.

— Fais-moi voir.

Il savait ce qu'elle voulait et n'hésita qu'un instant avant de se lever et de déboutonner lentement sa chemise. Quand il eut fini, il l'ouvrit pour qu'elle puisse voir son torse ravagé.

Elle se pencha en avant par-dessus la table, à genoux sur sa chaise, appuyée sur les coudes. Il ne bougea pas, ne tressaillit pas, quand elle tendit la main et fit courir ses doigts sur le cœur qu'elle avait gravé dans sa chair. Il se demanda juste si elle sentait son pouls s'accélérer. Il respirait ses cheveux. Ce n'était plus une odeur de lilas, mais celle d'un shampooing industriel, une odeur forte et fruitée. Elle posa les doigts sur la cicatrice verticale qui partageait sa poitrine en deux. Il sentit les muscles de son estomac et de son ventre se crisper.

— L'opération à l'œsophage ?

Il hocha la tête.

Puis les doigts de Gretchen s'aventurèrent sur la gauche, du côté du diaphragme, là où autrefois se trouvait sa rate.

— Ce n'est pas mon incision.

Il s'éclaircit la gorge.

— Ils ont dû me rouvrir. Ça saignotait.

Elle promena ensuite ses doigts sur les plus petites cicatrices, celles faites avec le cutter qu'elle avait utilisé pour dessiner sur son corps. Elle suivit les demi-lunes sur ses épaules, puis celles qui zébraient ses seins, avant de s'attarder sur les marques boursouflées qui striaient la peau tendre de son ventre. Cela faisait plus de deux ans qu'une femme ne l'avait pas touché. Il avait peur de bouger. Peur de quoi ? Qu'elle s'arrête ? Il pouvait bien s'accorder ce bref moment de plaisir. Quel mal y avait-il ? C'était bon. Il ne se souvenait plus depuis quand il ne s'était pas senti aussi bien. Les doigts de Gretchen glissèrent plus bas. Une onde de chaleur lui envahit le bas-ventre. À présent elle avait entrepris de défaire sa ceinture. *Merde, et merde !* Il ouvrit les yeux et lui saisit le poignet.

Elle le regarda, les yeux brillants, le feu aux joues.

— Inutile de faire semblant avec moi, Archie.

Il lui tenait les mains, à quelques centimètres de son sexe en érection.

— Je peux te faire du bien. Lâche-moi le poignet. Personne n'a besoin de savoir.

Mais il tint bon. Tout son être le suppliait de la laisser le toucher. Mais ce qui lui restait de lucidité savait que s'il la laissait faire, ce serait fini. Il lui appartiendrait tout entier. Elle était forte. Elle était capable de le torturer sans même le toucher. Cette idée le fit rire et il repoussa ses mains.

— Qu'est-ce qui te fait rire ?

— Tu peux te vanter d'avoir bien foutu ma vie en l'air.

Il sortit sa boîte à pilules de la poche de son pantalon, l'ouvrit et se versa une poignée de comprimés dans la main. Puis il les goba un à un et les avala.

— Tu planes déjà.

— Attention, tu vas ressembler à Debbie.

— Sois prudent avec les cachets. L'acétaminophène te tuera. Tu as mal aux reins parfois ?

— Parfois.

— Si jamais tu as de la fièvre, la jaunisse, ou des vomissements, fonce à l'hôpital avant que ton foie ne soit foutu. Est-ce que tu bois ?

— Je vais bien, ma chérie.

— Il existe des façons plus simples de te tuer. Je le ferai pour toi. Il suffit que tu m'apportes un rasoir.

— Ouais. Tu me tuerais, plus les trois premiers gardes qui entreraient après moi. Mais ne t'y trompe pas, ce n'est pas parce que je bande que j'ai oublié qui tu es.

Elle tendit la main et lui toucha le visage. Elle avait la main douce et chaude, et d'instinct il se laissa aller à sa caresse.

— Mon pauvre Archie. Je n'en suis qu'au début avec toi.

Dans son brouillard médicamenteux il se dit qu'elle était vraiment belle. Il y avait en elle quelque chose de délicat. Sa peau lumineuse. Ses traits parfaits. Parfois il lui arrivait de se leurrer et de penser qu'elle était presque humaine. Mais bien sûr il savait que c'était un monstre. Il détourna la joue et la main de Gretchen retomba.

— Combien d'hommes comme Reston gardes-tu en réserve ? Combien de bombes à retardement ?

Elle se cala sur sa chaise et sourit.

— Toi compris ?

Il sentit la pièce vaciller autour de lui et s'appuya à la table.

— Tu avais tout prévu. Appeler le 911. Me sauver la vie. Te rendre.

— À condition que tu survives, dit-elle froidement. Si tu étais mort, je t'aurais découpé en morceaux et enterré.

Il faisait chaud dans la pièce. Archie sentait la transpiration le brûler sous ses vêtements. Peut-être l'effet des cachets. Gretchen, elle, paraissait fraîche et calme. Il fit craquer son cou et essuya la sueur sur sa lèvre supérieure. Il sentait sa cicatrice-cœur palpiter sous sa chemise, et son vrai cœur battre en dessous.

— C'était un bon plan, parvint-il à dire.

Il plaqua ses mains sur la table et se leva.

— Sauf que je ne suis pas comme Reston et ces pauvres types que tu as poussés à tuer pour toi. Je sais de quoi tu es capable.

Son regard parcourut la pièce, cette tombe en parpaings où ils se retrouvaient chaque semaine. Elle n'avait cessé de le manipuler. Ils s'étaient mutuellement manipulés. Mais il avait un atout. La carte qu'elle le croyait incapable de sortir.

— Tu as commis une erreur de calcul. Tu t'es fait

enfermer. Et tu ne peux pas jouer avec moi si je ne viens pas.

Gretchen ne parut pas impressionnée.

— Tu ne viendras pas pendant quelques semaines, mais tu voudras d'autres corps.

Elle inclina la tête vers lui et sourit, rayonnante.

— Tu auras besoin de moi.

Sans doute, pensa Archie.

— Peut-être, concéda-t-il.

— C'est trop tard. Jamais tu ne te sentiras mieux.

— Je n'ai pas besoin de me sentir mieux. J'ai seulement besoin que tu te sentes plus mal, ajouta-t-il d'un ton soudain glacial.

Elle se pencha en avant, ses cheveux blonds flottant sur ses épaules.

— Tu continueras à rêver de moi. Tu seras incapable de toucher une autre femme sans penser à moi.

Il porta une main à sa tempe.

— S'il te plaît, Gretchen.

Elle lui adressa un sourire vicieux.

— Tu penseras à moi ce soir, n'est-ce pas ? Quand tu te branleras, tout seul dans le noir.

Archie baissa la tête un moment, puis il rit pour lui-même, leva les yeux et contourna la table pour s'approcher de Gretchen. Surprise, elle le vit, penché au-dessus d'elle, tendre la main et lui caresser les cheveux. Elle voulut parler, mais il lui mit un doigt sur la bouche et dit doucement :

— Tu n'as pas le droit de parler pour l'instant.

Puis il prit son visage dans ses mains, se pencha et l'embrassa. Leurs langues se mêlèrent et la chaleur du baiser le submergea. Il y retrouva le goût amer des cachets, le sel de sa propre sueur et une douceur comparable à celle du lilas. Il dut faire un effort pour se dégager et arracher ses lèvres de la bouche de Gretchen pour lui effleurer la joue et trouver son oreille.

— Je pense à toi toutes les nuits, murmura-t-il, avant de se redresser et d'ajouter : Mais à présent, c'est fini.

Il frappa du poing le bouton d'ouverture de la porte et sortit.

— Attends, dit-elle d'une voix implorante.

Le cœur d'Archie battait à tout rompre, le goût du baiser s'attardait dans sa bouche, et il dut lutter de toutes ses forces pour ne pas se retourner.

51

Archie était assis devant sa table basse et contemplait sa facture de taxi en se demandant comment il allait la justifier, quand on sonna à la porte. Il n'avait pas dormi. Il avait le cerveau embué, son sang lui semblait épais et chaud. Il se dit qu'il avait l'air encore plus mal que d'habitude. Il s'attendait à moitié à trouver un journaliste devant sa porte, une caméra de télévision, des micros. Mais au fond de son cœur il savait que ce serait Debbie. Il espérait que ce serait elle.

— Tu l'as eu, dit-elle lorsqu'il ouvrit la porte.

Elle était habillée pour aller travailler : jupe grise et pull col cheminée moulant sous un manteau croisé. Les mêmes vêtements qu'elle portait la dernière fois qu'il l'avait vue avant de se rendre seul chez Gretchen, deux ans auparavant.

— Entre.

Elle passa devant lui et s'arrêta un instant pour regarder le salon. Elle n'était venue chez lui que quelques fois. Elle s'efforça de ne pas montrer à quel point son triste petit appartement la déprimait, mais il le lut dans ses yeux. Elle se retourna et lui fit face.

— Les infos parlent d'une prise d'otages. De cette journaliste. Ils disent que tu y es allé seul.

— Ce n'était pas si dangereux. Il l'aurait tuée avant de me tuer.

Elle s'approcha et lui prit le visage dans ses mains.

— Tu vas bien ?

Il ne savait comment répondre, alors il éluda la question.

— Tu veux du café ?

Elle laissa retomber ses mains.

— Archie.

— Pardonne-moi, je n'ai pas dormi.

Elle enleva son manteau et le posa sur le dossier du fauteuil beige. Puis elle s'assit sur le canapé.

— Assieds-toi avec moi.

Il se laissa tomber à ses côtés et se prit la tête dans les mains. Il voulait lui dire, mais il avait peur de s'exprimer à haute voix.

— Je vais essayer de cesser de la voir.

Debbie ferma les yeux un instant. Lorsqu'elle les rouvrit, ils étaient brillants de larmes.

— Grâce au ciel.

Elle ôta ses chaussures et se pelotonna sur le canapé. La pluie fouettait la fenêtre. *Bravo pour les prévisions*, pensa Archie. La boîte à pilules était sur la table basse. Un cadeau de Debbie le jour où il était sorti de l'hôpital.

— Je crois que tu devrais revenir à la maison… Juste pour quelques jours, se hâta-t-elle d'ajouter. Tu pourrais dormir dans la chambre d'amis. Ce serait bien pour les enfants, et puis je déteste t'imaginer dans ce sinistre appartement.

Archie se pencha en avant, prit la boîte à pilules et la posa au creux de sa main. Un bel objet. Le gosse du dessus était réveillé. Il l'entendait courir de la chambre au salon, crier. Puis on alluma la télé. Il se livra à une petite danse au moment où les voix tonitruantes d'un dessin animé envahissaient la pièce.

Debbie poussa un soupir et parut manquer d'air.

— Qu'y a-t-il entre nous qui te rende les choses si difficiles ?

Archie sentit toute la douleur et la culpabilité qu'il s'efforçait d'étouffer commencer à lui brûler l'estomac. Comment pouvait-il ne serait-ce que commencer à lui expliquer ?

— C'est compliqué.

Elle posa la main sur la sienne, recouvrant la petite boîte.

— Reviens à la maison.

Il fit venir leurs visages devant ses yeux. Debbie, Sara, Ben. Sa magnifique famille. Qu'en avait-il fait ?

— D'accord.

Elle leva vers lui un regard incrédule.

— Vraiment ?

Il hocha plusieurs fois la tête, essayant de se convaincre que c'était la bonne décision, que ça ne rendrait pas les choses plus difficiles encore.

— Il faut que je dorme. Ensuite j'irai travailler. Je peux demander à Henry de me déposer ce soir. Il sera ravi. Il pense que je vais me suicider.

Debbie posa la main sur sa nuque.

— Tu veux te suicider ?

— Je ne crois pas.

Le petit voisin se remit à danser, sautant et tapant des pieds. Le martèlement faisait trembler le plafond de l'appartement.

— Qu'est-ce que c'est ? demanda Debbie.

Archie était fatigué. Ses yeux le brûlaient et sa tête pesait une tonne. Il s'appuya contre le dossier du canapé et ferma les yeux.

— Le gamin du dessus.

— On se croirait à la maison.

— Je sais.

Oui. Il pouvait renoncer à voir Gretchen. Il pouvait

le faire. Il pouvait rentrer chez lui et reconstruire sa famille. Peut-être continuer à diriger la Brigade Spéciale. Il pourrait même réduire les cachets. Il pourrait essayer. Un dernier effort vers la rédemption. Pas pour lui. Pas pour sa famille. Mais parce que s'il y arrivait, il aurait gagné. Et Gretchen aurait perdu.

Cette pensée fit s'épanouir un sourire sur son visage tandis qu'il abandonnait son corps meurtri au sommeil. Il sentit se détendre sa main crispée sur la boîte à pilules et vit, comme dans un rêve, Debbie la prendre et la poser sur la table. Puis il sombra.

Collection Thriller

Des livres pour serial lecteurs

Profilers, détectives ou héros ordinaires, ils ont décidé de traquer le crime et d'explorer les facettes les plus sombres de notre société. Attention, certains de ces visages peuvent revêtir les traits les plus inattendus... notamment les nôtres.

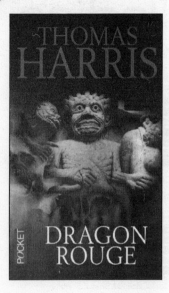

PLONGÉE EN APNÉE
AU CŒUR DU MAL...

◀ Thomas HARRIS
Dragon rouge

Les États-Unis sont sous le choc. Une série de crimes signés Dragon rouge sèment la terreur dans les esprits. Doté de l'étrange aptitude de se mettre dans la peau des psychopathes, Will Graham se lance sur ses traces. Mais il n'était pas préparé à sa rencontre avec Hannibal Lecter. Plus il pénètre les recoins les plus intimes du psychisme de ce dangereux criminel, plus il se découvre des affinités avec lui. Une longue descente aux enfers commence...

Pocket n° 11543

James PATTERSON ▶
Au chat et à la souris
Le criminel Gary Soneji a réussi à s'évader. Le monstre est d'autant plus dangereux qu'il n'a plus rien à perdre. Malade du sida, il se sait condamné. Avant de tirer sa révérence, il entend se venger d'Alex Cross. Cette fois, c'est lui qui mènera le jeu. Une partie de gendarmes et de voleurs inversée.

Pocket n° 10036

Pour en savoir plus : www.pocket.fr

Mo Hayder ▶
Birdman

Cinq cadavres de femmes sont retrouvés
atrocement mutilés, un oiseau enfermé dans
la cage thoracique ouverte puis soigneusement recousue. Pour Jack Caffery, cette
affaire ne saurait tomber plus mal.
Nouvellement promu au Service régional
des affaires sensibles, il doit faire face à
l'hostilité de ses collègues et à sa femme,
de plus en plus étouffante.

Pocket n° 11197

◀ Mo Hayder
L'homme du soir

Dans un quartier résidentiel de Londres, un garçon est enlevé devant ses parents. La police
privilégie la piste du pédophile car les enfants
du voisinage ne cessent de parler d'un « Troll »
qui leur rendrait visite la nuit. Depuis la disparition de son jeune frère, l'inspecteur Jack
Caffery est particulièrement sensible à ce type
d'enquête. D'autant plus que ce cas précis
présente de troublantes similitudes avec sa
propre histoire...

Pocket n° 11886

Pour en savoir plus : www.pocket.fr

Nicci FRENCH ▶
La chambre écarlate

Lianne, adolescente fugueuse de dix-sept ans, est retrouvée morte, face contre terre, le corps lacéré de coups de couteau. Pour la police, Michael Doll est le coupable idéal. Déséquilibré et sans attache, il est connu pour ses penchants pervers. Pourtant, la psychiatre Kit Quinn a de sérieux doutes quant à sa culpabilité. Le meurtre fait étrangement écho à celui de Philippa Burton, riche bourgeoise retrouvée dans la même posture à l'autre bout de la ville.

Pocket n° 12285

◀ Franck THILLIEZ
La forêt des ombres

L'écrivain David Miller reçoit une proposition qu'il ne peut refuser. Le milliardaire Arthur Doffre lui propose une forte somme d'argent pour ressusciter dans un livre le Bourreau 125. Pour faciliter le travail du romancier, Doffre et sa femme louent un chalet perdu dans la Forêt-Noire. Mais il est des fantômes qu'il vaut mieux ne pas réveiller. Très vite, la psychose gagne les occupants de la demeure cernée par la neige.

Pocket n° 12986

Pour en savoir plus : www.pocket.fr

◀ Maxime CHATTAM
L'âme du mal

Le monstrueux bourreau de Portland est mort. Pourtant, le carnage continue. Le nouveau tueur agit-il seul ou fait-il partie d'une secte ? Pour affronter ce pervers retors, l'inspecteur profileur Brolin doit surmonter ses propres peurs et accepter de s'immerger dans l'esprit du criminel. Au FBI, on aime à dire qu'il suffit d'un rien pour qu'un profileur bascule de l'autre côté de la barrière. Et si Brolin n'était pas de taille pour cette affaire ?

Pocket n° 11757

TESS GERRITSEN ▶
L'apprenti

Depuis l'arrestation du « Chirurgien », un tueur en série machiavélique, l'inspecteur Jane Rizzoli se croyait tranquille. Appelée sur les lieux d'un nouveau crime, elle est frappée par les méthodes de l'assassin, très semblables à celles du Chirurgien. À un détail près : l'homme préfère s'attaquer à plusieurs femmes en même temps. Comme si cela ne suffisait pas, le Chirurgien parvient à s'évader. Ce n'est plus un mais deux meurtriers qu'il lui faut traquer...

Pocket n° 13093

Pour en savoir plus : www.pocket.fr

Impression réalisée par

C P I
Brodard & Taupin

51896 – La Flèche (Sarthe), le 25-03-2009
Dépôt légal : avril 2009
Suite du premier tirage : avril 2009

POCKET – 12, avenue d'Italie - 75627 Paris cedex 13

Imprimé en France